DESEO

AF274816

MAUREEN CHILD

CONFLICTO
AMOROSO

Editado por Harlequin Ibérica.
Una división de HarperCollins Ibérica, S.A.
Avenida de Burgos, 8B - Planta 18
28036 Madrid
www.harlequiniberica.com

© 2025 Harlequin Ibérica, una división de HarperCollins Ibérica, S.A.
N.º 570 - 26.9.25

© 2000 Maureen Child
Conflicto amoroso
Título original: Marooned with a Marin

© 2000 Colleen Collins
Pasión desnuda
Título original: Rough and Rugged

© 2000 Salimah Kassam & Lenore Timm-Providence
Una situación comprometida
Título original: The Lyon's Den
Publicadas originalmente por Harlequin Enterprises, Ltd.
Estos títulos fueron publicados originalmente en español en 2001

I.S.B.N.: 979-13-7000-816-1
Depósito legal: M-14342-2025
Impreso en España por Liber Digital
Fecha impresión Argentina: 25.3.26
Distribuidor exclusivo para España: LOGISTA
Distribuidores para Argentina: Interior, DGP, S.A. Pienovi 211 - Avellaneda
Cap. Fed./Buenos Aires y Gran Buenos Aires, VACCARO HNOS.

MIXTO
Papel | Apoyando la
silvicultura responsable
FSC™ C134275

Capítulo Uno

¿Qué más me puede pasar hoy?, se preguntó el sargento de artillería Sam Paretti mirando al cielo encapotado.

Estaba de pie sobre una plataforma de madera desde la que se dominaba el campo de tiro. Tendría que estar escuchando disparos por todas partes, debería estar viendo filas de reclutas arriba y abajo, disparando.

Pero no. En lugar de eso, estaba asegurándose de que no quedaba nadie, de que todos habían vuelto a sus barracones. Un día perfecto de prácticas de tiro desperdiciado por culpa de un huracán.

—¿No tienes nada mejor que hacer? —gritó en dirección al cielo. Una ráfaga de relámpago fue la única respuesta que obtuvo y Sam tradujo que la voluntad de Dios estaba por encima de la de un sargento de artillería del cuerpo de marines.

El viento lo azotó, moviendo la tela de la camisa y los pantalones. Se ajustó la visera de la gorra y bajó de la plataforma, aterrizando sobre el suelo embarrado.

Vio algo que brillaba en mitad del fango y se agachó a agarrarlo. Era un cartucho. Se lo metió en el bolsillo y se alejó en dirección a su habitación. Debía hacer la maleta para evacuar.

–Sargento de artillería Paretti –gritó alguien. Sam se paró, se dio la vuelta y vio al sargento del estado mayor Bill Cooper que iba corriendo hacia él.

–¿Qué ocurre, Cooper?

El sargento se paró delante de él y se cuadró.

–Descanse, marine –dijo Sam.

–¿Qué pasa? –preguntó ya con las manos a la espalda y más relajado. De repente, el fuerte viento le arrancó la gorra y tuvo que salir corriendo tras ella–. ¿Te vas ya?

Sam negó con la cabeza y se cruzó de brazos. Abrió las piernas y le plantó cara al viento.

–Aún no. Va a haber unos atascos impresionantes.

–Pues sí –dijo el más joven–, pero mi mujer se quiere ir ya. Es de California, ¿sabes? Están acostumbrados al tráfico y a los terremotos, pero no a los huracanes.

«California», recordó Sam. No habían pasado más que unos meses desde que había

4

estado allí para la boda de su hermano mayor. También hacía un par de meses que una chica de California le había dejado a él.

Karen Beckett. Pensar en ella le produjo un escalofrío. Había irrumpido en su vida, la había descolocado y se había ido igual de rápido que había llegado, dejándolo más solo que nunca.

Se preguntó dónde estaría. Se preguntó si la habrían evacuado, si estaría asustada. Se rio. ¿Karen asustada?

—¿Quieres que haga algo más antes de irme?

—No —contestó Sam—. Voy a dar una última vuelta, pero tú puedes irte.

—Muy bien. Te veré cuando todo esto haya acabado.

—Aquí estaré —contestó pensando que, si por él fuera, se quedaría en la base para hacerle frente a la tormenta. Pero había recibido órdenes de evacuar y no había más. Si no evacuaba podrían juzgarle—. Dale recuerdos a Joanne.

—De acuerdo. Cúbrete las espaldas —sonrió el otro.

—Siempre —murmuró mientras el otro se alejaba a buen paso sujetándose el sombrero—. Bueno, casi siempre —dijo recordando aquella vez en la que no lo había hecho. Aquella vez había dejado que su corazón pesara más que su cabeza y Karen Beckett había aprovechado para darle fuerte y dejarle mal herido.

Maldición. Esperaba que estuviese bien.

Karen Beckett iba en su coche por la carretera de doble sentido, viendo cómo se estaba poniendo el tráfico y pensó que sería inútil irse en aquellos momentos. Lo único que conseguiría sería tragarse un buen embotellamiento. Una de las razones por las que se había mudado a Carolina del Sur había sido para evitar los atascos. Eso y que su abuela había muerto hacía dos años y le había dejado la vieja casona familiar. Era un lugar magnífico para huir cuando necesitaba alejarse de todo. Era como un escondite.

Se quedó pensando en aquello. No era el momento de ponerse a darle vueltas a antiguas relaciones que habían salido mal. El huracán estaba apunto de llegar aunque ella no estaba muy segura de que fuera a ser tan peligroso como habían anunciado. Otras veces, el gobierno había hecho evacuar a la población y un par de horas después había cambiado de opinión. La televisión llevaba tres días siguiendo la tormenta. Habían sido tres días de advertencias de posibles evacuaciones, de ver a amigos y vecinos comprar de todo, desde papel higiénico hasta galletas de chocolate.

Llevaba dos años en Carolina del Sur y todavía no le había tocado evacuar nunca. Ya se las había tenido que ver antes con lluvia y viento. El paso de El Niño por California no había sido un camino de rosas precisamente. Por no hablar de los terremotos. Karen pensó que si había sobrevivido a un 6,5 podría sobrevivir a un huracán.

—Sí —se animó a sí misma—. Esperaré un poco, unas cuantas horas más. Donde esté un buen terremoto... —dijo desenvolviendo un bombón.

Miró por la ventanilla. Al otro lado de la carretera, los enormes árboles no dejaban ver qué había detrás. Era como ir conduciendo dentro de un túnel verde. La lluvia caía a cascadas por las ventanillas y repiqueteaba en el techo del coche.

Se metió el dulce en la boca y comenzó a tararear una canción que estaba oyendo en la radio. En ese momento, pasó por delante de la entrada de la base de marines Parris Island. Intentó no mirar, pero no pudo. Se le aceleró el corazón y dejó de cantar.

Vio cientos de autobuses, llenos de marines. Les estaban evacuando. Parris Island

era una base de entrenamiento para reclutas, así que sospechó que la evacuación habría sido bien acogida por ellos.

Pensó en otro marine. A pesar de que ya no
salían juntos, no se podía quitar de la cabeza a
Sam Paretti. Habían pasado dos meses, dos semanas y tres días desde la última vez que se habían visto. No era fácil olvidarse de él. Cuando
menos se lo esperaba, veía su cara y se quedaba sin aliento. Recordaba sus caricias, su
olor. Lo recordaba muy bien. Los meses que
habían pasado juntos y la noche que lo habían
dejado. Seguía soñando con aquellos ojos color ámbar, con los que la había aniquilado
cuando le dijo que no quería volver a verlo.

Apartó la mirada de la base. Le latía el corazón con fuerza y le sudaban las manos.
Tragó con dificultad y se metió en la boca
dos bombones más.

Ni el chocolate podía apartar de su mente
a Sam Paretti, aquel sargento de artillería
cañón.

A pesar de lo que había sucedido entre
ellos, esperó que estuviera bien.

Sam cerró el maletero con fuerza y se metió en el coche. Encendió el motor, escuchó
el ruido y metió primera.

Dio las luces para ver la carretera a través de la cortina de lluvia. La base estaba prácticamente desierta. Era como una ciudad fantasma. Miles de marines huyendo de una maldita tormenta. No le parecía bien.

Entendía que los hombres casados se fueran porque tenían mujeres e hijos a los que poner a salvo.

Se dirigió a la puerta principal. Pensó que las fuerzas de la naturaleza, en forma de huracán, serían perfectas para un curso de entrenamiento de marines.

Encendió la radio y se incorporó a la carretera que habría de llevarle a la autopista y a tierra firme.

—Por lo menos, no hay tráfico —comentó con estelas de agua a ambos lados del coche.

Eran las tres y media de la madrugada y tenía la carretera prácticamente para él solo.

Sola.

Bien, perfecto.

Karen volvió a encender el contacto. Nada. Hacía media hora que no oía más que clic, clic, clic. El motor no arrancaba. Como había esperado a que no hubiera tráfico, estaba sola en una carretera oscura en mitad

9

de la nada y con un huracán pisándole los talones.

No podía irle peor.

Se comió otro bombón. A su alrededor, todo era oscuridad y lluvia. El viento soplaba con fuerza y los árboles situados a ambos lados de la carretera se movían como animadoras fuera de sí. El viento sacudió el coche y Karen se agarró con fuerza al volante. Sintió que el miedo comenzaba a atenazarle el estómago.

¿Qué debía hacer? Había intentado llamar desde el teléfono móvil, pero no había conseguido hablar con nadie. Ninguno de los coches que habían pasado había parado. Solo podía quedarse allí sentada y rezar para que el coche arrancara. Pronto.

Se arrepintió de no haber escogido mecánica en vez de hogar en el colegio. No creía que saber preparar un guiso pudiera salvarle la vida.

Vio algo por el rabillo del ojo y miró por el retrovisor. Eran unos faros que se aproximaban deprisa. A lo mejor paraba. Si era así, tendría que cruzar los dedos para que no fuera un asesino en serie.

No tenía opción. El huracán Henry estaba a la vuelta de la esquina.

—Venga, vamos —susurró mirando aquellos faros–. Gracias a Dios –dijo al ver que se había parado tras ella.

Vio por el retrovisor al conductor que abría la puerta y se dio cuenta de que iba solo. Hubiera preferido que la hubiera rescatado una familia.

–No importa –se dijo–. Sea quien sea, es mi héroe.

Un segundo después, su héroe estaba dando con los nudillos en la ventana. Se apresuró a bajarla.

–Vaya, ¿por qué no me sorprende verte aquí? –preguntó una voz demasiado conocida.

–¿Sam? –preguntó Karen con el estómago en un puño.

–El mismo.

Allí estaba. Con la lluvia cayéndole por la cara. Le miró a los ojos y se dijo que Dios tenía mucho sentido del humor. ¿Cómo, si no, se explicaba que mandara a salvarla al único hombre que no quería volver a ver?

–¿Qué estás haciendo aquí?

–Pues nada, que como hace una noche tan estupenda, decidí aparcar aquí y admirarla un rato.

–Muy graciosa, Karen. Viene un huracán, por si no te has enterado.

–Bueno... –comentó tomando otro bombón–. ¿Tienes teléfono en el coche? He intentado llamar desde mi móvil, pero no funciona.

–Aunque funcionara, no podrías llamar a nadie. Si necesitas ayuda, yo te ayudaré. Vamos, agarra tus cosas y vente conmigo.

–¿A dónde?

–¿Importa eso a estas alturas? –dijo riéndose.

–Supongo que no –contestó sabiendo que no tenía elección.

Le pareció mejor irse con Sam Paretti que tener que afrontar sola un huracán.

–Dame las llaves. Voy a sacar las cosas del maletero.

Se las dio pensando que seguía siendo tan atento como siempre. Karen alcanzó el bolso, los termos y los bombones del asiento del copiloto. Subió la ventana, se puso la capucha y salió del coche.

El viento le quitó la capucha nada más salir y se vio con todo el pelo por la cara. El agua se le metió por el cuello de la camisa y le bajó por la columna vertebral. Sintió que se le habían pegado los vaqueros y que se le habían encharcado las zapatillas de deporte.

En las llanuras, el agua tardaría mucho en desaparecer. Las calles se convertirían en lagos; las autopistas, en ríos y los campos, en océanos.

Con esfuerzo llegó a la parte de atrás del coche.

–Mujeres. ¿Para qué necesitarán tantas cosas? –oyó murmurar a Sam.

–Perdón por no poder sobrevivir con una navaja y un cepo.

–No te vas de vacaciones –dijo agarrando las dos maletas–. Estamos evacuando.

–¿Y?

–Nada.

Sam metió el equipaje de Karen en su maletero. Karen lo siguió a la parte de atrás del enorme todoterreno y vio todo lo que se había llevado.

–¿Una tienda? –gritó para que la oyera por encima del viento–. ¿Piensas acampar?

–No creo –dijo cerrando el maletero–. ¿Qué llevas aquí?

–Comida. Cosas necesarias.

–¿Chocolate? –preguntó con una ceja levantada.

–El chocolate es muy necesario –contestó hurgando en la bolsa de papel.

–Muy bien. Vamos –le dijo agarrándola del codo para acompañarla hasta el asiento del copiloto. Le abrió la puerta y la acomodó dentro. Cerró la puerta. Karen se quedó aturdida ante la ausencia de lluvia y viento.

Sam se montó en el coche. Allí estaban, solos.

Sam se giró para mirarla y, cuando sus ojos se encontraron, Karen se preguntó qué sería más peligroso, el huracán o Sam Paretti.

Capítulo Dos

Estaba como una rata mojada.

Aun así, le seguía pareciendo la mujer más guapa que había visto jamás. Maldición.

Sam la observó durante un largo minuto, satisfaciendo aquel deseo que lo había perseguido durante dos meses. Vaya. Le pareció que habían transcurridos años desde la última vez que la había visto.

Se había acercado a aquel coche con las luces de emergencia puestas porque no había sido capaz de pasar de largo ante alguien que podría necesitar ayuda. Cuando reconoció el coche, en el último momento, supo que iba a pagar un precio muy alto por su caballerosidad.

El precio era que la podía mirar, pero no la podía tocar.

Aquello lo enfadó.

–¿Por qué demonios sigues aquí? Tendrías que haberte ido hace horas –dijo en un tono más cortante de lo deseado.

—Le dijo la sartén al cazo —contestó ella arqueando las cejas rubias.

—Muy graciosa —comentó Sam sabiendo que él también se debería de haber ido hacía horas—. Mi situación es diferente.

—¿De verdad? ¿Y eso? —preguntó comiéndose otro bombón.

—Muy sencillo. Porque mi coche funciona. Te dije hace tres meses que tu coche estaba en las últimas. Te advertí que no te fiaras de él —dijo moviendo la cabeza en señal de desaprobación.

Karen se arrellanó en el asiento, desenvolvió otro bombón y se lo metió en la boca. Se dio cuenta de que comía tantos bombones cuando estaba nerviosa o enfadada. O feliz. Sam recordaba el chocolate como una parte muy importante de la personalidad de Karen Beckett.

—Sí, ya lo sé, pero ha durado tres meses más de lo que tú creías, ¿no?

—Claro. Ha durado hasta que lo has necesitado realmente. En ese momento, ha decidido morirse.

—Mira, Sam...

Aquella mujer era la más testaruda que había conocido.

—Por amor de Dios, Karen —dijo molesto—. Si no hubiera aparecido, ¿qué habrías hecho?

Te habrías quedado ahí, atrapada. En mitad de la nada y con un huracán acechando.

—Me las habría apañado —contestó con aquella expresión de «reina a plebeyo».

—Sí, claro —dijo recordando aquella irritación de meses atrás. Karen Beckett era especialista en sacarle de quicio—. Lo primero que pensé cuando me paré a socorrerte fue en lo bien que parecías estar.

Karen le dedicó una mirada asesina, agarró el bolso y los bombones.

—¿Sabes lo que te digo? Si que me lleves en coche me va a costar escuchar tus charlas, prefiero ir andando.

Abrió la puerta y, al instante, entró la lluvia. Sam se lanzó sobre el reposabrazos de la puerta de Karen y la cerró.

—¡No seas inconsciente!

—No soy inconsciente.

—No he dicho que lo fueras.

—Sí, sí lo has dicho. Lo acabas de decir —dijo empujándole para que retrocediera hasta su asiento.

—Mira, esto es de locos.

Karen suspiró, se cruzó de brazos y lo miró fijamente.

—No tenemos motivos para pelearnos, Karen. Ya no estamos juntos —dijo Sam sintiendo un inmediato pellizco de nostalgia.

–Es cierto.

Una ráfaga de viento dio en el coche y la lluvia comenzó a caer sobre el techo como si fueran bailarines irlandeses.

Sam intentó centrarse en lo que era realmente importante. No era que lo hubieran dejado ni que la siguiera queriendo sino la amenaza que les perseguía.

No estaba preocupado por sí mismo sino por Karen. Haría todo lo posible por que no le ocurriera nada.

Sam suspiró y la miró. Parecía preocupada. Se estaba mordiendo el labio inferior y tenía la mirada fija en la tormenta que se producía en el exterior. Supo que deseaba estar en cualquier otros sitio menos allí. Una parte de él le dio la razón, pero se alegraba de que estuviera con él. Por lo menos, sabía que estaba a salvo.

–¿Te parece bien que declaremos una tregua temporal? –preguntó Sam un poco alto para que le oyera a pesar de la tormenta.

–De acuerdo –asintió tras considerarlo un momento y le tendió la mano derecha para sellar el pacto con un apretón.

Al tocarle la mano, Sam sintió una descarga eléctrica que le recorrió el brazo y le llegó hasta el cerebro. Sam se la soltó rápidamente, pero no pudo evitar que el deseo le llegara al pecho y le aplastara el corazón.

Cuando vio que Karen se comía otro bombón, pensó que a ella le debía de haber pasado lo mismo. Le temblaron los dedos al desenvolverlo. Sam supo que lo que había habido entre ellos seguía vivo.

Pero eso no tenía importancia en aquellos momentos. Le había dejado claro hacía dos meses lo que sentía por él cuando se alejó de él casi sin mirarlo.

–Como sigas comiendo tanto chocolate no vas a llegar a los cuarenta con dientes –le dijo aclarándose la garganta para borrar aquellos recuerdos dolorosos.

–Habrá valido la pena –murmuró.

–¿Y cómo vas a comer chocolate cuando ya no tengas dientes?

–Lo derretiré y me lo tomaré con una pajita.

–Cabezota.

–Listillo.

Sam sonrió y vio que a ella también se le dibujaba el comienzo de una sonrisa en el rostro. Echaba de menos aquellas... conversaciones. Y otras cosas, también.

–Bueno, ¿qué te parece si encontramos

un lugar donde resguardarnos de la tormenta?

—Buena idea.

A los veinte minutos sonó el móvil de Karen, que se alegró tanto de que funcionara de nuevo, que no se extrañó de que la llamaran a las tres de la madrugada.

—Hola, mamá —dijo mirando a Sam.

Él se rio sofocadamente, lo que hizo que a Karen le rechinaran los dientes.

—Karen, cariño... ¿Dónde estás? Espero que en algún sitio seguro.

—Claro —contestó. Físicamente, sí; emocionalmente, no lo tenía tan claro. Tener tan cerca de nuevo a Sam Paretti no era una buena idea. Los recuerdos de cuando estaban juntos estaban demasiado cercanos. Demasiado fuertes. Demasiado tentadores.

—¿Dónde estás? —dijo su madre sacándola de sus pensamientos.

—De camino.

—Pero si hace horas que tendrías que haberte ido.

—El tráfico estaba fatal —dijo para que se enteraran los dos: su madre y Sam.

—Martha... —dijo su padre desde otro auricular–. Ahora que sabemos que está bien, ¿por qué no colgamos y la dejamos seguir?

–Gracias, papá.

–Nada de esto habría ocurrido si no te hubieras ido –dijo su madre–. Estarías sana y salva, aquí, en California...

–Esperando, con todos nosotros, al super-terremoto –apuntó su padre.

–Mamá, estoy perfectamente...

–Ahora –añadió Sam.

–¿Quién ha dicho eso? –preguntó su madre.

–Eh... –Karen cerró los ojos y se armó de paciencia–. Estoy con un amigo.

Sam se rio al oír el tono en el que había dicho «amigo».

Karen pensó que, efectivamente, no eran amigos, pero tampoco eran novios ya. ¿Qué eran, entonces? ¿Enemigos que se llevaban bien?

–¿Qué amigo?

–Martha...

–Diles hola de mi parte –dijo Sam.

Karen suspiró y se rindió ante lo inevitable.

–Sam os manda recuerdos.

–¿Sam? No me habías dicho que estuvierais juntos otra vez.

–No estamos juntos...

Sam se rió y a Karen le entraron ganas de llorar.

–Karen, ¿qué está pasando?

–Lo siento, pero tengo que colgar. Tengo que ayudar a Sam con la carretera.

–Muy bien, cariño. Tened cuidado los dos –dijo su padre.

–Exacto. Yo he vivido alguno de esos huracanes y sé lo que es. Por eso me fui de la Costa Este. Tienes que ir tierra adentro. Cuando llegues, me llamas. Seguramente, las líneas estarán cortadas y...

–Martha... –dijo la voz de Stuart Beckett un poco impaciente.

–De acuerdo, de acuerdo. Cariño, no os paréis hasta que no estéis a salvo.

–Claro. Te lo prometo –dijo sonriendo. Sus padres, como todos los padres, tenían la capacidad de sacarla de quicio, pero los adoraba. Lo único malo de haberse mudado era lo mucho que los echaba de menos–. Os llamaré en cuanto pueda.

Colgó y metió el móvil de nuevo en el bolso. Escuchó el chirriar de los neumáticos sobre el pavimento mojado y el repiquetear de las gotas en el coche.

–¿Por qué has hecho eso?

–¿Qué?

–Asegurarte de que mis padres se enteraran de que iba contigo.

—No sabía que debía esconderme —dijo encogiéndose de hombros.

—No es eso. Es que van a querer saber qué está pasando y...

—Y no quieres contarles nada, como a mí, ¿no?

—Sam, ya te dije que tenía mis razones para cortar contigo.

—Sí, ya lo sé. Por desgracia, decidiste no compartirlas conmigo.

—¿Y eso qué importa?

—¡Por supuesto que importa! —dijo casi gritando—. Mira, no quiero que vuelva a pasar —añadió bajando la voz.

—¿Y crees que yo sí?

—Supongo que no.

La tensión se mascaba en el interior del coche. A Karen le dolía el corazón. Hubo un tiempo en el que las cosas habían sido estupendas entre ellos.

—¿Qué tal están tus padres? —preguntó Sam cambiando de tema.

Karen pensó que era mejor guardar las formas. Después de todo, les iba a tocar estar juntos durante no sabía cuánto tiempo. No hacía falta ponerse de malas. No había necesidad de hacerse daño mutuamente.

—Bien —contestó mirándolo. Aquel perfil parecía esculpido en piedra, pero recordaba muy bien cómo su expresión rígida podía tornarse en sonrisa rápidamente. Se puso nerviosa de repente, así que alcanzó otro bombón y se lo comió.

–¿Tu madre sigue dándote la lata para que te vuelvas a California?

–No tanto. Ahora, ya solo de vez en cuando.

–Pensé que, tal vez, después de dejarlo conmigo, te volverías –comentó con la mirada fija en la carretera.

En los días que siguieron a su ruptura, Karen había deseado un lugar en el que poder esconderse, pero se negó a huir de nuevo. Ya lo había hecho cuando se había ido de California a Carolina del Sur y se había dado de bruces con lo mismo de lo que iba huyendo.

Esconderse no era la solución. Se quedó para afrontar la situación y olvidarse de lo que habían compartido. No le había salido bien.

–¿Cómo es que no te fuiste? –insistió Sam.

–Porque, ahora, esta es mi casa. Me gusta vivir en el sur. Me gusta la vida en una ciudad pequeña. Además, no creo que sea bueno dar marcha atrás.

–Yo tampoco –dijo mirándola.

–Bien –dijo pensando en que lo que había querido decir era que no tenía ningún interés en rememorar lo que habían vivido juntos–. Aunque tengamos que pasar un rato juntos, esto no cambia nada.

–De acuerdo.

–Veo que nos entendemos.

Sam agarró con mas fuerza el volante y tomó aire profundamente.

–Sí –dijo por fin–. Estate tranquila. No tengo la más mínima intención de que me vuelvas a romper el corazón.

A Karen aquello le cayó como una bofetada.

–Lo siento. No tenía que haber dicho eso.

–No pasa nada.

–Sí, sí pasa. Hiciste lo que debías hacer. Lo sé, aunque no lo entiendo.

La culpa le atenazó el estómago a Karen. Sabía que le había hecho daño, pero no tuvo más remedio que cortar con él antes de que se convirtiera en algo importante. Perderlo hubiera significado la muerte para ella.

Aquello le parecía una razón estúpida incluso a ella. Por eso nunca le había dado una explicación. Seguro que la habría convencido y seguro que algún día se habrían arrepentido.

Recorrieron muchos kilómetros. Sam no quitaba la vista de la carretera y no dejaba de darle vueltas al problema que tenían entre manos: encontrar refugio. Si hubiera estado solo, habría aparcado y habría montado la tienda de campaña.

Pero, como Karen estaba con él, todo cambiaba. Había que encontrar un motel. Un edificio que aguantara el viento, que cada vez soplaba con más fuerza. Los árboles situados a ambos lados de la carretera estaban doblados por la mitad y agitaban las ramas como si quisieran agarrar los coches.

Había pasado de largo ante unas cuantas salidas de la autopista porque todavía estaban demasiado cerca de la costa. Había que ir tierra adentro lo suficiente como para que Karen no estuviera en peligro. A juzgar por la fuerza del viento, se estaban quedando sin tiempo.

Entonces, lo vio. Un motel de ladrillo. Había una docena de coches en el aparcamiento, pero tenía puesto el cartel de libre.

—¿Posada La gota? —preguntó Karen viendo que Sam se metía con el coche.

—Suena acogedor, ¿no? —rió Sam.

—¿Acogedor? Pero si parece que tiene cien años.

—Exactamente lo que necesitamos.

—¿Eh?

Aparcó delante de la recepción y apagó el motor.

—Si es tan viejo, habrá sobrevivido a un montón de huracanes. Seguro que también aguantará este —dijo encogiéndose de hombros.

«Claro», pensó Karen, pero se preguntó si ella sobreviviría al huracán.

Capítulo Tres

Lo miró a través del parabrisas. Las cataratas de lluvia desdibujaban su silueta como si todo aquello fuera un sueño y, en realidad, estuvieran en casa, en la cama, con imágenes de Sam atormentándola.

Cuando vio al dueño del motel aparecer tras el mostrador rascándose el pecho peludo, supo que no era un sueño. Era un hombre mayor, tripudo y con el pelo cano. Sonrió a Sam y le entregó el libro de registro.

–Oh, este sitio es el Ritz –murmuró Karen cuando el dueño se quitó la porquería de los dientes con la uña del pulgar. Aquel hotel parecía sacado de una película de miedo de los años cincuenta. Paredes sucias, que nadie se había molestado en limpiar en años, un árbol solitario en mitad del aparcamiento y coches que parecían abandonados–. Bueno, no te pongas nerviosa. No pasa nada en este sitio que no pueda solucionar una buena bomba atómica –se dijo a sí misma.

Vio que Sam le daba la mano al otro hombre y que los dos se reían. Sam corrió hacia el coche, abrió la puerta, se metió dentro de un salto y se sacudió como un perro recién salido del mar.

–¡Vaya! –exclamó mientras Karen se quitaba las gotas de agua de la cara–. Esta tormenta es gorda.

–Ya me he dado cuenta –dijo agarrando la hoja de registro de las manos de Sam–. ¿Dónde están nuestras habitaciones?

–Bueno, ahí está la cosa –contestó Sam pasándose la mano por el pelo.

–¿Qué? –preguntó al tiempo que el cartel de neón de libre se apagaba y el dueño salía de la recepción.

–Jonás dice que ha sido una noche de mucha gente.

–¿Jonás?

–Sí, Jonás –respondió Sam encendiendo el motor. Pasaron junto a los demás coches y aparcaron en el último sitio libre.

–Solo queda una habitación –concluyó Sam.

–¿Una?

–Sí y, como estamos en una pequeña ciudad sureña, no me apetecía oír a Jonás y he...

–¿Qué?

–Mira la hoja de inscripción –contestó Sam encogiéndose de hombros.

Karen alzó el papel y lo leyó. Asombrada, lo volvió a leer.

–¿Has puesto señor y señora Paretti? –le dijo en tono acusador.

Sam pensó que no tenía por qué sentirse insultada. No había tenido intención de registrarse como marido y mujer, pero, al ver la expresión lasciva del dueño del motel, había cambiado de opinión. No iba a permitir que un tipo como Jonás dejara correr su enferma imaginación acerca de Karen.

¿Y qué había conseguido protegiéndola? Que se sintiera espantada ante la idea de tener que hacerse pasar por su esposa.

Perfecto.

–Tranquila, Karen. No te estoy pidiendo que me ames, me respetes y me obedezcas hasta la muerte.

–Lo sé, pero...

–No pasa nada, ¿de acuerdo? Es una mentirijilla para que las cosas resulten más fáciles.

–¿Para quién?

–¿Qué pasa con nuestra tregua? –preguntó molesto.

–De acuerdo, tienes razón. ¿Cuánto puede durar el estúpido huracán, después de todo? –dijo asintiendo tras un largo minuto de reflexión.

Mientras Karen agarraba los bombones y el bolso, Sam pensó por primera vez que iban a estar juntos... solos... durante tres días. Con sus noches.

Madre mía.

Tuvo la impresión de que las maniobras militares iban a ser una tontería comparadas con aquel huracán.

El interior de aquel lugar era exactamente como prometía el exterior.

Karen se quedó en la puerta, fascinada. Las paredes estaban pintadas de naranja clarito y la alfombra color óxido le iba de maravilla. Había dos lámparas atornilladas a las mesillas que había a ambos lados de la cama de matrimonio. Un vestidor sin puerta dejaba a la vista tres perchas de alambre que colgaban de una barra. Más allá, se veía el baño, de color verde mar.

Se sentó en la cama y oyó los muelles rechinar. Se preguntó asombrada de dónde habrían sacado todas aquellas cosas.

–Bueno –dijo Sam dejando las maletas en la habitación–. Está seco.

–Más o menos –contestó Karen señalando el techo, donde se había formado una gotera.

–Eso lo puedo arreglar.

«Por supuesto», pensó Karen. Así era él con todo. Si se rompía, Sam lo podía arreglar. Como había intentado hacer con lo que había pasado entre ellos, pero aquello nadie podía arreglarlo.

–De acuerdo. No es precisamente una casa con encanto, pero soportará el huracán y eso es lo que nos importa.

Ella lo miró. Se quedó observando aquella mandíbula fuerte y aquellos labios un poco curvados y supo que no era solo el huracán lo que debía preocuparla. Compartir una habitación diminuta, por no hablar de la cama, con un hombre que podía volverla loca con un simple roce le parecía igual de peligroso.

Sam la miró y fue como si le leyera el pensamiento. Karen vio una chispa de deseo en los ojos de él, que desapareció tras el muro de dolor que ella había construido hacía dos meses.

—Es temporal, Karen. Solos unos días juntos y luego volveremos a hacer vidas separadas, como tú quieres.

—¿Cómo que días?

—Antes, pasar unos días conmigo no te habría hecho poner esa cara, como si te hubieran condenado a veinte años de trabajos forzados —dijo riéndose.

Aquellas palabras le dieron de lleno en el corazón. Ella no había querido hacerle daño. ¿Acaso no sabía que ella también lo había pasado mal? ¿No se daba cuenta de lo difícil que le resultaba alejarse de él cuando, en realidad, lo que le salía era estar cerca de él, volver a sentir la magia que había conocido solo en sus brazos?

—Sam —dijo levantándose de la cama. Echó la cabeza hacia atrás y miró aquellos ojos de color castaño claro—. No es por ti. Es por...

—Lo sé —la interrumpió—. Es algo que no puedes explicar. Creo que recuerdo ese discurso y, si no te importa, prefiero no volverlo a oír.

Karen sintió un tremendo calor en las mejillas y supo que se había sonrojado. Maldición.

—De acuerdo. Lo siento.

—Voy a buscar las otras cosas —dijo asintiendo.

–¿Quieres que te ayude?

–No, gracias –contestó yendo hacia la puerta–. Puedo yo. ¿Por qué no llamas a tus padres antes de que corten el teléfono? Ahorra energías.

Lo vio salir y perderse entre la lluvia y la oscuridad. Cuando se quedó sola, se fue hacia el vestidor, se quitó la chaqueta y la colgó. En ese momento, se cayó la barra de madera y dio contra el suelo. Se quedó mirando la chaqueta, atrapada bajo la barra, suspiró y la dejó allí. Si aquello era una señal de lo que se le venía encima, prefería no pensarlo.

Pensó que las cosas no se podían poner mucho peor. Fue hacia el teléfono, lo descolgó y comenzó a marcar. Debía evitar que su madre hiciera cábalas sobre si habría vuelto con Sam.

Martha Beckett quería nietos desesperadamente y no dudaba en hacer que su única hija se sintiera culpable diciéndole que debería dárselos antes de que fuera demasiado mayor como para disfrutar de ellos.

Karen se giró para ver a Sam, que entraba en ese momento. Justo entonces, su madre descolgó el aparato al otro lado.

–¿Sí?

–Hola, mamá –dijo Karen mirando a un

lugar más seguro, como la pared, por ejemplo–. Soy yo.

–Cariño. Me alegro de oírte. ¿Estás a salvo de la tormenta?

–Sí –contestó. A salvo de la tormenta, sí.

–Bien. Ahora cuéntame todo sobre Sam y tú. ¡No me habías dicho que habíais vuelto!

–No hemos vuelto, mamá –contestó sabiendo que aquello no le iba a servir de nada.

–¡Justo el otro día le estaba comentando a tu padre que sabía que acabaríais juntos otra vez!

Karen gimió y se tocó la frente al sentir una aguda punzada.

–Creo que lo mejor será que cada uno tenga una zona –dijo Sam mirando la habitación.

–¿Ah sí?

–Sí –contestó mirándola. Estaba sentada en la cama, apoyada en el cabecero y con las piernas cruzadas, aquellas piernas tan largas. Su pelo dorado brillaba aunque había poca luz. Lo estaba mirando con aquellos ojos azules y tenía en su rostro una media sonrisa que le recordaron otros tiempos. Tiempos más felices.

Se acordó de aquellas mañanas de domingo haciendo el vago en la cama. Despertarse con ella hecha un ovillo a su lado. Su respiración en el pecho, el olor a limón de su pelo, la magia de sus caricias.

–¿Sam? –dijo Karen en un tono que le hizo comprender a Sam que no era la primera vez que lo llamaba.

–¿Eh? Sí –dijo recordándose que aquellos días habían terminado. Karen había decidido ponerles fin y era mejor acordarse de ese hecho y olvidarse de todo lo demás.

O, al menos, intentarlo.

–Quédate tú con la cama y yo dormiré en el suelo –dijo Sam.

–De acuerdo.

–Demasiado rápido –apuntó Sam con una ceja levantada.

–Bueno, la feminista que hay en mí piensa que deberíamos turnarnos para dormir en el suelo, pero...

–¿Sí?

–La niña que hay en mí prefiere dormir en una cama, que es mucho más cómodo, porque odia los sacos de dormir.

–Ya lo sé. Lo de acampar no te hacía mucha gracia –dijo riéndose.

–Estaba lloviendo.

–Teníamos una tienda.

–Sí y todos los bichos del condado se metieron en la tienda con nosotros para resguardarse de la lluvia –dijo sonriendo. Por un momento, los problemas se disiparon y dejaron paso al recuerdo de aquel fin de semana juntos.

Se miraron durante un momento largo y lleno de tensión y Karen, de repente, se levantó en busca de sus maletas.

–¿Nos instalamos?

–Claro –contestó aparcando el deseo que sentía por ella en un rincón de su alma.

Media hora después, sus respectivos «campamentos» estaban montados. A los pies de la cama, Sam estudiaba la zona para que todo estuviera como debía estar. Había puesto contra la pared la comida, las botellas de agua, una radio a pilas y una linterna. Delante de sus provisiones, estaba el saco de dormir, abierto. Se arrodilló sobre él para desenrollar la manta.

–¿Qué estas haciendo? –preguntó Karen.

–Me estoy preparando para el huracán. No como otras... –contestó mirándola por encima del hombro.

–Yo también estoy preparada –protestó.

–Claro. Ya lo veo.

–Eh, que yo he terminado de deshacer el equipaje hacia veinte minutos –apunto Karen terminando de pintarse la última uña del pie.

—Lo único que has hecho ha sido sacar las cosas de la nevera.

—Tenía sed.

—Karen...

—Relájate, sargento. ¿Qué pasa? ¿No se puede hacer nada? ¿Solo esperar a que llegue el huracán?

—Sí, claro, se puede uno dedicar a pintarse las uñas de rosa.

—¿Quieres que te las pinte a ti también? —dijo Karen sonriendo con una ceja levantada.

—Muy graciosa.

—A lo mejor, el rosa os queda bien a los marines.

—Quizá debería decirle al comandante que nos pongan algo rosa en el uniforme.

—Seguro que sería más alegre que esas ropas de camuflaje tan feas que lleváis.

—Claro, pero un marine vestido de rosa es un blanco fácil en mitad de la selva y para evitar eso están, precisamente, las ropas de camuflaje —contestó levantándose con la manta y dirigiéndose a la ventana.

—¿Has estado muchas veces en la selva? —preguntó Karen tras un minuto de silencio.

–Hace mucho que no. ¿Por qué?

–No, por nada.

Sam sintió curiosidad, pero lo dejó pasar.

–¿Qué estás haciendo ahora? –preguntó Karen mientras Sam descorría las cortinas.

Sam miró por la ventana, pero, en vez de ver la lluvia cayendo, vio el reflejo de ella en el cristal. Se había puesto unos pantalones cortos blancos y una camiseta azul. Tenía las piernas descubiertas y algodones entre los dedos de los pies. El pelo rubio le caía sobre los hombros y, cuando se dio la vuelta para mirarla, Sam podría haber jurado que había paseado la mirada por su cuerpo.

–¿Sam?

Sam dejó de lado el reflejo de Karen y se concentró en el exterior, donde reinaba la oscuridad y la lluvia golpeaba el cristal por la fuerza del viento.

–Sí. Eh... –dijo Sam colocando la manta con chinchetas a lo largo del marco de la ventana–. Así, si la ventana se rompe, no resultaremos heridos –pensó en que sería ella la que resultaría herida por los cristales, ya que era ella la que iba a dormir en la cama, y quería evitarlo.

–Eres como McGuiver, ¿no? –dijo sonriendo, lo que hizo que él se lo tomara como un cumplido.

–Sí, exacto.

Maldición. Qué guapa estaba en aquella cama. No había nada que Sam deseara más que yacer con ella, abrazarla y besarla hasta que no se acordaran de nada, ni de sus nombres.

Pero aquello no iba a ocurrir...

–¿Tienes hambre? –preguntó Sam.

–Pues, sí, la verdad.

–Resulta que tengo la despensa llena –dijo frotándose las manos.

–¿De verdad? Bueno, yo tengo...

–No. La cena corre de mi cuenta.

–¿Qué has pensado?

–Ehh –dijo arrodillándose ante las provisiones y leyendo las etiquetas–. Pasta con atún, patatas con jamón –la miró y vio que, por la expresión de su cara, aquello no le apetecía mucho–. Uno de mis preferidos es macarrones con queso. ¿A ti qué te apetece?

–Una hamburguesa.

–Lo siento, no tengo.

–¿Te he dicho que tengo cosas para hacer sándwiches en la nevera? Salami, pastrami, jamón, carne asada y queso. Con pan francés.

–Suena estupendo, pero yo te estoy ofreciendo algo calentito.

–Ya. Te lo agradezco, pero paso de la

pasta con atún –dijo levantándose de la cama en dirección a la nevera portátil.

–Haz lo que te dé la gana –murmuró Sam–. Como siempre.

–¿Qué has querido decir con eso? –preguntó Karen parándose en seco.

–¿Qué?

–Te he oído. Lo has dicho en bajito, pero tienes un tono de voz muy alto. ¿Qué has querido decir con eso de que hago lo que me da la gana?

–Nada –contestó pensando que no lo tendría que haber dicho. Se había arrepentido en cuanto las palabras habían salido de su boca. No había motivo para hablar del tema otra vez. Karen era una cabezota. Lo había dejado y no iba a cambiar de opinión. Así que la pregunta era: ¿quería pasarse los próximos días discutiendo con la única mujer que le había interesado de veras?

–Cobarde –respondió Karen.

Sam la miró y ella le aguantó la mirada. Parecía que lo único que iba a hacer con Karen aquellos días iba a ser pelearse.

Capítulo Cuatro

«Me parece que me he puesto un poco desagradable», pensó Karen mirando aquellos ojos color ámbar. A ningún hombre le gustaba que le llamaran cobarde y, menos aún, a un marine.

–¿Cobarde? –repitió Sam atónito–. ¿Me estás llamando cobarde? ¡Ja! Le dijo la sartén al cazo, como decías tú antes.

–Bueno, quizá no tendría que haberte llamado cobarde...

–¿Quizás?

–Bueno, no debería haberlo hecho –admitió–, pero eso no te da derecho a llamarme ciertas cosas.

–Yo no fui el que terminó con una cosa que estaba yendo bien, Karen –le recordó–. No fui yo el que tuvo miedo de seguir con una persona. No fui yo el que dijo «se acabó» y no se molestó en dar una explicación.

Era cierto, no le había dado ninguna explicación y se la debía. Intentar que lo comprendiera hubiera sido más doloroso que irse sin más.

—Tenía mis razones.

—Sí, pero te daba miedo compartirlas conmigo.

—No me daba miedo —dijo dando un paso sin acordarse de los algodones de los pies. Maldición. Fue hacia la pared y volvió. Aquella habitación era demasiado pequeña.

—Entonces, ¿por qué? —preguntó Sam—. ¿Por qué no me dijiste qué estaba ocurriendo?

Karen cruzó los brazos en señal de defensa. No quería volver a hablar de aquel tema. No había querido hablar de ello entonces y no quería hacerlo en esos momentos. No era el momento. Ni siquiera sabían cuánto tiempo iban a tener que pasar juntos.

—Es privado —contestó Karen con la esperanza de que la dejara en paz.

—¿Privado? —preguntó asombrado mirándola como si estuviera loca—. ¿Es tan privado como para no decírselo al hombre que ha explorado todos y cada uno de los rincones de tu cuerpo haciéndote el amor?

Karen sintió un escalofrío por la espalda al recordar aquellos momentos. Las manos de Sam en su espalda, el roce de sus piernas y su respiración moviéndole el pelo mientras la abrazaba durmiendo.

Maldición. Aquello no era justo. No podía utilizar los recuerdos para desarmarla.

–No –dijo luchando contra el nudo que se le había formado en la garganta. Quizás hubiera sido mejor enfrentarse al huracán. Al menos, así, solo habría estado en peligro su cuerpo, no su corazón ni su alma.

–¿No qué? –preguntó suavemente–. ¿Que no recuerde lo que compartimos? ¿O que no hable de ello?

–Las dos cosas –contestó moviendo la cabeza intentando hacer desaparecer los recuerdos–. Ninguna de las dos.

Sam se acercó a ella y Karen retrocedió. No lo temía. No. Nunca lo había temido, ni siquiera cuando habían discutido. En realidad, era todo lo contrario. Lo que temía era no poder controlar el deseo de abrazarlo si la tocaba. Maldición. Llevaban más de dos meses sin verse. ¿No era tiempo suficiente para controlar el deseo que la invadía?

No tendría que resultar tan difícil alejarse de él cuando sabía que era lo que debía hacer.

–Esto no es justo –murmuró Karen enfadada consigo misma por la reacción de su cuerpo ante la presencia de Sam. Por Dios, ya no era una adolescente loca por el capitán del equipo de fútbol.

—¿Justo? ¿Quieres justicia? Maldita sea, Karen, teníamos algo maravilloso y tú te lo cargaste —dijo asombrado.

—No fue tan fácil —contestó Karen intentando ignorar el dolor de la voz de Sam y la acusación implícita en sus palabras. ¿Cómo podía pensar que le había resultado fácil? Dos meses después, seguía echándole de menos, deseándolo. ¿Fácil? Había sido lo más difícil que había hecho en su vida.

—Yo creo que para ti, sí —dijo Sam alzando los brazos y dejándolos caer—. Fue como «aquí tienes tus maletas y no hagas ruido al salir, por favor».

«Tiene razón», pensó Karen. Era verdad. Se dirigió al baño. Salió corriendo y, con las prisas por acabar con todo aquello, no le había dado la más mínima explicación. No había tenido valor para exponer sus razones. No había querido darle la oportunidad de rebatírselas.

Se le había ocurrido la loca idea de que si cortaba por lo sano sería más fácil para ambos. Había sido una estupidez. Fue como creer que a alguien que le arrancan un brazo le va a importar menos porque haya sido de cuajo y no poco a poco.

Lo miró a los ojos, aquellos ojos de color whisky, llenos de dolor y rabia.

–Hice lo que tenía que hacer –afirmó. Intentó sonar segura de sí misma, pero las dudas estaban haciendo mella en su decisión.

–Eso dijiste –murmuró Sam bruscamente. Karen se estremeció. ¿Cuántas veces había oído ese tono ronco en mitad de la oscuridad de la noche?

Pensar en aquello no le ayudaba en absoluto.

–Mira, Sam –dijo agarrando la puerta del baño–, declaramos una tregua, ¿no? Fue idea tuya.

Sam la miró detenidamente y luego se pasó las manos por la cara.

–Muy bien. No nos pelearemos, pero vamos a hablar.

A Karen se le hizo un nudo en la boca del estómago. Estaba atrapada en aquella habitación con Sam. A decir por la expresión de su cara, las cosas iban a ir a peor entre ellos.

Sam golpeó el marco de la puerta con ambas manos.

–Estamos aquí atrapados, Karen. No podemos huir. No podemos escondernos. Y, antes de que termine el huracán, tú y yo vamos a dejar claras unas cuantas cosas.

Nunca le había consentido aquello de

«yo soy el marine y yo soy el que da las órdenes» y no lo iba a hacer en esos momentos.

–Hablaremos cuando yo esté preparada para hablar –le espetó con firmeza.

–Claro que hablaremos –le aseguró Sam.

Agresivo, eso era lo que era. Simplemente agresivo. Ese era el tipo de defectos que debía recordar, se dijo Karen. Pero no. Su cerebro se empeñaba en recordar su ternura, su forma de hacer el amor, su risa. Si se hubiera dedicado a recordar lo marimandón que era, seguramente ya se habría olvidado de él.

–Atrás, sargento –dijo cerrando la puerta del baño. No iba a pedir perdón por lo que sentía y, desde luego, no iba a explicárselo. No era el momento.

Sam apoyó una mano en la puerta para que no se cerrara.

–¿Qué haces?

Karen le quitó la mano.

–Me voy a duchar, si al Maestro del Universo le parece bien.

Dio un portazo y echó aquel patético cerrojo. Tendría que fiarse de Sam y de su sentido del honor para poder tener un poco de intimidad porque aquel cerrojo no aguantaría la arremetida de un niño de diez años.

Se apoyó en la puerta y miró al techo

verde que se estaba desconchando. En realidad, no veía el techo sino un ataúd plateado con una bandera por encima, rodeado de personas de luto. La visión se turbó por sus propias lágrimas. Apretó los párpados e intentó parar la sucesión de imágenes, pero, aunque lo logró por aquella vez, sabía que nunca la abandonarían. Siempre la acompañarían, siempre estarían allí, al acecho.

–Dúchate si quieres, Karen –dijo Sam desde el otro lado de la puerta–, pero tendrás que salir tarde o temprano y estaré aquí. Esperando.

Aquello le llegó al alma. Intentó no escuchar a su corazón dolorido. Él también estaría allí, como todas las noches cuando intentaba dormir para olvidarse de él y se lo encontraba en sueños.

Karen salió de la ducha y se secó. Sam sabía que había hecho lo correcto al posponer la conversación que tenían pendiente. Decidió darse él también una ducha antes.

Las conversaciones con Karen solían terminar en enfado, pasión o ambas cosas. Sabía que iba a tener que estar alerta para controlarse.

Quitó el vaho del espejo con la toalla y la

colgó. Estudió su reflejo y vio a un sargento de artillería de 34 años un poco cansado. La barba de tres días no ayudaba mucho. A las cuatro de la madrugada nadie está recién afeitado, aunque estaba acostumbrado a madrugar.

Karen y él llevaban despiertos toda la noche. Entre encontrar un motel, instalarse y pelearse, había sido una noche completita. Madrugada, más bien.

Agarró la maquinilla de afeitar y se afeitó rápidamente, se vistió y salió del baño, preparado para enfrentarse a Karen y hablar con ella.

Sin embargo, la habitación estaba vacía.

–Maldita sea –murmuró–. Como se haya ido, como haya huido otra vez... –no terminó la frase porque al abrir la puerta de la calle, una ráfaga de lluvia y viento se lo impidió.

Barrió con la mirada el aparcamiento. No debería de haber propiciado una confrontación. Por su culpa, porque no podía olvidarse del pasado, ella podía estar en peligro. No quería ni pensar en ella sola, con aquel tiempo.

Entonces, la vio. Detrás del coche. Con la cabeza y los brazos en alto hacia el cielo, su cuerpo azotado por el viento, con la ropa empapada, el pelo alborotado, haciendo frente a la furia de la tormenta.

No supo si sentirse contento o enfadado. Sam salió y fue hacia ella.

—¿Qué diablos estás haciendo? —le dijo a su espalda.

Karen ni siquiera se dio la vuelta. Siguió con la mirada fija en las nubes.

—Necesitaba aire. Necesitaba...

—¿Huir?

—Sí —admitió.

—De mí.

—En parte —dijo pasándose los dedos por el pelo— y en parte porque quería ver llegar la tormenta.

—Pero si llevamos toda la noche viéndola venir —le recordó moviendo la cabeza.

—No, hemos estado huyendo de ella. Preparándonos para hacerle frente, pero no la hemos sentido.

—¿Estás loca? —le preguntó al ver que volvía a levantar los brazos hacia el cielo como si esperara que el viento se la llevara.

—A lo mejor —dijo sonriendo a la lluvia—, pero me encanta el viento. Siempre me ha gustado. Cuando era pequeña, me encantaba sentarme en el césped y sentir el viento, como si yo formara parte de la tormenta —serio—. Es muy difícil ver tormentas en Carolina del Sur, pero esta... –dijo agitando la cabellera al viento–. ¿No sientes la fuerza de la tormenta cuando te da el viento? Es casi eléctrico.

–Como te dé un rayo sí que va a ser eléctrico –le advirtió.

–Tú no lo entiendes.

Sam la agarró de un brazo y la giró hacia él.

–Lo que entiendo es que todos los habitantes de este estado están escondidos ante el paso del huracán Henry y tú te dedicas a darle la bienvenida como si se tratara de un novio que no ves hace tiempo –dijo pensando en que así sería como le gustaría que lo recibiera a él. La agarró de los hombros y la atrajo hacia sí. Mirando aquellos ojos azules se olvidó del viento, la lluvia y los relámpagos.

–Sam, ¿te importaría dejarlo? ¿Te importaría dejarlo un rato?

No quería dejarlo. Necesitaba respuestas. Quería tenerla entre sus brazos. Vio súplica en los ojos de aquella mujer fuerte y decidió esperar. Asintió y la abrazó fugaz pero profundamente. Le pasó un brazo por los hombros y se dirigieron a la habitación.

–Vamos a secarnos... de nuevo y vamos a intentar dormir un poco.

–Me parece bien –contestó Karen.

—Ya tendremos tiempo de hablar más tarde.

—Más tarde.

Sam tuvo la impresión de que ella tenía la esperanza de que él se hubiera olvidado de la conversación que tenían pendiente. No era así. Antes de que el huracán Henry hubiera terminado de azotar el sur de Estados Unidos, Sam Paretti habría averiguado qué le pasaba a Karen Beckett.

Capítulo Cinco

–Ciento noventa y nueve, doscientas –contó Sam terminando las flexiones. Agarró una toalla, se secó la cara, se puso la toalla sobre los hombros, se sentó apoyado en la pared y miró a Karen.

El silencio que reinaba en la habitación era aplastante. Fuera el ruido era infernal, pero dentro no se oía una mosca y eso le ponía nervioso.

Había intentado tener paciencia. No le resultaba fácil, pero le había prometido la noche anterior que esperaría, que no haría preguntas y, de momento, lo había cumplido. Pero un hombre no podía esperar para siempre y la paciencia no era precisamente una de sus virtudes.

Había albergado esperanzas de que, después de haber dormido unas horas, Karen hubiera cambiado de opinión, pero solo había servido para que se distanciara. La tensión en aquella habitación diminuta había aumentado y Sam notaba que se ahogaba cada vez que tomaba aire.

Karen no parecía molesta en absoluto. En realidad, parecía más feliz que unas castañuelas.

Llevaba horas haciendo solitarios. El ruido de las cartas estaba poniendo a Sam de los nervios. Justo cuando ya no podía más, Karen dejó las cartas y se puso a leer. Otra manera de pasar el rato sola. Hasta el momento, había conseguido ignorar la presencia de Sam en la habitación y su existencia.

La observó. Estaba tumbada en la cama, apoyada sobre unas cuantas almohadas, con la nariz metida en el libro y la mano en la caja de bombones. Tenía los auriculares puestos y Sam oía las notas de los saxofones.

Lo había dejado tan fuera como si le hubiera echado el cerrojo a la puerta.

Sam dobló las piernas y descansó los brazos encima mientras se fijaba en la cubierta del libro que la tenía tan fascinada. Era una mujer voluptuosa apoyada en un hombre puro músculo y de larga melena, que llevaba una gran espada en una mano y con la otra abrazaba a aquella mujer de cintura de avispa. Una novela rosa. Lo estaba ignorando y estaba leyendo una novela de amor.

Aquello no tenía ningún sentido. Allí estaba él, un hombre de carne y hueso, que la deseaba con el alma y, en vez de recurrir a él, se dedicaba a leer fantasías. Maldición, no era plato de gusto que prefiriera a aquel cachas.

Karen se cambió de postura, movió las caderas y se pasó el pie derecho por la pantorrilla izquierda. Sam la estudió y se dio cuenta de que estaba sonrojada y se estaba mordiendo el labio inferior. Karen tomó aire y pasó la página como si no pudiera dejar de leer. Se volvió a cambiar de postura y Sam se dio cuenta de que respiraba aceleradamente, vio sus pechos arriba y abajo.

Se le secó la boca.

La cabeza se le llenó de recuerdos. Imágenes de ellos dos, uno en brazos del otro. Recordó el tacto de su piel cuando la tocaba y la respuesta apasionada que producían en ella sus caricias. Algo en su interior se atenazó y tuvo que tragar para intentar combatir el deseo que lo invadía.

Solo observarla hacía que su pecho, y otros partes de su cuerpo, se pusieran tensas. Podría demostrarle que la realidad era mejor que la ficción. Se quitó la toalla de los hombros y la dejó en el suelo.

Ya había aguantado suficiente. Se puso de rodillas, le quitó uno de los auriculares y ella lo miró sorprendida.

–¿Qué te pasa que te mueves como si te estuvieran clavando alfileres?

–No me estoy moviendo –contestó nerviosa–. No es eso exactamente.

–Ya, ya –dijo admirando la curva de sus pechos–. Me estás poniendo nervioso de solo mirarte. Léeme eso –le pidió con curiosidad.

Karen lo miró y se quitó los auriculares.

–Tú lo has querido –dijo y comenzó a leer en voz alta.

«Gavin se acercó a ella y ella dio un paso atrás. No estaba muy lejos, pero sí lo suficiente como para hacer que fuera tras ella».

–Mmm… –no eran las palabras del escritor lo que lo alteraba sino la expresión de Karen, su voz jadeante. No podía más.

«Ya he esperado bastante –dijo él–. Se acercó, la obligó a echar la cabeza hacia atrás y le dio un beso en la boca, aquella boca de labios carnosos y exuberantes, un beso que hizo mella en sus defensas».

Karen se paró y tomó aire.

–¿Sigo? –le preguntó mirándolo de reojo.

–Sí –contestó acariciándole el muslo. Ella tembló y aquello le llegó a Sam al alma.

–Eh –murmuró dejando caer un poco los párpados–. Sam…

–No puedes parar ahora. Tengo que saber qué ocurre a continuación –contestó él suavemente.

–Ya veo –dijo con una sonrisa escéptica–. O sea que te interesa la historia.

–Claro. Es fascinante –dijo acariciándole de nuevo el muslo.

–De acuerdo –susurró alzando el libro.

«Katherine pasó sus dedos por el pelo de Gavin, le abrazó y su lengua se perdió en una danza frenética de necesidad. La pasión que la embargaba hizo que le flojearan las rodillas». Karen hizo una pausa, tragó saliva y continuó: «Él alargó un brazo y posó la mano sobre uno de sus pechos, lo que hizo que ella gimiera y se entregara, presa del deseo».

Sam pensó que ya sabía por qué aquellos libros se vendían tan bien. Tenía el deseo a flor de piel. Si hubiera apostado a que no podía estar más excitado habría perdido porque, al mirarla, todos sus nervios se tensaron al máximo y su autocontrol se esfumó.

–Eso sí que es un libro –dijo haciendo que Karen lo mirara.

Sus miradas se encontraron con la fuerza de una locomotora. Sam vio su propio deseo en aquellos ojos azules y reaccionó instintivamente. Se olvidó de la cordura, la agarró de la mano y la arrastró por la cama hasta él. Ella se dejó llevar, como si lo hubiera estado esperando.

—¿Qué te parece si escribimos una escena de amor nosotros? —le preguntó antes de besarla.

Degustó su boca, que era suya. Su lengua se perdió dentro para recordarle a Karen los maravillosos días que habían pasado juntos. Ella respondió con tanta pasión que Sam se quedó asombrado.

Tiró de ella y los dos terminaron en el suelo. Le pasó la mano por la espalda desnuda y su calor le llegó hasta el último hueso. Aquello era lo que necesitaba, lo que había echado de menos.

Sam le dio un beso desesperado que pedía pasión a gritos. Karen no lo defraudó. Se pegó a él y rodaron por toda la habitación hasta que se dieron con la pared.

Frenético por saborear, por tocar, por ver, por sentir todo aquello que se le había negado durante dos meses, Sam gimió y comenzó a besarle el cuello. Sintió el latido de su corazón, que iba a toda velocidad, bajo sus labios y aquello le encantó. Sintió sus uñas en la espalda cuando deslizó una mano para levantarle la camiseta. Deslizó la mano por aquella piel tersa y suave, redescubriendo todas y cada una de las curvas de aquel cuerpo. Tocó, exploró, reclamó su cuerpo y le recordó que lo que habían tenido no tenía precio.

Se separaron de la pared rodando. Karen, que estaba encima, le agarró la cara y le besó con urgencia. Le acarició el pecho y los hombros. Sam agarró la camiseta de Karen desde abajo y tiró hacia arriba.

Karen alzó los brazos para quitársela y la tiró detrás de ella. Se tumbó sobre él y sintió el calor de su piel. Sam estaba sintiendo tantas cosas que no podía procesarlas todas, pero no era suficiente.

Sam le agarró la cabeza con una mano y con la otra le tocó los pechos, primero uno y luego el otro. Paseó el pulgar y el índice alrededor de sus rígidos pezones. Karen gimió.

—Sam —murmuró arqueándose contra él.

—Lo sé, cariño —dijo bajando la mano más allá del abdomen de Karen—. Cuánto te he echado de menos, Karen —murmuró metiéndose uno de los pezones en la boca. Pasó la lengua alrededor y Karen le premió con un movimiento instintivo de acercamiento, que pedía más. Pasó el borde de los dientes por el pezón y sintió las uñas en la espalda. Sonrió y agarró la cintura elástica de los pantalones.

Se los quitó con un rápido movimiento y los tiró al otro lado de la habitación. Aquello no era un sueño. Era realidad. Estaban juntos de nuevo. Lo único que le separaba de aquello que tanto ansiaba era un trozo encaje verde.

Karen balanceó las caderas y tiró de la cintura del pantalón de Sam.

—Te deseo, Sam. Ahora —dijo con voz ronca.

—Yo también, cariño —contestó alejándose un momento para quitarse los pantalones. En un abrir y cerrar de ojos, estaba de nuevo a su lado abrazándola con fuerza.

Karen le pasó las manos por la espalda arriba y abajo, deprisa, como si estuviera tan desesperada por tocarle como él.

Sam hundió la cara en su cuello, aspiró su aroma profundamente como si fuera la última bocanada de aire que fuera a dar en su vida. Se estaba emborrachando de ella, como no había hecho con ninguna otra mujer antes.

Aquella magia, aquella asombrosa complicidad solo existía con Karen. Volver a experimentarla era como haber vuelto a nacer.

Karen gimió y se apretó contra él mientras él le acariciaba todo el cuerpo. Deslizó los dedos bajo la cinturilla de las braguitas y ella se arqueó, deseosa de sentirlo allí.

Le había echado tanto de menos. Su roce

la electrificaba, hacía que le hirviera la sangre y que su interior temblara. Le dolía el corazón. Sin embargo, supo que no debería de estar haciendo aquello, no debería dar rienda suelta a sus sentimientos. No debería disfrutar con el contacto de su piel.

Pero no podía pararlo. No tenía fuerzas para decirle que no. Le deseaba. Necesitaba saber, aunque solo fuera una vez más, lo que era sentir su cuerpo dentro del suyo.

Cuando sintió los dedos de Sam dentro de ella, todo resquicio de lógica se esfumó. Se acercó a él, lo abrazó con fuerza como para evitar caerse por un precipicio.

Sam volvió a chuparle los pezones. Karen gimió sin remedio y le clavó las uñas. Todo le daba vueltas y se le nubló la vista al tiempo que las sensaciones la invadían.

La ventana se movía por acción del viento y la lluvia. Fuera, el mundo era salvaje e indomable. Dentro, la misma pasión salvaje.

Sus caderas se movían al ritmo de las caricias de Sam. En ese momento, le quitó las braguitas como por arte de magia y Karen recordó que siempre había sido muy hábil con las manos.

Sam paseó los labios y la lengua por el cuerpo de Karen, a través de su tripa y hasta sus caderas. Le acarició todo el cuerpo hasta que Karen se revolvió de placer. Entonces, se arrodilló entre sus piernas y le tocó con las puntas de los dedos la cara interna de los muslos. Karen se estremeció, no podía respirar. La miró y vio el deseo de sus ojos. Ella no podía más, sentía la sangre bullir y el deseo que debía ser satisfecho. Alzó los brazos. Quería sentirlo dentro.

–Te deseo, Sam –susurró mojándose los labios–. No quería, pero te deseo.

–No tanto como yo a ti, cariño –dijo deslizando un dedo dentro de ella y explorando sus curvas más íntimas. Luego, metió otro y sonrió ante la respuesta de su cuerpo. Karen se moría de placer ante aquella caricia suave, pero no era suficiente. Karen alzó las caderas y él se tumbó sobre ella, despacio al principio, pero con decisión en el momento de penetrarla.

Karen gimió, echó la cabeza hacia atrás sobre el saco de dormir. Sus caderas se arquearon al recibirle, al darle la bienvenida. Sus cuerpos se fundieron en uno, al igual que sus almas. Karen movió las caderas para sentirlo. Aquel roce delicioso la hizo gemir de deseo. Levantó las piernas, lo rodeó y lo apresó como si tuviera miedo de que se fuera a ir.

Sam le agarró la cabeza con las manos y la miró a los ojos obligándola a mirarlo. Karen vio más de lo que habría querido en aquellos ojos dorados y pensó que, seguramente, luego aquello le preocuparía, pero en aquel momento lo único en lo que podía concentrarse era en aquella maravillosa sensación de volverlo a tener dentro.

Karen sentía fuegos artificiales por todo el cuerpo. Se sentía más viva que nunca.

Sam se movía fuera y dentro, emulando una vieja danza que con él siempre era diferente, siempre era como la primera vez. Karen sabía que nunca encontraría a nadie que la hiciera sentir así.

Sam seguía, cada vez más rápido, más fuerte. El aire entraba y salía de sus pulmones. Karen ya no podía pensar. Su cuerpo se preparó para la última explosión. Sabía que sería bestial.

—Ven conmigo, Karen —le dijo al oído invitándola a aquel mundo donde la había llevado tantas veces antes.

Sí, quería ir allí otra vez. Sí, deseaba a Sam y todo lo que pudiera darle. Quería experimentar la magia que tanto había echado de menos. Ya habría tiempo para arrepentirse. En ese momento, lo único importante era Sam.

—Sí —dijo, abrazándolo, besándolo mientras el mundo explotaba en mil colores.

Capítulo Seis

Cuando recuperó la cabeza, Sam se giró desenganchando sus cuerpos, pero se quedó todo lo cerca de ella que pudo. No quería dejar de abrazarla. Todavía no. Había pasado mucho tiempo. La apretó contra su pecho y tomó aire. Karen se apretujo contra él y Sam sintió que sus corazones latían acompasados. Le acarició la espalda con ternura, como si estuviera domando a un animal salvaje y sintió que se iba calmando.

Se quedó mirando al techo y pensando que siempre había sido así entre ellos. Un estallido de pasión y deseo seguido por un silencio en el que solo se oía dos corazones latiendo al unísono. Había echado de menos todo, su cercanía y su pasión, su risa, su genio.

Los últimos dos meses habían sido los más duros de su vida.

–Oh, Sam...

Sam se puso tenso. ¿Ya? ¿En cinco minutos ya se había arrepentido? Maldición.

—No digas nada, Karen —dijo besándola en la cabeza—. No digas que te arrepientes de que esto haya sucedido...

—No, yo...

—Lo digo en serio —la interrumpió mirándola a los ojos—. No me apetece oír arrepentimientos. Ahora, no.

—Sam —contestó con el ceño fruncido.

—Déjalo, Karen —murmuró—. No me dejes.

—No pienso. Lo que pasa es que me estoy clavando la cremallera de tu saco de dormir.

—Ah —dijo incorporándose y apartándola—. Lo siento.

—Ha merecido la pena —contestó echándose el pelo hacia atrás.

—Sí —dijo inclinándose para darle un beso—. La verdad es que sí.

—Pero... —dijo apartándose para que no se lo diera.

Sam esperó con impaciencia. Sabía lo que venía a continuación. La patada. Decidió que aquella vez no se lo iba a permitir. No importaba lo que dijera. Acababa de comprobar sus sentimientos. Nadie podía fingir tanta pasión. Le había deseado tanto como él a ella. Aunque no pudiera o no quisiera admitirlo.

Sam alzó una mano para retirarle el pelo

de la cara y se recreó en el tacto de aquel cabello dorado entre los dedos.

Karen movió la cabeza y abrió la boca para decir algo. Sam le puso los dedos sobre los labios. Se miraron a los ojos y Sam deslizó la mano hasta la curva de su trasero.

—Karen, esta noche no hay pasado ni futuro. Solo presente. Aquí y ahora. Nosotros dos.

—Esto no va a arreglar nada, Sam.

—A lo mejor no hay nada que arreglar —sugirió paseando la mirada por su rostro—. Quizás sea suficiente que ocurra.

—Pero...

—No hay peros —dijo dándole un beso que ella no rechazó.

—Ni pasado ni futuro. Solo esta noche —dijo Karen.

Se levantó, le puso los brazos alrededor del cuello y lo besó lenta y fogosamente. Se apretó contra él y sus pechos se fundieron con su torso.

Sam estaba perdido.

Se tumbaron en la cama y Sam decidió ir despacio, torturarse con la espera. Quería disfrutar de aquel momento en el que solo importaban ellos dos.

Las sábanas estaban frías y la cama crujió cuando colocó a Karen en mitad del colchón. Se tumbó a su lado. Siempre habían funcionado muy bien juntos y quería recordárselo, quería que supiera lo que se estaba perdiendo.

Sam estudió el cuerpo de Karen a la luz de la lámpara de noche. Se fijó en todo, milímetro a milímetro y se lo grabó en la memoria para que, pasara lo que pasara después de aquella noche, siempre lo acompañara. No sabía si sería una buena idea o no.

—Sam, ¿qué estamos haciendo? —preguntó poniéndole una mano en el pecho.

—Lo que estamos predestinados a hacer —contestó deslizando una mano por sus caderas hasta el muslo.

—Hemos nacido para hacernos daño el uno al otro —murmuró Karen mordiéndose el labio inferior.

—Esta noche, no.

—No, esta noche, no —dijo Karen tragando saliva.

Sam le chupó un pezón, lo lamió y succionó. Al oírla gemir, todo él se tensó. Karen lo besó y se retorció bajo él. No podía creer que se estuviera muriendo de pasión de nuevo. Hacía pocos minutos que había sentido un clímax sorprendente que la había dejado exhausta y, de repente, aquello estaba retomando con más fuerza.

Solo Sam provocaba aquellas reacciones en ella. Era capaz de hacer que todas su terminaciones nerviosas se electrificaran hasta tal punto que Karen se preguntaba cómo no brillaba en la oscuridad. Cuánto le había echado de menos.

Sam estaba centrado en sus pechos. La atormentó con lentitud. Karen sintió que se le aceleraba el corazón y Sam no paraba. Cada vez iba más rápido. Karen jadeaba.

Sentía las manos de Sam por todas partes. Fuertes, decididas y suaves, explorando su cuerpo. Karen sintió el frío de las sábanas, en contraste con el calor que irradiaba su cuerpo.

Oyó la tormenta fuera, nada comparado con el huracán que reinaba dentro de la habitación.

—Sam, por favor —murmuró.

—Aquí estoy, cariño —susurró—. Te voy a hacer enloquecer.

Karen quería decirle que ya lo había conseguido, pero no le salían las palabras.

—Dios mío... —dijo apretando las sábanas con los puños mientras Sam recorría su cuerpo. Recorrió su abdomen a besos, desde los pechos, y siguió bajando. Le pasó la lengua por la piel. La mordisqueó. Y siguió entre las piernas, hasta aquel triángulo oscuro.

–Sam...

–Tranquila, cariño –dijo arrodillándose junto a la cama y colocándola en posición. Karen sabía lo que le iba a hacer a continuación y ya estaba experimentando el placer que sabía que producía.

Sam la colocó en el borde del colchón con una pierna a cada lado de la cabeza. Le tocó la entrepierna con la punta de los dedos y Karen tembló de deseo e impaciencia. Sam le puso las manos en las caderas y le besó la parte interna de los muslos. Karen se arqueó y gimió a medida que él fue subiendo. Estaba tan cerca, pensó Karen mientras le agarraba de los hombros. Solo estaba a un milímetro. Karen aguantó la respiración. Cuando llegó, Karen suspiró y subió las caderas, las movió y le ofreció más con la esperanza de que lo quisiera todo. Sam la besó y degustó con labios y lengua.

Karen gimió, le clavó las uñas en los hombros y disfrutó de aquellos círculos que le dibujaba con la lengua en el punto más sensible de su cuerpo. Perdió el control, tomó aire y lo miró. Vio cómo su boca le hacía cosas que no había imaginado.

Karen se abandonó a aquella sensación

salvaje. Apartó todos los pensamientos de su cabeza y se concentró en la boca de Sam. Karen jadeaba. Se acercaba el momento de placer más sublime

Con la primera descarga, gritó su nombre y las descargas se repitieron hasta adentrarse en un mundo del que parecía que solo Sam tenía el mapa para llegar.

Todavía no había dejado de temblar cuando lo sintió encima y dentro. Karen se movió para darle la bienvenida y para ayudarle a que él también obtuviera su merecido placer. Lo besó y lo abrazó con fuerza.

Karen daba vueltas en la cama intentando escapar de aquel sueño, pero no podía. Los truenos de la tormenta se convirtieron en salvas en su pesadilla. El cielo estaba gris sobre el cementerio y amenazaba lluvia sobre los que se habían reunido para dar el último adiós a un marine caído.

Karen estaba sentada en la primera fila en una silla de metal plegable y fría. Sintió que la brisa le acariciaba la mejilla, como un beso fantasmal.

Oía a la gente tras ella comentar «qué desgracia», «qué pena». Incluso oyó a alguien que preguntaba: «¿Se habrá acordado ella de cancelar la iglesia? Se iban a casar el mes que viene». Le hubiera gustado decirles que se había encargado de todo, pero no podía hablar. No podía moverse. Se sentía como congelada, por dentro y por fuera.

Aquel frío la había acompañado desde aquella tarde en la que había visto a dos marines que se bajaban de un coche delante de su casa. Iban vestidos de azul y se acercaron despacio hasta la puerta principal. Supo inmediatamente a lo que habían ido. Sabía el procedimiento que se seguía para informar de la muerte de un marine.

Agarró con fuerza la bandera que tenía sobre el regazo como si le fuera la vida en ello. Le dieron a ella la bandera de Dave porque no había nadie más. No tenía padres ni familiares. Solo una prometida que ya no estrenaría su vestido de novia.

Miró el féretro como si aquello no estuviera sucediendo. Volvió a oír los disparos que la asustaban. Deseó oír su risa mientras le decía que todo había sido un error. Pero no lo era. Dave Kendrick, marine de los Estados Unidos, yacía muerto en aquel ataúd y nadie ni nada podía remediarlo.

Entonces, el sueño cambió. Los colores se tornaron más vivos. Las personas de luto desaparecieron y se encontró sola con un ataúd abierto. Las flores se abrían en el césped ante el roce de la lluvia. Se levantó con la bandera abrazada y se acercó al féretro aunque sabía que no debería hacerlo. El viento aulló, los árboles se movieron y cayeron hojas a su alrededor. Con el corazón en un puño, se dijo que no debía acercarse, que no debía mirar.

Pero lo hizo. No vio la cara de Dave sino la de Sam, fría y rígida. Se despertó llorando.

–¡Karen! No pasa nada, solo es un sueño. Estás bien. Estás bien, aquí, conmigo –dijo la suave voz de Sam.

Karen sintió su roce, sintió que la sacaba del sueño y la abrazaba. Oyó cómo le latía el corazón al apoyar la cabeza sobre su pecho, pero no era suficiente para que el sueño la abandonara.

El dolor la invadió y una lluvia de dardos le dieron en el corazón y la dejaron malherida.

–Estás bien –murmuró varias veces–. Estás a salvo. Estás vivo.

–Claro que estoy vivo, cariño –contestó Sam acariciándole la espalda para calmarla–. Estoy aquí, contigo.

No está muerto. No está frío e inerte. Está aquí, caliente y fuerte.

–Demuéstramelo –dijo Karen pasando las uñas por su pecho, aquel pecho como esculpido en roca–. Demuéstramelo ahora.

Antes de que Sam pudiera reaccionar, Karen le puso tumbado boca arriba y se puso encima de él a horcajadas. Le acarició el pecho, despacio, sintiendo el latido de su corazón con las palmas de las manos. Mirándole a los ojos, le agarró las manos y se las puso sobre los pechos. Sam se los acarició con ternura, ella se agachó y le besó amorosamente, con firmeza, mientras sentía cómo respondía el cuerpo masculino.

Sam gimió al tocarle y pellizcarle los pezones. Aquellos dardos de placer fueron directos al blanco. Lo deseaba. Deseaba sentir de nuevo su fuerza dentro de ella. Necesitaba borrar aquel sueño. Comenzó a cabalgar sobre él, despacio, haciendo que entrara y saliera de ella.

Karen suspiró al oírle gemir y sentir su garra poderosa en los pechos. Sam levantó las caderas instintivamente, pero Karen le disuadió.

–No –dijo sin aliento–, esta vez me toca a mí. Esta vez mando yo. Yo te guío, sargento.

–Muy bien –susurró poniéndole las manos en la cintura.

Karen arqueó la espalda, deleitándose en

el movimiento, disfrutando al verlo disfrutar a él viéndola tan entregada. En cuanto se produjo el primer temblor, se dejó llevar por la magia, por aquello tan sorprendente que tenían entre los dos.

Los relámpagos resplandecían a través de las ventanas y la lluvia golpeaba los cristales, el viento aullaba y Karen decidió poseerlo en cuerpo y alma.

Capítulo Siete

Al abrir los ojos, Karen se dio cuenta de que se debía de haber quedado dormida, porque estaba arropada y Sam había apagado la luz de la mesilla.

Karen se movió lentamente, desperezó los músculos y suspiró apoyándose en la almohada. Hacía meses que no se encontraba tan bien, tan relajada. Por lo menos, físicamente. Su cabeza ya era otra cosa. Se acurrucó en posición fetal, con las rodillas prácticamente en la barbilla. Buena señal.

En mitad de aquel silencio relativo, si no hubiera sido por la tormenta y la radio de Sam, Karen hizo repaso mental a lo que había sucedido en las últimas horas. Un escalofrío le recorrió el cuerpo y sintió que le ardía la piel.

¿Cómo podía haber sido tan estúpida? Había cortado con él hacía dos meses. Había conseguido vencer el deseo de verlo durante aquel tiempo y, en unas cuantas horas, lo había tirado todo por la borda por pasar un buen rato. Bueno, un rato estupendo. ¿Y qué iba a decir o hacer? ¿Sería capaz de mirarle a los ojos y decirle: «Eh, muchas gracias por el sexo, pero me tengo que ir»?

No, no iba a ser tan fácil. Conocía demasiado bien a Sam Paretti.

—Estás despierta —dijo Sam.

Hablando del rey de Roma.

—No del todo —contestó Karen tapándose más. Quizás si se estaba quieta, él no insistiría.

—No te irás a quedar debajo de las sábanas todo el día…

—A lo mejor —dijo pensando que era una gallina y que lo único que quería era un agujero donde meter la cabeza.

—Karen —comentó Sam en tono serio—, tenemos que hablar.

Karen se estremeció. Maldición. ¿No había tenido bastante con el sexo? ¿No era suficiente aquella magia? ¿Además quería hablar? Y pensar que había mujeres en ese mismo momento sufriendo porque su pareja no quería hablar con ellas. Las cosas no siempre eran como una quería.

—¿Karen?

—Karen está durmiendo. Deja tu mensaje después de la señal…

—Muy bien. El mensaje es el siguiente: Karen despiértate y enfréntate a la vida.

—Es demasiado temprano —contestó pensando que ni siquiera sabía qué día ni qué hora era. Le daba igual, la verdad.

Sam tiró de la sábana a la altura de los pies. Karen siguió en sus trece, no pensaba moverse. Estaba desnuda todavía.

—No me pienso mover de aquí —dijo Sam suspirando disgustado.

—Eres el hombre más testarudo que he conocido jamás.

—Mira quién fue a hablar.

Bien. Estaba claro que no se iba a poder escapar. Maldición. Karen tomó aire y apartó las sábanas. Sam estaba sentado a los pies de la cama, con una camiseta apretada y unos minúsculos pantalocitos de hacer deporte. Karen no pudo evitar observar aquellas piernas tan fuertes, pasear la mirada por su pecho y encontrarse con sus ojos. La mirada de Sam carecía de cualquier rastro de la pasión que había albergado horas antes.

Se parecía más a la que tenía cuando se habían encontrado en la autopista. Enfadado, desconfiado e impaciente.

—Si vamos a tener una de nuestras charlas, necesito un café —suspiró Karen resignada.

–No hay problema –contestó Sam sirviéndole una taza.

«Claro, cómo no, lo tenía todo previsto», pensó Karen.

Karen puso varias almohadas contra el cabecero y se acomodó. Agarró la taza de café que Sam le tendía y aspiró el aroma. Tenía la esperanza de que el café le despejara la mente y la preparara para la batalla.

–Muy bien, escúpelo –indicó Karen dando un sorbo al café. Tiró de las sábanas para cubrirse los pechos desnudos y miró a Sam.

–Quiero saber qué demonios está ocurriendo, Karen –dijo Sam yendo directo al grano–. No quiero más excusas, solo quiero la verdad, la verdad que has estado dos meses sin querer contarme.

–A veces, la verdad es peor. Creo que es mejor que dejemos las cosas como están.

–¿Cómo están? –repitió incrédulo–. ¿Tú llorando y yo sin tener ni idea de lo que pasa? Estupendo, bonito plan.

–Olvídalo –dijo apretando la taza–. No tienes ni idea.

–Si me contaras qué pasa, tendría idea –contestó mirándola–. Necesito saber qué está pasando en tu cabecita –comentó en aquel tono paciente que a Karen tanto enfurecía–. Hemos estado varias horas haciéndonos el amor y ha sido maravilloso. Como siempre fue entre nosotros. Hasta que te fuiste sin darme la más mínima explicación. Maldita sea, me merezco una explicación.

–Sí –murmuró Karen–, supongo que tienes razón– le habría gustado que se la diera otra persona.

–Por fin, algún progreso.

–No te va a gustar.

–Eso es lo de menos a estas alturas.

Karen tomó aire y se fijó en la camiseta de Sam. Aquel mensaje que tenía escrito resumía por qué no había futuro con aquel hombre. «Si hay algo que destruir, llame a los marines».

–¿Qué? –preguntó Sam dándose cuenta de que su expresión había cambiado.

–Tu camiseta –contestó tomando un poco más de café.

–¿Qué le pasa?

–Nada, es que no entiendo cómo alguien puede sentirse orgulloso de ser destructivo.

–Es solo una camiseta, Karen.

–No, no lo es. Es la actitud de los marines.

–¿Qué quieres decir con eso? –preguntó Sam cruzándose de brazos.

Karen le miró a los ojos y se sintió desarmada. ¿Qué tenía aquel hombre que la afectaba tan rápido? ¿Por qué le costaba concentrarse en la conversación?

—¿Por qué te hiciste marine?

—Mi padre era marine, mis dos hermanos, también… —contestó visiblemente confuso.

—O sea, porque era lo que se suponía que debías hacer —dijo preguntándose por qué los militares creían que ser marine era una buena opción. Sam podría haber sido cualquier cosa que se hubiera propuesto. Pero, no, había decidido alistarse en un cuerpo cuyos miembros se sentían orgullosos de ser los primeros en desembarcar en situaciones de peligro y los últimos en irse. ¿Por qué?

—No, no fue por eso —contestó. Sabía que debía decirle la verdad completa si quería que ella fuera sincera—. Quería hacerlo. Me gustaba la idea de servir a mi país. Ser útil. Formar parte de algo importante.

—¿Útil? ¿A ti te parece útil luchar y matar por un trozo de tierra en un país sin nombre de por ahí? —le espetó Karen dejando la taza sobre la mesilla. Sam se quedó boquiabierto.

Sam sintió que lo invadía la ira. No le importaba que se metiera con él, pero no iba a permitir que degradara a todo el cuerpo de marines porque se hubiera enfadado con uno de ellos.

—No matamos por un trozo de tierra.

—¿Ah no?

—Luchamos cuando nos lo ordenan —contestó intentando controlarse—. Vamos a donde nos envían. Nuestro trabajo es defender, no destruir.

Karen se rió.

—¿De qué te ríes?

—No deberías llevar esa camiseta, entonces —le dijo agitando la mano.

—Ya te he dicho que solo es una camiseta. Mira, Karen…

—No, querías hablar, pues vamos a hablar —dijo arrodillándose y cubriéndose con las sábanas como si fueran un escudo.

—No estamos hablando, me estás atacando. No es lo mismo —apuntó enfadado, pero con curiosidad. ¿Por qué, de repente, le preocupaba tanto que fuera marine? Nunca había dicho nada al respecto. Y no se estaba metiendo con él sino con todo el cuerpo.

—Eres marine, ¿no? Pues defiéndete.

—Desde luego.

—No creo que puedas. Tú enseñas a hombres y mujeres a ser tiradores, a matar.

—Es cierto. Les enseño —contestó apretando los dientes—. Les enseño a defenderse. Les enseño a salir vivos de una situación de peligro.

–Ahí voy. ¿Por qué te gusta un trabajo que está rodeado de muerte?

–Porque es importante –contestó sintiendo que se le estaba agotando la paciencia–. Lo que hago, lo que hacemos los marines, es importante. Para el país. Para ti. Para todos los que pueden irse a la cama tranquilamente por las noches. Dios, Karen, tú me conoces. ¿Crees que me hice marine para destruir? –dijo poniéndose en pie y acercándose a ella.

Karen se sonrojó y bajó la mirada.

–¿Te crees que solo tenemos misiones de guerra? ¿Y qué pasa con las humanitarias? ¿Te has olvidado de Somalia, de Panamá y de todas las demás? Los marines se juegan la vida para ayudar a los demás –dijo poniéndole una mano sobre la cabeza–. Por eso creo que lo que hago es importante.

La habitación quedó en silencio.

–De acuerdo, es importante, pero ¿por qué tú? –dijo suavemente.

–¿Y por qué no?

Sam la observó mientras ella se estiraba, de rodillas, y lo miraba. En aquellos ojos, descubrió un antiguo halo de dolor.

–Sam, podrías haber hecho lo que hubieras querido. Tu padre tiene una de las empresas de ordenadores más importantes del país. Pero, no, en vez de llevar una vida normal, preferiste convertirte en una especie de John Wayne. ¿Por qué?

Vaya, su padre le solía hacer la misma pregunta a menudo. El viejo Paretti había sido marine hasta que había montado un negocio en aquel entonces nuevo que había tenido ganancias millonarias. Se había retirado del cuerpo y no paraba de insistir a sus hijos para que hicieran lo mismo y trabajaran con él.

Sin embargo, no tenía nada que hacer ni con él ni con sus hermanos.

—Porque estar sentado detrás de un ordenador no es lo que yo entiendo por un trabajo normal.

—¡Ah! —exclamó—, pero enseñar a tus muchachos a disparar, sí.

—Exacto —contestó agarrándola de los hombros—. Lo que yo hago es importante. Les enseño a disparar bien. Les enseño a no asomar la cabeza. Les enseño a no perder la calma. Les enseño a sobrevivir —dijo sin la más mínima intención de pedir perdón por hacer un trabajo bien hecho—. Me parece bastante más importante que enseñarles a mandar correos electrónicos.

—No importa, ¿verdad?

—¿Qué?

–Lo que les enseñes. Aunque sepan todo, recuerden todo, lo hagan todo bien… algunos morirán.

–Todos morimos, Karen. Seas marine o no. Nadie es inmortal.

–No todos morimos de un tiro –murmuró liberándose de sus manos.

–Es cierto. No todos los marines mueren de un tiro, tampoco.

–Puede que no, pero tienen más posibilidades, ¿no?

Karen se retiró el pelo de la cara y se volvió a sentar con la espalda en el cabecero y la mirada perdida.

Sam vio el sentimiento que reflejaban aquellos ojos. Había visto antes alegría, lágrimas y enfado, pero nunca había visto miedo. ¿Por eso lo había dejado? ¿Cómo podía luchar contra aquello?

–Es un trabajo peligroso, pero también es significativo.

Karen suspiró.

–¿Qué os pasa a todos vosotros?

–¿A nosotros? ¿De quién más estamos hablando?

–De todos vosotros. De todos los descerebrados de tu sexo. Si el mundo lo gobernaran las mujeres, no se necesitarían militares. Nosotras arreglaríamos las cosas hablando.

Nosotras no enviaríamos a nuestros hijos a luchar.

–¿Estás segura de eso? –preguntó sintiéndose herido–. ¿Te dice algo el nombre de Margaret Thatcher? ¿Y Golda Meir? Esas mujeres eran fuertes, no estaban dispuestas a dejar que nadie invadiera su país y no tuvieron reparos en acompañar sus palabras con un poco de acción. Además, te recuerdo que también hay miles de mujeres marines. Ellas están tan orgullosas como los hombres, o sea que no creo que sea una cuestión de sexo.

–De acuerdo, muy bien. Tienes razón. No es una cosa de hombres sino de militares.

–¿A santo de qué viene todo esto, Karen? ¿Por qué, de repente, no puedes ni ver al cuerpo de marines?

–No es de repente –contestó riéndose.

–Cuando empezamos a salir, no parecía que te importara mi trabajo.

–Cierto, pero eso era porque no creí… –se interrumpió agarrándose el pelo y poniéndoselo detrás de la nuca.

–¿No creías qué? ¿Que te ibas a enamorar de mí? –preguntó mirándola. La sábana se le había resbalado y podía contemplar su cuerpo desnudo.

–No quería que sucediera –dijo compungida.

El enfado dejó paso a la compasión. Sam se preguntó qué sería aquello que la atormentaba y que no había compartido con él.

–Me parece que me has estado ocultando algo –apuntó Sam con la convicción de que se estaban acercando a lo que tanto la atemorizaba.

–No me volverá a ocurrir –susurró Karen.

–¿Qué? –preguntó pasándole un brazo por el hombro.

–No pienso volver a ir a otro funeral militar. No volveré a aceptar una bandera y las condolencias de mi país.

Capítulo Ocho

–¿Qué quieres decir? –preguntó Sam confundido.

–Quiero decir –contestó Karen tragando fuerte para deshacer el nudo que se le había formado en la garganta–, que ya he pasado por eso. No pienso quererte. No pienso ir a tu funeral ni oír salvas en tu honor.

–De acuerdo, cuéntame. ¿Quién era?

–Mi prometido –contestó Karen. Le contó todo sobre Dave. Las palabras le salían a borbotones de la boca–. Él también era sargento de artillería –concluyó recordando borrosamente la cara de Dave Kendrick. Recordó su sonrisa, su forma de andar, su risa. Odiaba que los recuerdos se le hubieran casi borrado por completo aunque, en cierta manera, lo agradecía. Cuando pensaba en él ya solo sentía un leve y dulce dolor en el corazón, no aquel dolor desgarrador que había estado a punto de acabar con ella tres años antes–. Era bueno en su trabajo. Le gustaba tanto como a ti –dijo en tono acusador.

–¿Qué ocurrió?

–Un accidente. Un estúpido accidente. Una bala perdida en el campo de tiro y Dave murió –contestó recordando cómo su mundo había cambiado drásticamente en un momento. Le había llorado y había intentado rehacer su vida, pero en California no había podido y por eso se había mudado a Carolina del Sur, a casa de su abuela, donde había encontrado a otro marine.

El destino tenía un sentido del humor bastante asqueroso.

Karen se pasó ambas manos por la cara y tomó aire. Ya lo había soltado. Sam ya lo sabía. Entendería por qué tuvo que dejar aquella relación, por qué no podía permitir que fuera a más.

–A ver si lo he entendido –dijo Sam–. ¿Me dejas porque un marine del que estabas enamorada hace tres años murió en un accidente?

–Exacto –contestó Karen pensando que el tono de Sam no había sido comprensivo.

Sam se levantó de la cama y la miró fijamente. Abrió la boca para decir algo, la volvió a cerrar y sacudió la cabeza.

–Es lo más ilógico que he oído nunca –murmuró.

–¿Qué? –dijo Karen anonadada. ¿Para eso

le había confesado todo el sufrimiento por el que había pasado?

—No solo es una idiotez. Además, es de lo más egoísta —continuó Sam alzando los brazos.

—¿Egoísta? —repitió Karen levantándose de la cama con la sábana como si fuera una toga—. ¿Me estás diciendo que soy egoísta?

—Sí —le espetó Sam—. Lo dejaste, Karen, sin ni siquiera pararte a pensar cómo me sentía yo o qué pensaba. ¿Agarraste tus cosas y te fuiste porque me podía morir?

¿Por qué le sonaba tan estúpido en su boca? Karen se defendió.

—Dave era tan buen marine como tú y, aun así, murió. ¿Me puedes garantizar que a ti no te pasará lo mismo?

—Por supuesto que no.

—Pues eso —dijo encantada de que le diera la razón.

—¿Ese es tu razonamiento? —Karen se cruzó de brazos, alzó el mentón y lo miró desafiante—. Así que, si estuvieras casadas con un contable y se muriera encima de la mesa del despacho de un infarto, ¿nunca te fijarías en otro contable? —preguntó Sam con los brazos en jarras.

—No es lo mismo.

—¿Cuál es la diferencia?

–Tu tienes una profesión mucho más peligrosa que un contable.

–Y estoy entrenado para ello –apuntó.

–Dave, también.

–Porque un marine muriera no quiere decir que yo también me vaya a morir.

–Lo sé –dijo sintiendo un tremendo vacío. Nada de aquello iba a cambiar las cosas–, pero, ¿cómo esperas que me enfrente a estar enamorada de un hombre que tiene la misma profesión que mató a mi prometido?

Sam se acercó y le puso las manos sobre los hombros. Karen sintió su calor e intentó no pensar en cuánto lo iba a echar de menos. Sabía que su vida no sería la misma sin Sam Paretti.

–Si creyera que eso acabaría con tus temores –dijo Sam mirándola a los ojos–, dejaría el cuerpo –Karen sintió una chispa de esperanza, que pronto se esfumó–, pero sé que no serviría de nada. Karen, a ti no te da miedo el cuerpo, te da miedo el sufrimiento.

–Como a todo el mundo, ¿no?

–Sí, supongo que sí. La diferencia es que la mayoría de la gente se sobrepone y vive mientras que tú prefieres esconderte.

–Eso no es justo –protestó.

–¿Ah no? –dijo enmarcándole la cara con

las manos–. Prefieres darle la espalda a algo maravilloso a arriesgarte a perderlo. El problema es que, así, lo pierdes también y no lo disfrutas.

–No lo entiendes.

–No, cariño, eres tú la que no lo entiende –dijo Sam con pena–. La vida es una lotería. Todos los días corres el riesgo de que sea el último pero, si te pasas los días temiendo a la muerte, no vives. Eso es como enterrarse en vida.

Lo que le estaba diciendo no le parecía descabellado, pero temía al sufrimiento tremendamente y llevaba demasiado tiempo escondiéndose como para enfrentarse a ello en esos momentos. Se encontraba a gusto entre las sombras. A salvo. Enfrentarse a sus temores y vivir significaba poder resultar herida de nuevo.

La muerte de Dave la había desagarrado, pero lo que sentía por Sam era mucho más fuerte, mucho más profundo. Su muerte probablemente la mataría.

–No puedo. No puedo hacerlo, Sam.

Sam sintió como si le hubieran dado una patada en el estómago. Vio el miedo en los ojos de Karen y el nudo en el estómago se le hizo más fuerte. ¿Cómo podía luchar contra aquello? ¿Cómo podía hacerle entender que huir de los temores solo contribuye a alimentarlos?

La soltó y dejó caer los brazos. La pena se mezclaba con la frustración.

–¿Sabes una cosa, Karen? Seguramente, hiciste bien en irte.

–¿Qué?

–Lo mío es de por vida. Ser marine no es un trabajo, es una forma de ser. Si no puedes admitirlo, es mejor que lo hayamos dejado.

–Yo...

–Lo digo en serio. No te puedo garantizar que llegue a viejo. Nadie puede. La esposa de un marine es lo suficientemente fuerte como para vencer ese miedo. Los hombres y mujeres que están casados con miembros del cuerpo de marines entienden lo que hay que hacer y lo hacen para que sus parejas puedan desempeñar bien su trabajo.

–Lo sé y por eso...

–Por eso me dejaste –concluyó Sam vistiéndose–. Como te he dicho, hiciste lo correcto. No necesito una mujer que se preocupe por mí porque, entonces, yo me pasaría todo el día preocupado por ti y tus miedos y eso me distraería e incluso podría hacer que me mataran –le advirtió calzándose las botas y poniéndose la cazadora–. Si no eres la mujer que creía que eras, es mejor así, para los dos. Ahora lo entiendo.

La expresión de Karen hizo que Sam se sintiera como un auténtico malnacido, pero no podía hacer otra cosa. Podía luchar contra un enemigo, pero ¿cómo iba a luchar contra el fantasma de un marine fallecido?

—Sam...

—Vamos a dejar las cosas así, ¿de acuerdo? —dijo agarrando sus cosas.

—¿Te vas? —preguntó Karen.

Exacto. Necesitaba salir de aquella habitación. Necesitaba respirar y estar un rato solo.

—Sí, me voy a dar una vuelta. A ver si encuentro algún sitio para comprarte una hamburguesa.

Karen le sonrió apagadamente. Sam decidió irse para evitar cruzar la estancia, tomarla entre sus brazos e intentar convencerla con pasión, pero si las horas que habían pasado juntos no habían servido, no podía hacer nada más. Karen se sentía acorralada y estaba a la defensiva. Intentar convencerla en aquellos momentos solo serviría para que ambos resultaran heridos. Era mejor estar un rato separados.

Aun así, no podía evitar odiar la idea de dejarla sola. Desprotegida. Se aclaró la garganta y se acercó a ella. Le tendió una pistola.

—¿Para qué me das esto?

—Quiero que la tengas cerca mientras yo no esté. Seguramente, no habrá nadie por los alrededores, pero nunca se sabe y prefiero saber que, aunque estás sola, estás protegida.

—Yo prefiero saber que tú vas armado en mitad de todo ese caos.

—Tengo otra —dijo tocándose el bolsillo—. ¿Sabes algo de armas?

Karen tomó aire, agarró la pistola y le puso el seguro.

—No me gustan, pero sé usarlas. Dave me enseñó —Sam asintió y deseó que el bueno de Dave le hubiera enseñado otras cosas. Por ejemplo, tomar la vida como viene. No temer al amor porque la primera vez haya salido mal. Sin embargo, no podía enfadarse con un marine muerto por no haber preparado a la mujer que quería para su muerte—. Hizo un buen trabajo.

—Te habría caído bien —comentó Karen girándose para dejar la pistola en el cajón de la mesilla de noche—. Se parecía mucho a ti.

Sam sintió una punzada en el corazón y le entraron ganas de gritarle. Le dieron ganas de decirle que no se tomara tan a la ligera el regalo que se les había concedido, recordarle que no todo el mundo encuentra el amor y que apartarlo de uno es como escupir al destino en la cara. Decidió que no arreglaría nada.

–Nos gustaba el mismo tipo de mujer –comentó.

Karen alargó un brazo y lo posó sobre su antebrazo.

–Sam, yo…

–No te preocupes –se apresuró a cortar Sam para no tener que oír cómo se disculpaba por no quererle lo suficiente como para arriesgarse–. Cuanto antes me vaya, antes volveré –dijo poniéndose la capucha y girando el pomo de la puerta–. Cierra cuando yo me vaya y no le abras a nadie.

–De acuerdo –Sam asintió, abrió la puerta, dio un paso fuera y la cerró–. Ten cuidado –dijo Karen, pero ya era demasiado tarde. Se había ido.

El tiempo pasaba con lentitud. Las horas se arrastraban sin prisa.

Karen se puso unos vaqueros y una camiseta de Sam. Se dijo a sí misma que era porque las suyas eran más cómodas ya que eran grandes, pero la verdad, aunque no la quisiera admitir, era que le gustaba su olor. La camiseta olía a él y era casi como si la estuviera abrazando.

Se le saltaron las lágrimas mientras recorría la habitación por enésima vez. Si hubiera estado andando en línea recta, seguramente ya estaría en Montana, un lugar muy alejado, pero no lo suficiente como para apartar a Sam de su mente y de su corazón.

—Oh, Dios —murmuró. ¿Cómo se le había ocurrido que entendería las razones por las que lo había dejado? No había entendido nada. Era marine. De los pies a la cabeza. Exactamente igual que Dave.

Se acercó a la ventana, apartó la manta de Sam y miró fuera. Seguía lloviendo aunque menos intensamente. El cielo estaba negro y el viento aullaba como un alma en pena. Se vio reflejada en el cristal. Miró a la mujer del reflejo y se preguntó si Sam tendría razón. ¿No era lo suficientemente fuerte como para ser la esposa de un marine? ¿Se escondía detrás de sus miedos porque no quería admitir que no tenía la fuerza para aguantar la preocupación y las ausencias que entrañaba la vida militar?

Aquello era difícil de admitir. Si Dave no hubiera muerto, ¿la habría defraudado en el matrimonio? ¿Se habría convertido en una mujer sensible y débil? ¿Se habría ofendido

Dave porque ella hubiera intentado hacerle sentir menos de lo que era?

Aquellos pensamientos le daban vueltas en la cabeza. Fuera estaba oscuro y llovía. Sam estaba en algún lugar, en mitad del huracán. Karen apoyó la palma de la mano en el cristal, como si así pudiera estar en contacto con él.

No se dio cuenta de la incongruencia que era dejar a un hombre que la amaba y querer estar en contacto con él.

El viento lo azotaba.

La lluvia lo golpeaba.

Sam apenas se daba cuenta. Solo podía pensar en Karen.

Pasó al lado de edificios oscuros, de coches abandonados, de tiendas cerradas. Era como ser el último habitante del planeta.

Estaba empapado hasta los huesos, pero seguía andando, luchando contra el viento, porque necesitaba estar solo un rato para intentar dilucidar qué debía hacer. ¿Debía dejar a Karen? ¿Olvidarse de lo que habían compartido? ¿Olvidarse de lo que sentía cuando estaban juntos? Maldición, mucha gente se pasaba la vida entera buscando lo que ellos habían encontrado.

La mitad lógica de su cerebro seguía intentando pensar. «Si no acepta quién eres, ¿qué tipo de vida te espera?». Sin embargo, la lógica no podía competir con sus sentimientos. Además, no se le daba bien dejar las cosas a medias. ¿La iba a perder sin pelear?

Se paró en seco ante aquella idea.

Claro que no. ¿La dejaría si estuviera enferma o herida? No. Entonces, ¿cómo iba a darle la espalda porque estuviera asustada? Sonrió tímidamente a pesar de la lluvia. Miró al cielo.

—Siento que tú la perdieras, Dave, pero yo no estoy dispuesto a que me ocurra lo mismo.

No tenía ni idea de cómo iba a hacer para convencerla de que se arriesgara. No era la primera vez que Sam se enfrentaba a problemas graves y salía airoso. Ya se le ocurriría algo. Si no pudiera convencerla, no sería porque no lo hubiera intentado.

Sam vio a la derecha una luz. Sonrió y se apresuró a ir hacia ella, hacia el motel, hacia Karen, a la batalla.

Karen estaba acurrucada en la cama. Sam llevaba horas fuera y el silencio de la habitación estaba empezando a ponerle de los nervios.

Era impresionante lo grande que parecía aquella diminuta habitación cuando Sam no estaba. Cuánto deseaba que estuviera allí.

–Oh, por el amor del cielo –murmuró enfadada consigo misma–. Sam está enfadado contigo. No te entiendes ni tú misma.

El viento golpeó la puerta con tanta fuerza que parecía como si alguien estuviera intentando entrar. Karen sabía que no podía ser. No debía de haber muchos ladrones interesados en jugarse la vida en mitad de un huracán para robar el mobiliario de un lugar como aquel.

Aun así, se sintió mejor al saber que podía defenderse si lo necesitaba. Miró hacia el cajón donde estaba la pistola y sacudió la cabeza.

Irónico. Se sentía a salvo gracias a Dave, a su entrenamiento militar y a que se hubiera tomado el tiempo de enseñarle a disparar. También gracias a Sam, que le había proporcionado el arma que le permitiría defenderse.

Lo que realmente la asustaba era aquello que impedía que estuviera aterrorizada en aquellos momentos.

Capítulo Nueve

Al oír que llamaban a la puerta, se sobresaltó y saltó de la cama. Se tropezó con las mantas y se tuvo que apoyar para no caerse.

—¿Sam?

—Sí, soy yo. Abre.

Karen corrió la cadena y abrió la puerta. Sam entró como si acabara de salir de la ducha. Karen cerró la puerta y volvió a pasar la cadena. Entonces, se dio la vuelta hacia el hombre que tanto se alegraba de ver.

Había estado tres horas fuera y en aquel tiempo se lo había imaginado muerto en una zanja, volando en mitad de un torbellino como Dorothy y Totó o abandonándola de lo furioso que estaba. Al verlo allí de nuevo, se olvidó de la pelea que habían tenido y de que se había ido por su culpa.

Fue hacia él, le pasó los brazos por el cuello y hundió la cara en su hombro. No le importó empaparse ni que él no le devolviera el impulsivo abrazo. Le valía saber que estaba a salvo y con ella.

–¿Me has echado de menos? –preguntó Sam sonriendo.

Karen se apartó, pero sin bajar los brazos de su cuello y le miró a los ojos, que parecían mucho más calmados que hacía tres horas.

–Más o menos –contestó encogiéndose de hombros.

–¿Preocupada? –preguntó Sam con una ceja levantada.

–No –mintió.

–Sí que estás preocupada –replicó Sam tomándola de la cintura.

–Es que has estado tres horas fuera.

–¿Las has contado?

–Me he dado cuenta –dijo sin quererse admitir a sí misma lo bien que se sentía entre sus brazos. Después de la pelea y de que se hubiera ido, había creído que jamás volvería a experimentar aquella sensación.

Sam asintió y la soltó.

–Te estás mojando –dijo Sam apartándola y viendo que tenía marcados los dos pechos mojados en la camiseta–. Esa camiseta nunca me ha parecido más bonita.

Karen se sonrojó y se despegó la camiseta del cuerpo. Sam se dio la vuelta y se dirigió al baño a dejar la cazadora. Al volver a la habitación, le tendió una bolsa.

–¿Qué es?

–Una hamburguesa un poco fría y un poco vapuleada –contestó Sam sonriendo.

–¿Una hamburguesa? –repitió emocionada.

–No es de las buenas –admitió Sam quitándose la camiseta mojada y poniéndose una seca–, pero es todo lo que he podido encontrar. La he comprado en uno de esos supermercados de las gasolineras.

–Me has traído una hamburguesa –volvió a decir Karen metiendo la nariz en la bolsa y aspirando aquel maravilloso aroma. A pesar de la pelea, se había acordado de ella, había pensado en ella.

–Ni que te hubiera traído flores.

–Esto es mejor que traerme flores –dijo dándole un mordisco–. ¿Quieres?

–No, gracias –contestó quitándose los vaqueros y poniéndolos en la bañera junto a la cazadora.

A Karen se le quedó la hamburguesa en la garganta al ver a su héroe mojado, aquellas piernas musculosas, aquel pecho bajo la camiseta que ponía *Club de las 500 millas* y aquella sonrisa.

–¿No tienes hambre? –acertó a preguntar mientras él se ponía otros pantalones.

–No. Me tomé una hamburguesa en la gasolinera. He visto en las noticias que la tormenta está amainando.

–¿De verdad? –preguntó Karen sentándose en el borde del colchón. Tenía la hamburguesa en una mano y el envoltorio en la otra y lo vio acercarse.

–Sí –contestó pasándose ambas manos por el pelo–. Se espera que llueva esta noche, pero que termine mañana.

–Mañana –repitió Karen obligándose a dar otro mordisco a la hamburguesa, que, de repente, le sabía a basura.

–Nuestras pequeñas «vacaciones» están tocando a su fin.

–Eso parece –confirmó preguntándose por qué aquella idea no la hacía feliz.

–Tengo que volver a la base –dijo Sam sentándose junto a ella–. Volvemos a la vida real y dejamos esto atrás.

–Exacto –dijo sintiéndose fría y vacía por dentro.

–Eso es lo que querías, ¿no?

–Claro –dijo sin ninguna convicción.

Sam la observó y no pudo evitar sentir cierta esperanza al ver su reacción ante la noticia de que el huracán iba a pasar de largo. Si estuviera realmente segura de querer poner tierra entre ellos, estaría bailando de contento.

Sam pensó que el plan que había estado tramando podría funcionar. Se le había ocurrido de repente y estaba tan desesperado que se había agarrado a él como a un clavo ardiendo.

Se había dado cuenta de que un ataque frontal no era la manera de convencer a Karen de que se enfrentara a sus temores. Había decidido tomar una ruta especial. Atacar por el flanco, tomarla desprevenida, con la guardia bajada. Un ataque silencioso, pero definitivo.

No sabía si funcionaría, pero no podía estar con una mujer incapaz de hacer frente a la vida de un soldado. Karen era fuerte. Él lo sabía, pero ella, no. Ese era el problema.

Iba a intentar hacérselo entender. Merecía la pena intentarlo.

Karen dejó la hamburguesa a la mitad en la bolsa y la cerró.

—¿No tienes hambre? —preguntó Sam inocentemente con la esperanza de que se hubiera quedado sin apetito ante la idea de separarse.

—¿Eh? ¡Ah! —se encogió de hombros y se levantó—. No mucha, supongo —dijo mirando por la habitación y viendo todas sus cosas esparcidas–. Si nos tenemos que ir, me parece que tendríamos que empezar a hacer las maletas, ¿no?

–Sí –contestó Sam aunque no era eso exactamente lo que tenía en mente.

Karen agarró unos bombones que tenía en la mesilla. Le quitó a uno de ellos el envoltorio rojo brillante y se lo metió en la boca.

–Lo siento, Sam –dijo tras tragar el bombón.

–¿Por qué? –preguntó Sam metiéndose las manos en los bolsillos traseros de los vaqueros y mirándola.

No tuvo que esperar mucho.

–Ya sabes por qué. Por no ser lo que tú quieres. Por no hacer lo que tú quieres.

Sam asintió y se paseó pensativo por la habitación. Karen acababa de propiciar, sin saberlo, lo que él había estado esperando. Había llegado el momento de poner en marcha su plan y rezar para que funcionara.

–No pasa nada, Karen. Lo entiendo. Hay gente que no tiene la fuerza que se necesita para lidiar con la vida militar.

Karen se ofendió y Sam tuvo que disimular una sonrisa de satisfacción.

–No se trata de fuerza.

–Claro –contestó asintiendo–. Ya te he dicho que lo entiendo– casi oía los dientes de Karen rechinando. Quizá no quería o no podía correr el riesgo de casarse con él, pero no aguantaba que la acusara de no saber manejar la situación. Muy bien–. Sin embargo, mientras estaba fuera buscándote una hamburguesa, he estado pensando.

–Fenomenal.

–¿No quieres oír la brillante idea que se me ha ocurrido? –preguntó Sam reconociendo que la prefería enfadada a abatida.

–¿Debo sentarme?

–Si estás cansada, por supuesto.

–Me quedaré de pie.

–Lo suponía –dijo Sam sonriendo. La conocía mejor de lo que se conocía a sí misma. Karen Becektt era una mujer muy fuerte, testaruda y orgullosa, pero había sufrido tanto que no se atrevía a tomar lo que quería por miedo a volver a sufrir.

–¿Qué se te ha ocurrido, Sam? Y, por favor, no me vengas con que crees que sería mejor que me tomara un tiempo para recapacitar sobre nuestra ruptura. No cambiaría mi parecer. No me puedo casar contigo y eso es, inevitablemente, a lo que llegaríamos si siguiéramos juntos.

–No necesariamente –contestó Sam disfrutando del placer de ver aquellos ojos azules. Sintió una punzada de culpabilidad por un momento. Quizá no debería hacerlo, pero, si no lo intentaba, si se daba por vencido, los dos podrían perderse una increíble vida juntos. Sam decidió olvidarse de la culpa y seguir adelante. No era tan egoísta. Después de todo, estaba enamorada de él. Se apoyó en la pared y se cruzó de brazos como quien no quiere la cosa–. Verás, ahora que hemos puesto las cosas claras, no hay razón para que no sigamos viéndonos, ¿no?

–¿Qué? –dijo Karen sorprendida, alcanzando otro bombón–. ¿No lo dirás en serio?

–¿Por qué no? Estábamos bien juntos. Nos lo pasamos bien. Entonces, mientras tengamos claro que no vamos a pasar de ahí, ¿por qué no seguimos hasta que dure?

Sam aguantó la respiración mientras Karen consideraba la propuesta. Todo dependía de su reacción.

–Hay algo que no me cuadra. No sé todavía lo que es, pero hay algo –dijo mirándolo.

–No hay nada que no cuadre –contestó encogiéndose de hombros y apartándose de la pared. La agarró de los hombros y la acercó hacia sí–. Somos dos adultos que saben lo que hacen, ¿no?

–Sí, pero...

–Nos lo pasamos bien juntos, ¿no?

–Sí...

–Entonces, ¿dónde está el problema? –preguntó sonriendo y acariciándole la cara. Karen cerró los ojos ante la caricia y los volvió a abrir–. No tenemos nada que perder, Karen. Sé que no te quieres casar con un marine y yo no estoy dispuesto a dejar el cuerpo por nadie. Teniendo eso claro, ¿quién podría resultar herido?

–Sam –dijo Karen sacudiendo la cabeza–. No creo que sea una buena idea que nos sigamos viendo si sabemos que lo nuestro no va a ninguna parte.

Se la estaba jugando. Tenía que jugar bien sus cartas y sabía que había llegado el momento del gran farol.

–¿Asustada?

–No, no estoy asustada.

–Bien –contestó Sam rápidamente para que a Karen no le diera tiempo de pensar–. Entonces, ¿trato hecho?

–Esto es de locos.

–Puede.

–Nos arrepentiremos.

–No lo sabremos si no lo intentamos –dijo Sam esperando a ver si su orgullo le llevaba a aceptar la propuesta. Si aquello no resultaba, no sabía qué más hacer.

–¿Sin presiones? –preguntó Karen ladeando la cabeza para mirarlo.

–Sin presiones –contestó Sam, que sabía que presionar a Karen solo servía para conseguir que hiciera exactamente lo contrario de lo que se buscaba.

Ella asintió lentamente, dubitativa, y Sam dejó escapar un suspiro de alivio.

–De acuerdo –contestó Karen tendiéndole la mano–. Trato hecho.

Sam sonrió y se relajó por primera vez desde que se le había ocurrido aquel plan. Se dio cuenta de que ella le estaba tendiendo la mano.

–Ah –comentó llevándola contra sí y mirándola a los ojos–. Se me ocurre algo mejor para sellar el pacto.

La besó con una determinación que habría hecho que el cuerpo de marines hubiera estado orgulloso de él. Le abrió los labios con la lengua y cruzó la frontera. La abrazó y la apretó contra sí. En aquel beso le dio todo lo que tenía, pasado, presente y un futuro un tanto incierto.

Karen se acurrucó contra él y escuchó la tormenta. Se oía el viento y la lluvia, pero ya solo de vez en cuando. Estaba a punto de terminar, tanto la tormenta como su maravilloso encuentro con Sam.

Apoyó la cabeza en su pecho y escuchó el latido de su corazón. La acarició y sintió su calor, que la invadió. Aquello no iba a funcionar. No podía funcionar.

Aquel trato que habían hecho iba a terminar mal. Seguro. Aunque sabía que el sufrimiento la estaba esperando a la vuelta de la esquina, no podía echarse atrás.

Pasara lo que pasara, estaría con Sam un poco más.

—¿En qué estás pensando? —preguntó Sam.

—Estaba pensando en el trato que hemos hecho —contestó levantando la cabeza para mirarlo.

—¿Te da miedo? —dijo pasándole una mano por la espalda desnuda.

Karen se estremeció, cerró los ojos y negó con la cabeza. Si hubiera tenido un poco de sentido común, habría dicho que sí y se habría ido, con el corazón herido, pero no roto. Sin embargo, no podía.

—No.

—Me alegro —murmuró abrazándola.

—¿Estás seguro de todo esto? —dijo Karen suspirando.

—Es la solución perfecta, cariño —contestó Sam sonriendo y pasándole el dedo por la columna vertebral, lo que hizo que la recorriera un escalofrío.

—¿Sí? —consiguió preguntar Karen.

—Desde luego —contestó Sam besándole el cuello—. Nada de compromisos, nada de preocupaciones, dos buenos amigos que se lo pasan bien juntos.

—¿Amigos? —repitió moviendo la cabeza para que Sam la pudiera besar mejor.

—Los mejores amigos del mundo, preciosa —murmuró apoyándose en un codo y sonriendo.

—Amigos —se dijo a sí misma mientras él ya había empezado a lamerle un pezón.

Sam dibujó círculos con la lengua alrededor de su pezón y Karen se arqueó, le abrazó y disfrutó de aquel placer que solo él era capaz de darle. Se recordó que eran amigos mientras el placer la invadía.

Tras aquel placer subyacía pena porque sabía que, cuando perdiera a aquel amante, perdería también a su mejor amigo.

Capítulo Diez

Quitando que el árbol de los vecinos estaba caído en la entrada de su casa, Karen pensó que su hogar había aguantado muy bien el azote de la tormenta. Miró el árbol, que se había llevado por delante la valla, y vio que tenía todas las raíces al aire.

–Y luego dicen que los californianos están locos por vivir con el riesgo de los terremotos –murmuró mirando la ventana rota de la cocina y unas cuantas tejas que se habían caído del tejado.

–Sí –dijo Sam llevando la nevera hacia la casa–. En California, la tierra se habría abierto y se habría tragado el árbol. Ni siquiera habrías visto las raíces.

–Muy gracioso.

El suelo estaba cubierto de hojas y Karen, que iba andando detrás de Sam, se estaba poniendo los zapatos perdidos de barro.

Sam dejó la nevera en los escalones de la puerta de atrás y miró alrededor por si la casa había sufrido daños estructurales, pero no era así.

–Parece que ha resistido bien. Hemos tenido suerte de que el huracán no nos diera de lleno. Parece que lo gordo ha sido sobre el mar.

–Gracias a Dios –contestó Karen mirando calle abajo. Casi todos los árboles estaban en su sitio aunque habían perdido alguna rama. Había tumbonas y bicicletas donde sus dueños las habían dejado y el vecindario estaba demasiado silencioso.

Parecía una ciudad fantasma. La mayoría de los vecinos todavía no habían vuelto, pero, en breve su calle volvería a ser la de siempre y la gente comenzaría a hacer su vida normal. Sin embargo, en esos momentos, era como si Sam y ella fueran los únicos habitantes del planeta.

–Buenos días, Karen –dijo alguien.

Karen se dio la vuelta sorprendida. Era Virginia Thomas, la vecina cuyo árbol había caído en el jardín de Karen, asomada por la ventana.

–Señora Thomas, no sabía que hubiera vuelto –dijo Karen.

–Hace como una hora, bonita –contestó mirando a Sam–. Nos fuimos a casa de mi hermana y mi cuñado Mick casi vuelve loco a mi Joe. Decidimos volver en cuanto pudiéramos antes de que le diera una paliza –Joe Thomas, que medía un metro ochenta, era un encanto. No parecía que fuera capaz de pegar a nadie, pero Virginia veía a su marido como una mezcla de Supermán, Mel Gibson y Rocky–. Joe ha ido a casa de su hermano a pedirle la sierra para quitar cuanto antes ese árbol de ahí.

–No hay prisa –contestó Karen pensando en que ya no tenía que aparcar el coche. Se acordó de que habían pasado por delante de su coche averiado y se había sentido un poco culpable al dejarlo ahí tirado lleno de barro. Tenía pensado llamar a una grúa y alquilar un coche.

–¿Por qué? ¿Dónde está tu coche?

–Muerto en la autopista –contestó Sam–. Gracias a Dios que la encontré y pudimos resguardarnos juntos de la tormenta.

Karen lo miró. Virginia Thomas era una buena mujer, pero no había nada que le gustara más que un buen cotilleo.

–Cuéntemelo todo –dijo su vecina acodándose en el alféizar.

–Sam… –interrumpió Karen pensando en matarlo si decía algo.

–No hay mucho que contar –dijo Sam sonriendo a Karen–. Karen y yo somos amigos. Fue una suerte que me la encontrara en el arcén.

—¿Sois amigos? —preguntó Virginia defraudada. Era obvio que ella esperaba algo más romántico.

Amigos. Karen no pudo evitar sentirse un poco irritada. Sería mejor que se acostumbrara. Eso era lo que eran. Amigos. Era mejor que nada.

Claro.

—Hasta luego, Virginia. Voy a mirar dentro y Sam tiene que volver a la base y…

—Claro, claro —contestó la mujer metiéndose en su casa—. Hay mucho que hacer. Joe se pondrá inmediatamente con el árbol.

Karen levantó una mano para despedirse y se giró hacia Sam.

—Parece simpática.

—Lo es —dijo Karen—. Su marido y ella se compraron la casa justo cuando tú y yo lo dejamos —por eso se había tragado que eran solo amigos. Si sospechara que había algo de romance, no dudaría en pasarse a casa de Karen con una bandeja de galletas dispuesta a saberlo todo.

—Ah —dijo Sam mirando hacia el coche—. Bueno, voy a sacar tus cosas y me voy a la base.

Karen forzó una sonrisa mientras lo veía

alejarse hacia el coche. El cielo estaba empezando a despejarse y la vida de todo el mundo comenzaba a brillar de nuevo. La de todos, menos la suya.

Karen sacó las llaves del bolso, abrió la puerta de la cocina y la dejó abierta.

Había trozos de cristal por el suelo, un charco enorme en mitad de la cocina y el viento había tirado el mantel de la mesa. Aparte de aquello, todo estaba bien.

Paseó la mirada por la acogedora estancia y se descubrió dando gracias al cielo por que su casa siguiera en pie. Todas las cosas de su abuela, desde las sartenes de cobre hasta los angelitos de porcelana estaban bien. Karen se dio cuenta de lo mucho que aquella casa significaba para ella.

Era más que un simple sitio para vivir. Se había convertido en su hogar. Todas las habitaciones le traían recuerdos y, a veces, incluso oía la risa de su abuela. Entrar en aquella casa era como sentir un gran abrazo.

–Un poco sucia, pero parece que está bien –apuntó Sam.

–Sí, menos mal –contestó Karen dándose la vuelta. Dado que todo se había terminado, no sabía cómo reaccionar ni qué decir.

Sam la sacó de dudas.

—No me importaría quedarme y echarte una mano —dijo dejando las bolsas en un lugar seco—, pero ya estarán llegando los reclutas y tenemos que estar todos allí.

—No pasa nada. Lo entiendo. Además, no necesito ayuda. Solo hay que limpiar un poco…

—Sí, pero volveré dentro de un par de días para mirarte el tejado.

—Bueno, no hace falta.

—Ya lo sé, pero lo hago porque quiero —le contestó sonriendo.

—Sam, no me debes nada. No te sientas responsable.

—Somos amigos, ¿no? Los amigos se ayudan.

—Muy bien, amigo. Hasta dentro de un par de días —contestó un poco harta de aquella palabra.

Sam sonrió y Karen deseó poder leerle el pensamiento, pero con Sam nunca se sabía. Y pensar que aquella había sido una de las cosas que más le habían gustado de él al principio…

—No se parece en nada al motel, ¿verdad? —dijo Sam mirando alrededor.

—Le falta el encanto del cartel de libre roto y las goteras —contestó Karen sonriendo.

Sam la miró tan fijamente que Karen sintió un gran calor en su interior.

—Al menos, la cama era cómoda —contestó Sam con las cejas enarcadas.

—Sí —contestó Karen pensando que, aunque la cama hubiera sido de piedra, ella no se habría enterado mientras él hubiera estado a su lado.

Huy, aquello era grave.

—Ha sido el mejor huracán de mi vida —dijo Sam paseando su mirada por el rostro de Karen como si lo estuviera acariciando.

—Lo mismo digo —admitió ella—. Por cierto, gracias por rescatarme aquella noche.

—De nada —dijo mirando el reloj—. ¿Estás bien?

—Sí —contestó intentando ignorar la punzada de dolor que sentía porque ya le echaba de menos.

—Bueno, pues nada —dijo acercándose—. Me voy.

Antes de que Karen pudiera contestar, él la estaba besando. Karen sintió que se quedaba sin respiración y que todo su cuerpo crepitaba. Fue un beso fugaz que terminó tan repentinamente como había empezado.

—Hasta pronto, amiga —dijo Sam dándole una palmada en el trasero.

Y se fue dejando a Karen en mitad de la

cocina encharcada con el corazón a mil por hora, la cabeza dándole vueltas y los labios temblando.

Sí, claro, aquello de la amistad iba a funcionar muy bien.

No dio señales de vida en tres días.

Le había costado lo suyo.

Sam se pasó la mano por la cabeza y miró la calle principal de Beaufort. Continuaba habiendo signos de la tormenta, pero la vida seguía. Estaban quitando las maderas con las que habían cubierto los escaparates de las tiendas y ya habían limpiado el barro y los escombros. Los marines de la base llevaban varios días asegurándose de que la ciudad volviera a ser la de antes. En unas cuantas semanas, sería como si la tormenta nunca se hubiera producido.

Para él, sin embargo, aquel huracán lo había cambiado todo.

Giró la cabeza lentamente y miró el edificio que tenía delante. En algún lugar de su interior, Karen lo estaba esperando y saberlo le hacía quedarse sin aliento. Le costaba admitirlo, pero aquel jueguecito que se traía con Karen lo ponía más nervioso que cuando entró en el cuerpo.

Entonces, se había dado cuenta de que los marines eran su futuro y de que podía hacerlo. Apostó por que aguantaría el entrenamiento y tendría la profesión que quería. Se encontraba de nuevo con el futuro pendiendo de un hilo, solo que esta vez no dependía de él sino de Karen.

Sam siempre se había entregado al trabajo sin problema, pero no había podido quitarse a Karen de la cabeza ni limpiando los restos de la tormenta ni preparándose para el próximo grupo de reclutas. Había trabajado a lo bestia y, como buen profesional, no había rendido menos de lo normal, pero, en cuanto el ritmo de trabajo bajaba un poco, no podía evitar pensar en ella.

Veía sus ojos y recordaba aquellos días que habían pasado juntos.

Estaba delante de la agencia inmobiliaria en la que ella trabajaba recordando el plan. Amigos.

–Maldita sea –murmuró–. ¿En qué estaría pensando? ¿Cómo voy a fingir que solo somos amigos?

–¿Sam?

Sam se dio la vuelta y se encontró con el sargento Bill Cooper y su mujer, Joanne, que estaba embarazada.

—Perdón por llegar tarde, Sam —dijo Joanne—, pero hemos tenido que parar dos veces. Vamos a tener que poner un baño en el coche...

Sam no quería tantos detalles, pero asintió y les sonrió con envidia. Joanne Cooper estaba radiante de felicidad, tanto por su marido como por el tercer hijo que esperaban. Era difícil no sentir envidia de aquel hombre tan afortunado.

—Te agradecemos mucho que nos presentes a tu amiga. Hay tantos agentes inmobiliarios que no sabíamos a quién acudir —dijo Sam.

—Os gustará Karen. Es sincera y afable —dijo sintiéndose un poco culpable. No les iba a presentar a Karen solo por ellos, también por él.

Cuando Bill le había dicho que él y su mujer querían comprarse una casa más grande, Sam decidió no dejar pasar la oportunidad. ¿Qué mejor forma de hacerle comprender a Karen que las mujeres de los marines eran felices que ponerle a Joanne Cooper delante? Aquella pelirroja embarazada era perfecta para sus planes.

—¿Vamos allá? —preguntó Sam.

—Sí, antes de que tenga que ir al baño otra vez —contestó Joanne sonriendo.

–Ay, Joanne.

Ella se acercó y besó a su marido en la mejilla.

–Tranquilo, sargento –le dijo recibiendo un abrazo a cambio.

Sam no pudo evitar sentir envidia. Pura envidia.

–Vamos, entremos –dijo.

Karen vio a las tres personas que se acercaban.

–¿Ese no es Sam? –preguntó su jefa.

–Sí –contestó Karen aprovechando para mirarlo. Nunca tres días le habían parecido tanto tiempo.

Había estado pendiente del teléfono a todas horas. Había corrido a la puerta cada vez que creía oír el timbre y había mirado por la ventana cada vez que había oído un coche. Para nada. No había llamado, no había ido a revisar el tejado y ni siquiera se había pasado a verla.

Nada. Hasta aquella mañana que la había llamado para decirle que los Cooper estaban buscando casa. Algo en ella se había resentido por haberlo perdido. Por las noches, se revolvía en la cama, demasiado grande para ella sola, y durante el día intentaba convencerse de que era mejor así. Sería mejor verlo lo menos posible.

No se lo creía ni ella.

—Madre mía, este hombre cada día está más guapo —dijo Geri Summerville.

—Sí, ya lo sé —contestó Karen disgustada. Seguro que con sesenta años, las mujeres seguirían mirándolo por la calle.

—Nunca he entendido por qué lo dejaste. Me parece una pena desaprovechar a un ejemplar así.

—No está desaprovechado.

—Si no está contigo, está desaprovechado —contestó Geri retocándose el cabello plateado, que tenía tanta laca como para parar una bala.

—Controla las hormonas —murmuró Karen al ver entrar a Sam, que dejó pasar primero a la embarazadísima.

—Soy demasiado mayor para tener hormonas, pero tengo ojos, cariño —apuntó Geri dando la bienvenida a los recién llegados—. Pasen —dijo con su cariñoso acento sureño y, agarrando a Joanne del brazo, la sentó frente a la mesa de Karen—. Siéntese aquí.

—Gracias.

—Hace tiempo que no te veía, Sam. ¿Qué tal estás?

—Bien, gracias —dijo Sam dándole la mano—. Me alegro de verla.

Geri percibió la mirada entre Sam y Karen.

—Os dejo que habléis de negocios —dijo dirigiéndose a su mesa.

Las miradas de Sam y de Karen se encontraron y por un momento fue como si no existiera nadie más, pero tuvieron que volver a la realidad cuando Sam bajó la mirada.

—Karen, te presento al sargento Bill Cooper y a su mujer, Joanne. Chicos, esta es mi amiga Karen Beckett.

Karen lo miró para ver qué expresión ponía al pronunciar aquella palabra, pero ni se inmutó. Maldición.

Tras una pequeña conversación, Joanne se apoyó en la mesa.

—¿Ha encontrado alguna casa que se ajuste a nuestro presupuesto?

—Unas cuantas —contestó Karen sacando el álbum con las fotos que había seleccionado tras recibir la llamada de Sam. Lo puso sobre la mesa para que la mujer las viera mientas los hombres hablaban.

—Me gusta esta —dijo la pequeña pelirroja eligiendo la que más le gustaba a Karen—. ¿Podríamos verla?

—Claro, pero ¿no prefiere consultarlo con su marido?

–Él sería capaz de vivir en una tienda de campaña sin darse cuenta de que no tiene paredes –contestó Joanne–. Si no son verde militar, ni siquiera ve las cosas.

Karen miró a Sam.

–De verdad, Karen. ¿Puedo llamarte Karen?

–Por supuesto.

–Cuando le dije a Bill que quería comprar una casa, no lo entendió porque, a lo mejor, dentro de un año o dos nos trasladan a cualquier sitio, pero a mí me gusta la idea de saber que tenemos una casa esperándonos. Además, con el tercero a punto de llegar, ya casi no cabemos en la casa de la base.

–Claro –dijo Karen.

–Además, podemos alquilarla a otros marines si nos vamos.

–¿Tú siempre lo acompañas? –preguntó Karen asegurándose de que Sam no estaba escuchando.

–Sí, excepto cuando está de maniobras, que se va seis meses. De hecho, esta es la primera vez que va a estar cuando nazca el niño.

–No lo dirás en serio.

–Sí. Como estamos en Parris Island, donde no hay maniobras, estará para el parto. No sé si le hace mucha gracia –dijo sonriendo.

Karen miró a aquella mujer con admiración. Había tenido dos hijos mientras su marido estaba fuera y no parecía molestarla en absoluto.

—Eres admirable —dijo sin poder contenerse.

—Gracias, pero, ¿por qué lo dices? —preguntó Joanne.

—Porque has dado a luz tú sola, con tu marido a miles de kilómetros. No sé si yo podría hacerlo —dijo sacudiendo la cabeza.

La otra mujer rio y se aseguró de que los hombres estaban a sus cosas.

—Querida, en la base ninguna mujer está sola. Nos ayudamos unas a otras. Además, creo que hablo más con Bill cuando está de maniobras que cuando está aquí.

—¿Qué?

—Sí. La factura de teléfono es terrible, pero como tenemos correo electrónico... hablamos todos los días.

—Pero las separaciones deben de ser espantosas —dijo Karen pensando que ella, después de todo, vivía sola. No había mucha diferencia. Lo único que echaría de menos a Sam, pero en aquello momentos, también lo echaba de menos.

¿Por qué estaba pensando aquello? No quería casarse con él. No quería ser la esposa de un marine.

–La verdad es que no. Lo peor es cuando vuelve hecho un patriotero e hinchado como un pavo –se rió Joanne–. Le lleva un mes o dos recordar que yo no acato órdenes. En casa, la que lleva los pantalones soy yo –dijo sonriendo como si estuviera recordando algo–. La primera semana cuando vuelve… –suspiró–. Es mejor que el viaje de novios.

–Me hago una idea –dijo Karen recordando lo que había pasado con Sam en el motel y solo llevaban dos meses sin verse. Si pasaran seis meses, probablemente no saldrían vivos.

–Es como volverse a enamorar –dijo Joanne pasándose la mano por la tripa–, solo que con los críos alrededor, que te ayudan a tener los pies en la tierra. De hecho, así surgió Junior. En una fiesta de bienvenida.

Karen miró el amor con el que aquella mujer se acariciaba la tripa y sintió envidia. Joanne parecía feliz y el miedo que pudiera sentir por su marido no impedía que disfrutara de la vida que había elegido.

Karen no pudo evitar preguntarse si ella sería tan fuerte o sus miedos la tendrían tan atenazada que nunca lograría tener un marido y unos hijos.

–¿Vamos a ver la casa? –preguntó poniéndose en pie y apartando aquellos pensamientos de su cabeza.

–Claro –contestó Joanne levantándose también–, pero antes, ¿me podrías decir dónde está el baño? –añadió en un susurro.

Capítulo Once

Karen siguió a Joanne por las diferentes habitaciones de la casa, escuchando cómo hacía planes y hablaba sobre qué mueble colocaría en cada lugar. Cuando la oyó emocionarse con la que sería la habitación del pequeño, Karen se dijo que le encantaba su trabajo por esas cosas. Le gustaba vender porque ayudaba a la gente a formar hogares, no solo a comprarse casas.

Se preguntó si algún día ella tendría lo mismo. Una casa que le gustara, llena de amor, alegría y calor. Un lugar donde el miedo no tuviera cabida, donde viviera una familia en armonía. Karen miró hacia el jardín, donde paseaban Bill y Sam.

—Hay que admitir que el cuerpo de marines tiene hombres muy guapos —dijo Joanne.

—Sí —admitió Karen mirando los brazos musculosos, las caderas y el trasero de Sam.

—Es estupendo, ¿verdad?

—Sí —dijo Karen sonriendo al ver a Sam reír ante una ocurrencia de Bill.

—Pero, sois solo amigos, ¿no?

Joanne no se lo había tragado. No era de extrañar porque eran mucho más que amigos, a pesar de lo que Sam quisiera fingir.

—¿Cómo lo aguantas? —dijo mirando a la otra mujer y sin responder a algo tan obvio.

—¿Cómo aguanto qué? —preguntó Joanne sorprendida.

—El riesgo del trabajo de Bill… la preocupación… el miedo.

—No lo pienso.

—¿Cómo?

—¿Conseguiría algo preocupándome? —dijo Joanne intentando buscar las palabras correctas—. Tal vez, lo único que conseguiría es que se distrajera por saberme preocupada y que lo mataran.

A Karen no se le había ocurrido aquella posibilidad y no pudo evitar pensar si le habría ocurrido eso a Dave. Recordó la cantidad de veces que le había hecho callar cuando él había querido hablar de su trabajo. Recordó claramente la preocupación en los ojos de Dave porque ella no le quería decir qué le pasaba.

—Yo creo que corre menos peligros que la mayoría de la gente —continuó Joanne—. Sé que tiene un trabajo muy arriesgado, pero sabe hacerlo.

—Pero…

—¿Cuánta gente se mata en coche yendo a un trabajo tranquilo y seguro?

—Sí, pero...

—No hay garantías. Podría ser profesor, bajar el bordillo y que se lo llevara un autobús por delante.

—Claro, pero...

—Y no habría sido feliz —concluyó Joanne mirando a su marido que estaba entrando en el cobertizo del jardín—. Ser marine no es un trabajo, es una forma de ser.

Aquellas palabras le sonaban. Sam había dicho exactamente lo mismo hacía una semana. ¿Y ella quién era? ¿Una mujer que temía demasiado a la muerte como para vivir? ¿Una mujer que temía tanto perder al ser amado que no quería encontrarlo? Aquella reflexión la sorprendió.

Tomó aire y miró a aquel hombre de pelo oscuro. Siempre se había considerado una mujer fuerte. ¿Se habría engañado durante todos aquellos años? ¿Habría tomado la muerte de Dave como una excusa para esconderse de la vida?

¿Iba a seguir escondiéndose hasta ser una ancianita arrepentida de no haber hecho las cosas y sin apenas buenos recuerdos?

—Es como tu trabajo —dijo Joanne de repente.

–¿Qué?

–A ti te gusta lo que haces, ¿verdad?

–Sí, pero…

–¿No te rebelarías si alguien te dijera que ya no puedes seguir trabajando en esto?

–Claro que sí, pero no es lo mismo, ¿no?

–No, no es lo mismo –contestó Joanne posando una mano sobre el brazo de Karen–, pero es lo que a ti te gusta, forma parte de ti.

–Sí –dijo mirando a Sam a través del cristal.

–A ellos les pasa lo mismo. La diferencia es que su trabajo es proteger a los demás. Incluso protegen a gente que no aprueba lo que ellos hacen.

Karen se sonrojó. No había pretendido ofender a Joanne.

–Lo siento, no pretendía ofenderte.

–No me has ofendido.

Se miraron a los ojos y Karen vio que lo decía con sinceridad. Le gustaba aquella Joanne Cooper. Era fuerte, sincera y optimista. Era el tipo de mujer que a Karen le gustaría tener como amiga.

–Es que…

–Te preocupas.

–Sí.

–Tal vez demasiado. A veces, si te preocupas demasiado, te olvidas de vivir –dijo mirando a Bill que salía del cobertizo sonriendo y con la cara manchada–. Creo que disfruto del tiempo que paso con Bill más que la esposa de un civil, precisamente porque sé que corre peligro. Estoy decidida a disfrutar de lo que tengo mientras lo tenga.

–Esa actitud está muy bien –replicó Karen.

–No es tan difícil de adoptar. Si te empeñas.

–Puede –murmuró Karen mirando a Sam.

–No te voy a engañar. A veces, no es fácil. La mujer de un marine tiene que ser independiente, fuerte, tiene que hacer de madre y de padre durante meses, tiene que llevar la casa, incluso organizar una mudanza a la otra punta del país.

Karen asintió. Nada de eso la asustaba. Con eso, podría. Lo que realmente la aterraba era perder a Sam.

–He visto fracasar muchos matrimonios de marines. La mayoría, por lo mismo que se acaban los matrimonios normales, pero otros porque las mujeres no pueden soportar la soledad. Un marine profesional no necesita a alguien débil a su lado. Necesita una compañera, una igual. Si no estás a la altura… es mejor que sigáis siendo solo amigos. Si no, os haríais los dos mucho daño –puntualizó mirando a Karen a los ojos.

Karen asintió y tragó saliva con fuerza antes de seguir.

–¿Y si estoy dispuesta?

–Si estás dispuesta a intentarlo, es la mejor de las vidas –contestó Joanne sonriendo.

Sam oía a Bill que le hablaba del cobertizo y del jardín y de construir un garaje, pero en realidad no lo estaba escuchando.

Se preguntaba de qué estarían hablando Joanne y Karen. Las había estado observando a medida que iban avanzando de habitación en habitación. Iban hablando como si se conocieran de toda la vida. Se moría por saber de qué estaban hablando.

–¿Me estás oyendo, Sam?

–¿Eh? Sí, sí, claro.

–Sí, ya –contestó Bill riéndose.

–Eh, vosotros dos –los llamó Joanne–. Si habéis terminado de jugar, nos vamos.

–¿Cómo que jugar? Estoy explorando el lugar.

–Sí, ya se nota. ¿Te has visto la cara y la camiseta?

Bill sonrió y se sacudió el polvo. Sam iba detrás de él con la mirada fija en Karen. Intentó mirarla a los ojos e intentar dilucidar qué estaría pensando, pero parecía como si ella hubiera sabido que lo iba a hacer y hubiera decidido disimular.

Sam no creyó que fuera buena señal.

—Bueno, ¿casa vendida? —le preguntó cuando llegó junto a ella.

—Creo que sí —contestó viendo a Joanne que guiaba a su marido hacia el dormitorio principal—. A Joanne le gusta mucho. Tendrán que hablarlo.

—Si a Joanne le gusta, a Bill le parecerá bien. Le conozco.

—Fenomenal —contestó cerrando las puertas del jardín.

—¿Qué tal estos días?

—Bien, ¿y tú?

—Ocupado —admitió—. Siento no haberme pasado a revisar el tejado.

—No pasa nada. Joe, el marido de Virginia, lo hizo y está bien.

—Bien. Parece que Joanne y tú os habéis caído bien.

—Es muy simpática.

—Es muy habladora.

—Sí.

Karen intentó pasar a su lado, pero él le puso una mano en el brazo. Karen lo miró y Sam sintió que el corazón le daba un vuelco.

Aquello de la amistad no le estaba resultando tan fácil como había imaginado. ¿Cómo había podido imaginar que lo sería?

Bill y Joanne volvieron y no pudo decir nada. Karen sonrió y Sam se preguntó si la pareja se habría dado cuenta de la tensión que había en el ambiente o solo sería una impresión suya.

—Nos la quedamos —dijo Joanne.

—Estupendo —contestó Karen yendo hacia Joanne—. Vamos a la oficina a hacer el papeleo —Joanne sonrió, frunció el ceño y se tocó la tripa—. ¿Qué ocurre? ¿Estás bien?

—Sí —contestó Joanne mirando a su marido—. No tengas miedo, sargento. Todavía nos quedan un par de semanas.

—No tengo miedo.

—Ya —contestó riéndose mientras Bill la ayudaba a llegar a la puerta.

—Puede que él no, pero yo sí me he asustado —confesó Sam a Karen.

—¿Tú?

—Sí, imagínate que hubiéramos tenido que traer a un niño al mundo en una casa vacía. Todo el mundo siente miedo alguna vez, Karen. Lo que importa es cómo reaccionas. ¿Te vas corriendo y dejas a Joanne sola en la casa o luchas contra el miedo y la ayudas a traer a su hijo al mundo?

—A ver si lo acierto. ¿Luchas contra el miedo? —dijo Karen sonriendo sin querer.

Sam tomó aire con la esperanza de que aquella respuesta significara cierto cambio en ella.

—¡Hurra! —dijo Sam pasándole un brazo por los hombros y cruzando la puerta principal.

Durante los días que siguieron, Karen vio a Joanne más de lo que habría imaginado. Parecía como si se hubiera propuesto darle un curso de cómo ser la esposa de un marine.

Había ido un par de veces a Laurel Bay, el barrio donde vivían la mayoría de los marines de la base Parris Island. Había ido a merendar un par de veces con Joanne y otras mujeres, con sus hijos, claro. Había dado una vuelta por la base, había visitado el economato militar, la estafeta de correos y todo lo que se le había ocurrido a Joanne.

En honor a la verdad, estaba funcionando. Karen estaba descubriendo otros aspectos de la vida de los marines. Siempre había tenido la idea de que las mujeres de militares eran mujeres que se quedaban metidas en casa sufriendo, mujeres que se sacrificaban estoicamente, pero aquellas mujeres que había conocido eran divertidas.

No se había reído tanto en su vida como en los últimos días. Había hecho amigas nuevas, que le habían contado cómo era la vida militar. Aunque temían por sus maridos, se sentían tan orgullosas de ellos que se olvidaban. Sintió un poco de envidia.

Al parar en la garita de entrada para el control, se dio cuenta de que lo que más envidia le daba era que eran una gran familia. Aquellas mujeres compartían algo que una de fuera no entendería. Pertenecían a una sociedad cuyos miembros dedicaban su vida al país. Estaban ligadas a esa sociedad por el vínculo de la lealtad y el deber, pero sobre todo por el amor.

Se ayudaban unas a otras y pasaban buenos ratos juntas. Sabían que podían contar las unas con las otras. No había mucha gente que pudiera decir lo mismo.

Le tocó el turno y le dio su nombre a un jovencísimo militar, que miró una lista y la dejó pasar.

Mientras iba por el ya familiar camino de entrada, leyó «Bienvenidos a Parris Island. Aquí hacemos marines» y, por primera vez, se sintió orgullosa.

–Somos un grupo de voluntarios dedicados a promocionar el entendimiento de la vida militar desde el punto de vista del cónyuge compartiendo conocimientos e información –dijo una mujer al grupo de veintitantos asistentes, la mayoría mujeres.

Karen se sentía como una impostora. Ella no estaba casada con un marine y a Sam no se le caía lo de que eran amigos de la boca, así que no parecía que lo fuera a ser nunca. Aun así, Joanne le había sugerido que fuera a una de aquellas reuniones para que conociera más a fondo la vida militar, y le había parecido una buena idea.

Miró a la mujer que tenía al lado y se dio cuenta de que otras muchas parecían incómodas.

–No es tan serio como parece. Estamos aquí para contarles la historia del cuerpo de marines, ayudarles a que reconozcan la jerarquía militar, que sepan qué ventajas médicas tienen, que aprendan a enfrentarse a una mudanza, a aguantar las maniobras, darles información sobre los colegios y todo lo que puedan necesitar –dijo la ponente con una sonrisa tranquilizadora.

Cuando aquella mujer y sus amigas se lanzaron a hablar de la vida militar, Karen se olvidó de que, en realidad, no era una de ellas, se arrellanó en su asiento y escuchó.

—Hola, intrusa —dijo Sam mientras Karen cruzaba por el césped.

—Hola —contestó Karen pensando lo bien que le sentaba el uniforme de camuflaje. Había aceptado ir de picnic con él a Horse Island, pero se estaba arrepintiendo de no haberle dicho que quedaran en un sitio donde hubiera más gente.

—He comprado unos sándwiches —dijo Sam levantándose y sonriendo.

—Sam... —dijo Karen viendo los dos sándwiches y las Coca colas—. Lo siento, pero no me puedo quedar.

—¿Por qué no? —dijo observándola.

—Le prometí a Joanne que iría con ella al CDI para recoger a los niños.

—¿Al CDI?

—Sí, el centro de desarrollo infantil.

—Sé lo que es —le espetó. Aquello era de locos. Llevaba días sin verla. Estaba tan ocupada con sus nuevas amistades que parecía haberse olvidado de él.

Sam se dio cuenta de que tenía celos.

—Bill está de guardia y no quiero dejar

sola a Joanne porque le queda muy poco para el parto…

—De acuerdo —contestó levantando una mano para que se callara—. Veo que estás ocupada.

—Solo intento ayudar a Joanne.

—Ya lo sé. Debí suponer que esto sucedería.

—¿Qué?

—Las mujeres de los marines siempre van de dos en dos. Ahora ya no te veo nunca.

—No sabía que los marines lloriquearan —dijo Karen sonriendo.

—No lloriqueamos —corrigió Sam—, pero, a veces, nos quejamos.

—Ya me he dado cuenta —dijo mirando el reloj.

—Te tienes que ir.

—Sí —asintió.

—No pasa nada.

—Gracias, amigo —dijo Karen poniéndose de puntillas y dándole un beso en la mejilla.

Sam se quedó allí, de pie, viéndola alejarse a toda prisa hacia el coche. Se tocó la mejilla con cariño y pensó que era realmente difícil sobrevivir a aquello de la amistad.

Capítulo Doce

Los sonidos de la fiesta llegaban hasta el rincón del jardín de los Cooper donde estaba Sam. Había luces en las ventanas, se veían las siluetas de los invitados y se oía el jazz.

Un grupo de personas que cruzaba el césped se rió. Parecía que todo el mundo lo estaba pasando bien. Sam se pasó la mano por la nuca y se volvió a preguntar qué hacía allí. Debería haberle dicho a Joanne que no iría. No se sentía con ánimo para ir a fiestas. Los últimos reclutas que había tenido eran peores que de costumbre, le habían puesto de mal genio y habían conseguido acabar casi por completo con su paciencia. Además, llevaba dos días sin ver a Karen, desde los cinco minutos del picnic. No, desde luego, no era la mejor compañía aquella noche.

—¿Algún problema?

Aquello sacó a Sam de sus pensamientos. Se dio la vuelta y se encontró con Joanne.

—No, solo he salido a tomar un poco el aire.

—Sí, ya me he dado cuenta de que no estabas para fiestas —contestó Joanne sonriendo amargamente.

Sam asintió, se apoyó en la valla y cruzó un pie por encima del otro.

—Pues no, la verdad es que hoy no soy precisamente la mejor compañía —admitió dando un trago de cerveza.

—Pues vas a tener que sonreír y disimular. Karen acaba de llegar.

—¿De verdad? —preguntó apartándose del muro y mirando hacia la casa.

—Sí, además está guapísima.

Aquello no le sorprendía. Karen tenía que hacer muy poco para estar guapísima. De repente, se le vinieron a la mente imágenes de su cara y su cuerpo. Dio otro trago de cerveza para apagar aquella sed.

No sirvió de nada.

—Sí. Me parece que al sargento Mills le va a encantar.

—¿Y a quién no le encanta? —preguntó distraído—. ¿Cómo? ¿Qué tiene que ver Dave Mills con Karen? —añadió como despertando del letargo.

—Todavía nada, pero espero que se gusten. Quién sabe... —contestó encogiéndose de hombros.

Sam sintió un ardor en el estómago. Dave Mills. Alto, rubio y buen marine, pero con una fama de mujeriego que Sam, si hubiera tenido una hermana, no la habría dejado que se acercara a él. Ya Joanne no se le había ocurrido otra cosa que emparejarlo con Karen.

—¿Qué te propones? —preguntó Sam estudiando la expresión de inocencia de Joanne.

—¿Cómo? ¿Por qué? Nada. Simplemente, le voy a presentar a tu amiga a un hombre muy agradable y atractivo. No pasa nada, ¿no? —dijo poniéndose una mano en el pecho y la otra en el corazón como si estuviera jurando.

Maldición. Debería de haber supuesto que aquello de ser amigos no traería más que problemas.

No pasaría nada mientras el bueno de Dave se mantuviera alejado de Karen. Se dio la vuelta para dejar la cerveza sobre la valla y para tranquilizarse. Se dirigió hacia la casa sin molestarse en contestar a Joanne. Seguro que ya sabía cuáles eran sus sentimientos acerca de Karen. Si no, ¿para qué se iba a tomar la molestia de buscarlo para informarle de la situación?

Aquello no importaba en esos momentos. Lo que era importante era llegar a Karen antes que Dave Mills. Había avanzado solo unos pasos cuando oyó a Joanne gritar. Se giró y la vio doblada por la mitad. Supo que Karen tendría que esperar.

Aquel rubio tan guapo no se separaba de ella y Karen no paraba de preguntarse dónde estaría Sam. Dave hablaba y ella le decía a todo que sí, pero sus pensamientos estaban muy lejos de la conversación.

No debería de haberle hecho caso a Joanne.

¿Hacer que Sam se sintiera celoso? ¿Hacerle admitir que aquello de la amistad lo había hecho para obligarla a aceptar el mundo tal como era? Había funcionado. Le había presentado a unas mujeres que le habían recordado que era fuerte como para aguantar lo que quisiera.

Sin embargo, aquello no era excusa para inventarse lo de la amistad. Se preguntaba cómo no le había pillado desde el principio. Pensándolo bien, tal vez, había sospechado algo, pero, en aquel momento, no podía pensar bien porque su mente y su cuerpo estaban todavía invadidos con recuerdos de pasión.

Así, como un buen soldado, había atacado cuando sus defensas estaban en su punto más bajo.

Karen tomó un trago de su copa, miró a Dave Mills y le sonrió. Aquello le valió al rubio para seguir hablando.

Se dijo que no estaba siendo justa y se obligó a escucharlo. Después de todo, no era culpa suya que no fuera Sam. Karen lo miró, vio aquellos ojos azul oscuro y el hoyuelo de su mejilla derecha. Esperó una reacción, pero no sucedió. Tampoco le sorprendió. Paseó la mirada por la habitación buscando a un marine alto, moreno y de ojos color whisky. Entonces, lo vio y casi al instante el corazón se le aceleró y se le secó la boca. El placer se convirtió en preocupación cuando vio a la mujer que iba con él.

—¡Joanne! —exclamó Karen.

Sam cruzó la cocina hacia el salón ayudando a Joanne a caminar. Ella intentó sonreír a los invitados.

La habitación estaba llena de gente. Alguien apagó la música. Bill tardó dos segundos en cruzar la habitación y estar junto a su esposa.

—¿Ya? —preguntó Bill.

—Sí —contestó Joanne.

—Tengo el coche en la puerta —apuntó Sam.

—Muy bien. Tú conduces —dijo Bill.

—Yo también voy —dijo Karen.

Otra mujer se ofreció a llevarse a los otros

dos niños a su casa y alguien aseguró que limpiaría y cerraría la casa. Karen se dio cuenta de que todo el mundo echaba una mano, como en una familia. Se le saltaron las lágrimas y le entraron ganas de decirle a Sam que, por fin, lo había entendido, pero no era el momento.

–Tenemos que irnos ya –murmuró Joanne.

–De acuerdo –dijo su marido mirando a Karen preocupado.

Karen agarró a Sam del brazo.

–Vamos, abre paso.

–A sus órdenes.

A sus espaldas, un coro de voces les deseó buena suerte. Se montaron en el coche y se perdieron en la noche.

–¿Cuánto se supone que dura? –preguntó Sam por décima vez mientras se paseaba por la sala de espera.

–No lo sé –contestó Karen cerrando la revista que estaba leyendo.

Se puso de pie y pensó en ir al mostrador a preguntar a la enfermera por Joanne, pero se dio cuenta de que en la hora que llevaban allí ya habían ido cuatro veces y de que a la enfermera no parecía haberle hecho mucha gracia. Sam había tardado menos de diez minutos en llegar al hospital, que estaba a un cuarto de hora. Karen no sabía si había sido porque estaba preocupado por Joanne o porque estaba aterrorizado. Sea como fuere, lo habían conseguido y los Cooper habían desaparecido tras la puerta dejando a Sam y a Karen solos.

Karen fue hacia la entrada. Aquella habitación la parecía cada vez más pequeña. Era como si Sam lo ocupara todo. Miró fuera, donde reinaba la oscuridad de la noche, y decidió salir. Necesitaba respirar, huir de aquella tensión que invadía la habitación como si fuera niebla. Se volvió hacia el sofá para alcanzar el jersey y el bolso.

—¿Dónde vas?

—Fuera —contestó sin molestarse en mirarlo.

—Voy contigo —dijo Sam.

Lo que faltaba. Sus tacones se oían contra el pavimento. La luna brillaba con fuerza y las nubes se movían perezosamente. Karen sintió la brisa que subía del río en los hombros.

—¿Tienes frío?

—Ya no —contestó Karen cuando Sam se paró a su lado.

—Hace una noche preciosa —dijo Sam metiéndose las manos en los bolsillos.

—Sí —contestó Karen pensando en que el

tiempo siempre era un tema recurrente de conversación.

–Tú también estás preciosa –continuó Sam. Karen lo miró de reojo–. Por lo menos, seguro que se lo ha parecido a Dave Mills.

–¿Qué quiere decir eso?

–Te he visto. Con él. Le sonreías como si estuvieras fascinada.

–¿Y? –preguntó Karen disfrutando del momento.

–Pues que conozco a Dave. No es fascinante.

–Puede que no te lo parezca a ti –contestó disimulando una sonrisa.

–Ni a mí ni a nadie, salvo a su madre –dijo Sam sacando las manos de los bolsillos y agarrándola de los brazos–. ¿Qué está pasando, Karen?

–Nada –contestó Karen encogiéndose de hombros y soltándose–. Solo que Joanne quería presentarme a un hombre simpático.

–Ya –dijo dejando claro que no se lo creía.

Bien. Karen se retiró el pelo de la cara y se cruzó de brazos.

–Creí que te gustaría que Joanne me presentara hombres –dijo Karen golpeando el suelo con el zapato.

–¿De dónde te has sacado eso? –exclamó Sam alzando los brazos.

–Porque supuse que mi amigo querría verme feliz.

–No soy tu maldito amigo –gruñó con los dientes apretados.

–¿Ah no? –preguntó tocándole el pecho con el dedo índice–. Era todo un truco, ¿verdad? Todo eso de «Karen, seamos amigos».

–¿Un truco?

–Lo sabía –afirmó Karen. Sam miró aquellos ojos azules y le pareció que salían chispas de ellos. La conversación no se estaba desarrollando como él había creído–. Me contaste todo eso de la amistad para hacer que me arriesgara, ¿verdad? –preguntó trazando con sus pasos un círculo alrededor de él.

De repente, Sam se sintió como si un doberman le fuera a atacar.

–Creí que...

–Creíste que si conocía a Joanne y a otras mujeres de marines, que si veía cómo viven las familias de los marines en realidad, mis miedos se disiparían –lo interrumpió.

–Creí que te apetecería conocer a gente simpática.

–Todos mujeres de marines.

–Una simple coincidencia.

–Claro –dijo siguiendo dando vueltas–. Creíste que con un par de semanas con ellas se me quitarían los miedos que me han perseguido durante años.

—Merecía la pena intentarlo —murmuró Sam sintiendo que se le erizaban los pelos de la nuca al ver su mirada.

—Sí, supongo que, desde tu punto de vista, sí —dijo parándose y mirándolo fijamente antes de continuar—. ¿Cuál es el plan ahora, sargento? ¿Tienes una lista de marines que quieres que conozca para que elija a uno de ellos?

Al oír aquello, Sam se quedó rígido.

—Por supuesto que no. Tú eres mía y solo mía y no permitiría que nadie más te tocara.

—¿En serio?

—Así como te lo digo.

—¿Quieres ser mi amigo?

—Ya tengo suficientes amigos.

—¿Quieres ser mi psiquiatra?

—No lo necesitas.

—Exacto, no lo necesito. Se puede saber, entonces, ¿qué quieres hacer exactamente? —dijo dando un paso al frente.

—Quiero casarme contigo —gritó.

—Yo también —gritó Karen.

Sam se quedó mirándola sorprendido. Se le paró el corazón y, cuando reaccionó, sintió que le invadía un calor que nunca había experimentado antes.

La agarró y la abrazó con fuerza hasta que sintió que se fusionaban, que formaban un todo. Aun así, no le pareció suficiente, pero tendría que conformarse.

—¿Estás segura? —le preguntó en un susurro.

—Estoy segura —contestó pasándole los brazos por el cuello.

—¿Ya no hay miedos? —preguntó Sam agarrándola del mentón.

—Siempre habrá algo de miedo, pero tengo más miedo de no tenerte nunca que de perderte —contestó Karen mirándole a los ojos.

—Nunca me perderás, cariño —dijo Sam paseando su mirada por el rostro de Karen.

—No puedes prometerlo —dijo Karen tragando saliva—. Nadie puede, pero me arriesgaré. Quiero vivir contigo, tener hijos contigo, Sam —dijo acariciándole la cara y haciendo que a él casi le fallaran las rodillas de emoción—. Te quiero, Sam Paretti. Te quiero más de lo que imaginaba.

—Yo también te quiero, mi amor —contestó Sam besándole las puntas de los dedos.

—Nos envíen donde nos envíen, tú te encargarás de los marines y yo de vender casas.

—De acuerdo.

—Y los dos nos ocuparemos de los niños.

—De acuerdo —contestó con una sonrisa tan grande que creyó que se le iba a salir de la cara.

—Y me querrás siempre —dijo Karen mirándolo fijamente.

—Eso dalo por hecho, cariño —le aseguró besándola.

—¡Eh, vosotros dos! —gritó alguien. Se separaron y se giraron hacia la puerta, donde Bill Cooper estaba de pie como si le hubiera tocado la lotería—. Podéis dejar eso para más tarde. ¡Entrad a conocer a mi nueva hija! —gritó cerrando la puerta para correr junto a su esposa.

—Esta noche empiezan dos nuevas vidas —dijo Karen abrazando a Sam mientras andaban hacia la entrada—. La del bebé y la nuestra juntos. Apuesto a que ambas serán felices.

—Y no perderás, cariño —contestó Sam sonriéndole—. Fíate de mí. Soy marine.

Epílogo

Tres años después. Camp Pendleton, California.

—Quiero que recordéis que estamos aquí para ayudaros. Si tenéis cualquier duda, acudid a nosotras. Estamos aquí para ayudaros a que os acostumbréis a la vida militar —dijo Karen a su público y miró el reloj.

Llegaba tarde, como siempre, pero entre enseñar casas, la reunión de la asociación y la cita con el médico se le había ido el día. Debía darse prisa si quería llegar a casa antes que Sam.

Bajó del estrado, se despidió rápidamente de sus amigas y se dirigió a la puerta. Justo cuando iba a girar el pomo, se abrió la puerta y apareció su marido.

La había pillado.

—Hola, Sam —dijo—. Hola, Josie. ¿Te lo has pasado bien con papá? —preguntó a la pequeña con una sonrisa.

La niña asintió con tanta fuerza que una de las horquillas estuvo a punto de salir volando. Karen sintió un gran calor en el corazón al observar los ojos color whisky de su hija, exactamente iguales que los de su padre, de quien no se separaba. Sam y Josie iban juntos a todas partes. Eso incluía ir a buscar a mamá cuando llegaba tarde.

—No me digas hola como si tal cosa—dijo Sam—. Se supone que deberías haberte quedado en casa con los pies en alto. Ya sabes lo que dijo el médico.

Karen se pasó una mano por la tripa. Todavía quedaban dos meses para que el último Paretti llegara al mundo, pero Sam se preocupaba demasiado.

—Dijo que descansara, no que me recluyera.

—Descansar no incluye ir a las reuniones de la asociación.

—Eh, alguien tiene que ayudar a las nuevas esposas a acostumbrarse a vosotros.

—Y tienes que ser tú, ¿verdad? —le dijo pasándole un brazo por los hombros mientras iban hacia el coche.

—¿Quién mejor que yo? —preguntó Karen dándose cuenta de cómo había cambiado su vida en menos de tres años. Había pasado de dejar que el miedo la paralizara a ser tan feliz que no se lo podía creer.

Desde luego, la vida era asombrosa.

—¿Qué debo hacer para conseguir que descanses? —dijo Sam sacudiendo la cabeza.

Si fuera por él, Karen pasaría los embarazos en la cama, pero Karen sabía que lo único que necesitaba era estar cerca de él.

—¿Comprar algo para cenar? —preguntó sonriendo.

—¡Papá, pollo! —exclamó su hija.

Sam suspiró y le dio un sonoro y fuerte beso en la mejilla a su hija y otro a Karen en la cabeza.

—Lo que mis chicas quieran. Pollo me parece bien.

Karen pensó, allí, apoyada en su marido y oyendo la risa de su hija, que el mundo era un lugar maravilloso.

DESEO

COLLEEN COLLINS
PASIÓN
DESNUDA

Capítulo Uno

–Necesito un hombre de inmediato. No lo quiero para esta tarde, ni para mañana por la mañana. ¡Lo quiero ahora!

Tras aquel solemne imperativo, Caroline «Liney» Reed sacó la pitillera del bolso y se hizo con un cigarrillo. Lo apretó con el índice y el corazón y lo sostuvo en alto, agitándolo en el aire, mientras escuchaba las excusas del agente al otro lado del teléfono móvil. Liney se centró en las frases que le interesaban, obviando el resto.

–No –lo interrumpió, rompiendo el cigarrillo en dos simultáneamente–. El modelo que me mandaste no encaja, para nada, con la descripción que te di de lo que necesitaba. Te pedía un «John Wayne» y tú me has mandado un «Lord Byron». Eso es como pedir carne y que te manden un suflé.

Dejó caer los dos trozos de cigarrillo sobre el asfalto y los pisó con la afilada punta del zapato. Acto seguido los miró con deseo. ¡Maldición! ¡Ojalá no hubiera dejado de fumar la semana anterior! En aquel momento, habría podido cambiar su flamante BMW por una calada de insana nicotina.

Giró bruscamente, mientras seguía hablando por el móvil y paseaba de arriba abajo en el aparcamiento.

–*Cooking Fantasies* necesita que las fotos estén hechas el viernes, no el sábado. Acabo de meter a «Lord Byron» en un taxi y está de camino al aeropuerto de Cheyenne, para tomar el primer avión de vuelta a Nueva York. Yo necesito un hombre rudo aquí, mañana al amanecer, o tu agencia va a tener serios problemas.

El sonido de los tacones resonaba con rabia, mientras el agente le prometía que tendría un «John Wayne» a primera hora de la mañana. A pesar de estar absolutamente furiosa, decidió no dar ningún ultimátum más. Si el hombre que necesitaba llegaba al día siguiente por la mañana, podría completar el trabajo sin problemas y, en aquel momento, aquel era el objetivo que tenía en mente, dentro de su nuevo mundo sin nicotina.

–Bien –respondió ella–. Llámame en cuanto metas a mi hombre en el avión. Tendré el móvil encendido toda la noche.

Con un brusco adiós, cortó la línea. Después resopló exasperada y maldijo al mundo en general.

–¿Por qué demonios tengo que ser yo la que se encargue de todo?

–¿Necesita algo? –un vaquero vestido de arriba abajo como si acabara de salir de una película del Oeste, que estaba apoyado en una furgoneta roja, se dirigía a ella.

–No, gracias, Gomer. Solo me estaba desahogando –se puso un mechón de pelo extraviado de vuelta en su moño francés y miró a su ayudante. Si le hubiera podido quitar treinta años y haberlo metido en el gimnasio durante semanas, habría sido el hombre perfecto.

–¿Ha encontrado ya lo que necesitaba?

–Es posible. El agente de Nueva York asegura que el hombre adecuado estará aquí mañana a primera hora.

–¿Tienen «John Waynes» en Nueva York?

En las nueve horas que había compartido con Gomer, se había dado cuenta de que el hombre tenía la capacidad de hacer unas preguntas que tocaban el punto clave y sensible de la cuestión. Una vez más, la cuestión levantaba heridas, pues si no se podía encontrar un clon de John Wayne en Nueva York, su corta carrera de un mes en Harriman Enterprises habría acabado. Una carrera que los demás vicepresidentes de las oficinas de Los Ángeles no apoyaban, pues consideraban que, a sus veintisiete años, era demasiado joven y estaba demasiado «verde» para poder ser vicepresidenta de Print Comunications. El primer campo de pruebas era relanzar *Cooking Fundamentals*, una revista que estaba cayendo en picado.

Liney había aceptado el reto, dispuesta a demostrar que el premio que había ganado en el instituto, cuya leyenda era «la que más posibilidades tiene de triunfar», no había sido gratuito. Quería ganarse al público femenino de la revista, que suponía el ochenta por ciento de las suscripciones.

Para ello, había cambiado el nombre por el de «Cooking Fantasies», y había decidido que el primer número lo dedicaría a «un hombre rudo en la cocina», con un impresionante modelo que aparecería cocinando en el salvaje Oeste. Había asegurado que ella seguiría de cerca el desarrollo de aquella producción, lo que, generalmente, un vicepresidente jamás hacía. Sin embargo, aquella era su primera y última oportunidad de demostrar que iba por buen camino.

Todo aquello no habría sido necesario si Dirk Harriman no hubiera decidido abandonar su flamante puesto en Los Ángeles, para trasladarse a las afueras de Cheyenne, Wyoming, a regentar un bar. Dirk Harriman era imprescindible en la carrera de Liney, pues recordaba en las mesas de reuniones a los vicepresidentes que ella contaba con un fuerte apoyo. Sin él, se sentía como si estuviera nadando desnuda en un mar de tiburones. Por eso, había decidido hacer las fotos en Cheyenne, con la secreta intención de tratar de convencer al todopoderoso Harriman de que regresara a Los Ángeles.

Liney se dio cuenta de que el viejo vaquero seguía observándola y en espera de una respuesta.

–¿Que si hay «John Waynes» en Nueva York? –repitió ella–. Pues espero que sí, Gomer, o me voy a ver forzada a ponerte a ti una sartén en la mano.

–¿Yo, un John Wayne? Me parece que va a tener que poner un montón de vaselina en el objetivo de la cámara, para que no se me vea, porque me parezco a John Wayne tanto como un toro a un zapato –el vaquero se quitó el sombrero y señaló el bar–. Hace un calor del demonio. Voy a entrar a tomarme un té frío, y le sugiero que haga lo mismo, si no quiere derretirse aquí mismo, como un helado de fresa en su cucurucho.

«Helado de fresa». Ese era el mejor apelativo que le habían puesto en los últimos tiempos. En la oficina, preferían llamarla «la dama dragón». Si allí supieran que alguien la había nominado bajo el concepto de algo tan dulce como un helado de fresa, habrían discrepado, sin duda alguna. Aunque, quizá, se habrían quedado con lo de «helado».

La verdad era que lo de «dama dragón» le dolía. Sabía que estaba presionando demasiado a sus empleados. Pero, ¿no se daban cuenta de que lo hacía por la empresa?

Cuando llegaba a casa por las noches, se consolaba a sí misma diciéndose que aquellos motes eran parte del precio que había de pagar por tener éxito en la vida. También se decía que eso le ocurría por ser una mujer. A un hombre se le permitía ser duro y ambicioso, rasgos imperdonables en una fémina.

A pesar de todas aquellas justificaciones y explicaciones que se daba, había decidido dejar de fumar, con la esperanza que lo de «dama dragón» fuera cayendo en el olvido.

Un sonoro estruendo interrumpió sus pensamientos. Se volvió hacia la carretera de la que procedía el ruido, y vio una nube de polvo que perseguía a una gran bestia de color negro y cromo. Según se iba acercando, el sonido se intensificaba, llenando el espacio con un rugido profundo y prolongado que a Liney le pareció como un huracán que se precipitaba contra ella.

En mitad del polvo y el metal, había un hombre sentado, con el pelo negro volando libre y salvaje, como si alguna fuerza interna

8

estuviera a punto de desatarse. Su cuerpo grande y musculoso se apoyaba confiado en el respaldo del asiento, y conducía la bestia con sin igual facilidad, lo que le provocó a Liney sudores en la espalda. Sus brazos morenos por el sol llevaban hasta dos robustas manos que agarraban con firmeza el manillar elevado, y uno de sus bíceps exhibía gozoso un tatuaje. Tenía, además, un aire de seguridad que decía lo poco que le importaba lo que el mundo pensara.

En el momento en que entró en el aparcamiento del bar, Liney no supo si correr o quedarse donde estaba. Optó por lo último, sencillamente porque sus piernas no respondieron para hacer lo primero.

El motor gruñó varias veces como un león furioso y el motorista condujo en círculos, hasta detener la maquinaria.

Ella no podía apartar la mirada de él. Buscó en el bolso la pitillera y, al tocar el duro borde de la caja, tomó conciencia de la musculatura de aquellas piernas envueltas en un pantalón vaquero. Un hombre de aquella talla, ¿cómo conseguía ropa alguna? Seguramente, la única opción sería llevarlo a una fábrica, desnudarlo y envolverlo en metros de tela. ¿Cómo si no?

Aquellas sugerentes imágenes se paseaban por la cabeza de Liney, provocándole sudores que traspasaban la fina tela de seda. Sabía que el vestido debía de estar completamente pegado a su torso.

El vaquero se bajó de la moto y ella bajó la vista. Llevaba unas botas negras como la máquina, y eran rudas, como el hombre. Cuando, finalmente, paró el motor, Liney pensó que también se había detenido su corazón.

De pie, el individuo era alto, muy alto. Estiró sus largos brazos y agitó la cabeza como un animal sacudiéndose el sudor. Llevaba una camiseta blanca que le marcaba el torso musculoso.

Ella trató de parar el temblor de sus piernas apretando las rodillas.

De pronto, se dio cuenta de que no necesitaba ningún «John Wayne» enviado desde Nueva York. El hombre ideal, fuerte, duro y salvaje que buscaba estaba allí, delante de ella, como un regalo del cielo. Era exactamente lo que necesitaba. Lo tenía todo, todos los ingredientes necesarios: una cucharadita de «chico malo» a lo Bruce Willis, una pizca de esa mirada sombría a lo John Travolta y una taza completa de George Clooney.

Las mujeres no solo probarían las recetas sino que, seguramente, acabarían rebañando las páginas de la revista. Las ventas se dispararían, su carrera permanecería intacta y se acabaría lo de «dama dragón», dando paso a «la vicepresidenta».

La receta perfecta se encaminó hacia ella mientras se quitaba los guantes de cuero. Sus ojos negros la miraron de arriba abajo.

—¿Está usted bien? —le preguntó con una voz profunda, e inesperadamente dulce.

A tan corta distancia, el hombre olía a una exuberante mezcla de sudor y loción para el afeitado. Ella cerró y abrió lentamente los ojos. Menos mal. Era real, no un espejismo.

—Sí, estoy bien —respondió ella—. Y usted es perfecto.

Él pareció contrariado ante semejante respuesta. Se metió los guantes de piel en el bolsillo trasero del pantalón y murmuró algo.

—Lo pregunto por eso —señaló con la mirada los cuatro cigarrillos que había estrujado en la mano.

—Debo haber... —«Debo haberlos apretado mientras fantaseaba sexualmente con usted», pensó, pero no lo formuló en alto—. Ha sido un accidente.

Rápidamente se sacudió las manos y tosió para distraer su atención.

La miró preocupado.

—¿Cuántos cigarrillos fuma al día?

Ella echó los hombros hacia atrás, en un

11

gesto defensivo del que se arrepintió inmediatamente. Si él no había visto el sudor que cubría la camisa de seda, sin duda, acababa de verlo.

–No fumo –dijo ella, cruzando rápidamente los brazos sobre el pecho–. Los llevo solo porque me dan buena suerte.

No tenía ni idea de por qué había hecho ese comentario, pero lejos de admitirlo, mantuvo el rostro inexpresivo, como si supiera, exactamente, de qué estaba hablando. Esa era una táctica que le funcionaba con sus compañeros de trabajo. Quizá también funcionara con hombres duros como aquel.

–Bueno, esos «amuletos» no harán sino acortarle la vida. Yo también he sido ex fumador y sé cómo es la batalla –antes de que ella pudiera argumentar nada, él continuó. Se puso en camino hacia el bar y preguntó–: ¿Conoce a Belle, la propietaria?

No la conocía personalmente. Pero tanto ella como el resto de los miembros de su equipo de Harriman Enterprises conocían la historia de Dirk y de cómo se había enamorado y casado con una bailarina llamada Belle O'Leary, que tenía un bar en Cheyenne, Wyoming.

–Belle y Dirk han salido a cenar –Liney lo sabía porque Gomer la había llevado hasta aquel bar, el Blue Moon, para hablar con

Dirk sobre el desventurado «Lord Byron» que le había mandado la agencia. Pero Dirk y Belle estaban fuera otra vez, en una de esas citas de recién casados. Liney no había visto jamás a dos personas tan enamoradas como aquellas. Estaba empezando a pensar que Dirk había perdido realmente el juicio.

Una sombra cruzó el rostro del desconocido.

–He conducido durante tres días para ver a Belle. Supongo que podré esperar una hora más.

Acto seguido, se volvió y se dirigió hacia su moto. Liney lo siguió. Tenía que empezar a convencerlo para que fuera «su hombre rudo».

–¿Por qué no pasamos dentro y nos tomamos un té frío? –dijo ella, imitando la frase de Gomer.

Él la miró por encima del hombro y alzó una ceja.

–¿Un té frío?

Ella se encogió de hombros y trató de no mirar el vello que se dejaba adivinar por el cuello de la camiseta, trató de no imaginar cuánto más habría en su torso y en su espalda.

–Sí, té –respondió ella–. Té.

La verdad era que ella habría dado cualquier cosa por un buen café, pero esa no parecía ser la especialidad del bar Blue Moon. Hacía un rato, lo había intentado con un café solo, pero después de dos sorbos lo había dejado, para evitar que le saliera pelo en el pecho.

El hombre se acercó hasta su moto y buscó en la bolsa de cuero que llevaba a un lado, hasta que encontró su cartera. Sin tan siquiera volverse, le hizo una pregunta.

—Lo del té está bien pero, ¿es eso realmente lo que quiere?

¿Qué era lo que les ocurría a los hombres? Gomer había metido el dedo en la llaga en primer lugar y aquel hombre lo estaba haciendo con idéntica precisión por segunda vez en el mismo día. Antes de poder pensar, su lengua se puso en marcha.

—Si no quiere tomarse un té conmigo, todo lo que tiene que hacer es decir que no, sin necesidad de leer en mis palabras una segunda intención que no tengo.

Él se detuvo de golpe, dejando todo su cuerpo inmóvil, con la única excepción de un músculo, que realizó un pequeño espasmo. Se dio la vuelta lentamente y miró con desprecio su moño francés. Iba peinada igual que su ex prometida, Charlotte, y mostraba, como ella solía hacer, muy poco respeto por un hombre que se acababa de bajar de su moto después de muchas horas de viaje. No estaba dispuesto a dejarse avasallar por otra mujer con moño y traje de diseño.

–En los últimos tres días, he conducido varios cientos de millas desde Los Ángeles. He tenido que soportar lluvias torrenciales, tragarme el asfalto cuando mi moto se encontró con una mancha de aceite y, ahora, tengo que tragarme su impertinente respuesta, solo porque le he preguntado a una extraña por qué me está invitando a té –la voz se hizo aún más profunda–. Sea lo que sea lo que quiere, está claro que debe tener mucha necesidad.

Ella se ruborizó, y lo miró con aquellos inmensos ojos marrones de niña necesitada. Se pasó la lengua por los labios y susurró su respuesta.

–Tengo una proposición de negocios que hacerle.

Él miró el bar, con aquella gran luna sobre un cartel de neón que decía «Blue Moon», y los carteles que ofrecían pollo frito. Luego miró a la mujer que tenía delante. Gracias a Charlotte, sabía que el vestido era Molinari, los zapatos de Gucci. ¿Qué demonios hacía una dama de la alta sociedad en un bar de Cheyenne, Wyoming, haciéndole una proposición de negocios?

Estaba cansado, acalorado y ansioso de acabar cuanto antes con aquel encuentro, así que le lanzó su peor mirada, aquella que acobardaba a cuantos hombres se ponían delante. Pero ella ni siquiera parpadeó. Él tuvo la impresión de que estaba acostumbrada a enfrentarse a miradas semejantes.

De pronto, creyó entender de qué se trataba todo aquello. Era una proposición de negocios... Recordó cómo Charlotte y sus amigas le habían hablado en una ocasión de una Madame que había hecho más dinero con su negocio en Beverly Hills que el mejor cirujano plástico de la ciudad. Miró a la mujer que tenía delante. ¿Sería aquella mujer de clase una prostituta? Le costaba asumir la idea de una Madame en el bar Blue Moon. De pronto, recordó los casetes de autoayuda que había escuchado mientras viajaba. «Uno atrae aquello que teme». Si eso era verdad, aquella era sin duda una personalización de Charlotte, aunque ella jamás le habría hecho una proposición deshonesta delante de un bar en el que se comía pollo frito.

Quizá los tiempos estaban muy mal y las mujeres de la noche tenían que trabajar durante el día en un remoto bar de ninguna parte.

—Lo siento —dijo él en un tono totalmente civilizado—. Pero no estoy interesado en... sexo.

Ella levantó la barbilla y frunció el ceño.

16

—Creo que será mejor que empiece de nuevo, porque ha habido un malentendido—dijo ella—. Me llamo Caroline Reed, pero todo el mundo me llama Liney. Soy la vicepresidenta de Print Comunications, parte de Harriman Enterprises. Lo que querría es contratarlo yo a usted durante unos días, no a la inversa, para que sea la estrella de mi revista. Estoy segura de que usted es el tipo de hombre que gusta a las mujeres —lo miró de arriba abajo como si estuviera tasándolo—. Pero, por favor, no vayamos a entrar en discusión otra vez. Pasemos y tomemos algo.

Ella se encaminó hacia el bar. Él la miró y notó cómo balanceaba su cuerpo delgado, envuelto en un fino vestido de seda.

Había viajado muchas millas para huir de su ex prometida, una mujer culta y correcta como la que acababa de hacerle «una proposición de negocios».

Charlotte había logrado disuadirlo, incluso, de que tomara clases de baile de salón, para que se convirtiera en el hombre que ella quería. Después de que su relación acabara, se dio cuenta de que a la única persona que uno podía cambiar era a uno mismo.

Con la intención de mejorar su vida, se había pasado los tres últimos días conduciendo y escuchando cintas que lo incentivaban a seguir sus sueños y alimentar su espíritu. A sus treinta y cinco años, Raven había decidido crear un nuevo hombre por dentro, no por fuera, como quería Char. Su sueño era abrir un taller de reparaciones, pero, en lugar de la típica imagen de un lugar grasiento lleno de carteles de mujeres desnudas, él quería una tienda llena de comida sana y libros inspiradores del alma. No solo quería arreglarle a la gente sus motos, sino también su espíritu. Para conseguir lo que quería, sabía que tenía que encontrar trabajo al llegar a Cheyenne, pero nunca pensó que su primer trabajo sería...

—¿Qué es lo que quiere que sea? —preguntó él mirándola con cierta sospecha.

—La estrella de mi revista.

—¿Por qué?

—Porque es... Es el modelo perfecto para mi hombre rudo del mes.

De nuevo se cernía sobre él la sombra de Char. También había querido que fuera su chico malo, hasta que descubrió que no encajaba en su estilo de vida.

—No soy actor.

—Modelo —lo corrigió ella.

—Da lo mismo. Estoy creando un nuevo yo, pero no para convertirme en el «hombre rudo» de algún anuncio que acabará obligando a la gente a comprar cosas que no quiere.

Ella lo miró con un brillo especial en la mirada y le tendió la mano, haciendo caso omiso a su negativa.

–Aún no sé su nombre –dijo ella.

Él la miró pero no pudo negarse a estrechársela. Al tocar su pequeña y delicada mano, se sintió demasiado grande y algo patoso.

Durante unos segundos se quedaron así. El calor de su piel atravesó la de él, penetró en sus músculos y llegó hasta sus huesos. El estómago le dio un vuelco y notó un movimiento de sorpresa en los dedos de ella. ¿Acaso habría sentido lo mismo? Con una risa nerviosa, apartó la mano.

–Raven, la revista no vende nada. Solo da recetas de cocina.

–¿Cocina? –apretó el puño, seguramente por causa de un retortijón de hambre y admitió–. Me gusta todo lo relacionado con la cocina.

–Pues de eso es de lo que se trata, de cocinar en una cocina al aire libre. Estoy haciendo un reportaje para una revista que se llama *Cooking Fantasies*, cuyo nombre anterior era *Cooking Fundamentals*.

–Sí, claro, la conozco –asintió él–. Era buena, pero un poco pasada de moda. Char y yo, bueno, más bien yo, hice algunas de las recetas.

–¿La conoce, entonces? –dijo ella con entusiasmo.

A Raven le gustaba cómo se le iluminaba el rostro cuando sonreía. La tensión desapareció, y ella señaló el bar.

–Vamos dentro. Le voy a contar cómo la revista va a olvidar su pasado polvoriento... –la mujer se encaminó una vez más hacia el bar hablando sola, con un entusiasmo que, desde luego, Charlotte jamás había sentido por nada que no fuera ganar o perder peso. Al menos, Liney tenía una pasión que no era la grasa corporal.

¿Era su imaginación o acababa de detectar aroma a vainilla? Inhaló con fuerza, y comprobó que el olor estaba aún en el aire. Vainilla. Casi gimió de placer. Un aroma culinario mezclado con esencia de mujer convertía a Raven en un combustible más inflamable que la gasolina. La siguió con la mirada. Andaba con determinación, como si tuviera muy claro adónde iba. La verdad era que Raven la envidiaba por ello, sobre todo en aquel momento en el que tenía que empezar a vivir de nuevo.

Sin embargo, precisamente por eso, debía mantener el foco en su objetivo y no dejar que una cara bonita lo apartara del camino. En las últimas semanas, había maldecido al género femenino en general unas cien veces.

A pesar de eso, y de haber contado hasta diez antes de actuar impulsivamente, la siguió hacia el bar.

«Voy a discutir un negocio», se dijo para justificarse. «Después de todo, si quiero abrir mi propio taller de motos, voy a necesitar dinero».

Mientras farfullaba otras cuantas razones, seguía a la señorita «Vainilla», mientras se deleitaba con la visión de su trasero, que se ondulaba sugerente bajo la seda del vestido. Una brisa cálida colaboró en la labor e hizo que la fina tela se pegara a sus piernas.

Maldijo a las mujeres por enésima vez y se preguntó cuántas veces más lo haría en los próximos días.

Capítulo Dos

–Todo lo que tiene que hacer es firmar abajo y se convertirá en mi «hombre rudo del mes» –Liney se quedó inmóvil y parpadeó rápidamente–. Quiero decir en el «hombre rudo» de *Cooking Fantasies*.

Con total profesionalismo, posó el documento sobre la formica blanca y con rayas doradas de la barra del bar y le señaló el lugar en el que debía imprimir su firma.

Raven agarró el bolígrafo y se volvió, distraído momentáneamente por el ruido de platos y el murmullo de los comensales y se centró en sus pensamientos. «Tiene sentido firmar».

Durante una hora, Liney había invertido todos sus esfuerzos en explicarle a Raven la nueva imagen de la revista, y lo importante que era el primer número, titulado, *Un hombre rudo en la cocina*.

Raven nunca había visto a nadie entusiasmarse con una revista de cocina, tanto como podía llegar a entusiasmarse él. Solo eso era motivo suficiente para decir que sí. No obstante, y siendo totalmente honesto consigo mismo, tenía que reconocer que el dinero también era un aliciente. En cuatro días de trabajo habría ganado lo suficiente para montar el taller–librería de sus sueños.

–¿Hay algún problema? –preguntó Liney.

Una camarera entradita en años se aproximó a ellos.

–¿Están usando el ketchup?

Liney negó con la cabeza y la mujer agarró el bote y se alejó.

Ella volvió su atención a Raven.

–Cuando agarré la copia del contrato de la oficina de Dirk, era perfectamente legible –desde que Dirk vivía allí, la habitación trasera del bar se había convertido en su oficina.

Ella se inclinó sobre el formulario, para comprobar si era o no legible.

Raven tuvo que controlar sus impulsos que lo instaban a dejarse perder en las delicias de aquel aroma a vainilla. Ese, precisamente, era su problema. Podía ser que, en aquel instante, ella pareciera totalmente accesible, pero la realidad era que se trataba de la vicepresidenta de una gran compañía, por lo tanto era toda una mujer de negocios. Él no iba a ser sino la mascota de su proyecto. «Atraes aquello que temes». ¿Había recorrido tantas millas para terminar metido en otra relación con una clon de Char? Aquel pensamiento pudo haber sido motivo suficiente para que saltara de su asiento y se apresurara a salir por la puerta. Pero estaba harto de huir.

Respiró profundamente y cerró los ojos, tratando de recordar las sabias palabras de su aliado de viaje, «El hombre con corazón», en su casete, «La inteligencia del corazón». Respiró y se dijo a sí mismo que lo de ser un hombre rudo acabaría en cuatro días y que era un buen trato.

Abrió los ojos, se inclinó sobre el papel y firmó. Inmediatamente después, oyó a Liney hablando por teléfono y diciéndole a alguien que «cancelara a John Wayne».

En cuanto terminó, agarró el contrato.

—Hasta la letra es adecuada —dijo, admirándola como si fuera un valioso objeto de arte—. Es intensa, masculina y completamente ilegible.

El resentimiento corrió por las venas de Raven. ¿Es que iba a realizar exactamente la misma rutina que Char? Porque aquella mujer lo había cambiado todo en él: su forma de hablar, de vestir, incluso el modo de masticar. ¡Pero nadie conseguiría cambiar su forma de escribir! Eso era como obligarlo a que se hiciera diestro.

Feliz y contenta con su conquista, Liney sonrió satisfecha.

–Todo, absolutamente todo, encaja con su apariencia de «hombre rudo». Ese trazo grueso y decidido podría hacer palidecer incluso al mismísimo Zorro.

De acuerdo, si era eso lo que opinaba, le perdonaría lo de «ilegible».

Liney dobló meticulosamente el contrato y lo metió en su cartera con sumo cuidado y precisión.

–¡Excelente! Ya estamos juntos en esto –se apartó un mechón de la cara y miró el reloj que había en la pared–. Son las seis. Hora de cenar. ¿Tiene hambre? A Raven volvió a darle aquel doloroso retortijón. Se agarró al frío borde de la barra, tratando de controlar el repentino ataque de deseo carnal que inesperadamente lo había poseído. Estaba muy cansado, eso debía de ser lo que le pasaba. Y, además, se había quedado completamente solo, después de todo lo que había pasado. Estaba seguro de que hasta un taladro con pechos le parecería bien.

–¿Tiene hambre? –repitió ella.

–Ciento tres –dijo él y se mordió la lengua. ¿Cuándo aprendería a controlar sus pensamientos?

–¿Qué?

–Sí, sí tengo hambre –farfulló él. No había

comido nada desde aquel taco mexicano que se había tomado a las afueras de Salt Lake. Agarró dos menús y le dio uno a Liney.

—Yo invito —dijo ella.

—Yo pago —respondió él. Debía de tener unos veinte dólares en la cartera. Pero el dinero era lo de menos. Que acabara de firmar un contrato en el que se vendía a sí mismo no quería decir que estuviera dispuesto a permitirle a ella que tomara el control de todo. Su experiencia con Char lo había enseñado a tener cuidado con ese tipo de cosas.

—Ni hablar, Raven. Esto va por cuenta de la empresa —mientras leía la carta, profirió un exasperado gemido de insatisfacción—. ¿Es que aquí todo es grasiento?

Sabía ya que Liney tenía otras pasiones aparte del tema de la grasa corporal, pero el comentario despertó los recuerdos dormidos de cada comida que había compartido con su ex prometida.

Otra protesta se elevó en el aire.

—¡Todo lleva salsa! ¿No se dan cuenta de la grasa que tiene?

—¿Por qué no chupa un par de limones? Tienen un cero por cien de materia grasa —tras aquel incisivo comentario, fingió estar centrado en la lectura de su menú. No obstante, sabía que lo estaba mirando furiosa.

–¿Chupar...?

–¿Van a pedir ya? –preguntó una animosa jovencita llena de rizos castaños. Tenía en la mano un cuaderno y un lápiz, y parecía totalmente ignorante de haber interrumpido una batalla sobre grasa.

–Este pollo que tienen aquí parece apetitoso. ¿Qué lleva?

–Pues lleva pollo, pimientos, maíz, zanahorias, y otras verduras, todo encima de un plato de arroz.

–No parece ser muy grasiento. Yo quiero eso –dijo Raven con doble intención. Sin duda, había dado en la llaga, lo que lo satisfacía plenamente. Después de meses andando de puntillas alrededor de Char, le agradaba poder decir lo que pensaba.

La chica tomó nota y, después, miró a Liney, que parecía congestionada y nerviosa.

–¿Y usted?

Liney golpeó con un dedo el menú.

–Veamos –dijo–. ¿Tenéis fruta?

–Solo de lata.

–De acuerdo, pues un zumo de manzana, una tostada sin mantequilla y una ensalada, solo con limón –miró a Raven y cerró el menú en un gesto desafiante.

Cuando la camarera se marchó, Liney y Raven se quedaron en silencio. Finalmente, ella habló.

–Porque trate de evitar grasa en las comidas, no significa que sea una persona amarga.

–Yo no he dicho que fuera una persona amarga.

–Me ha dicho que por qué no chupo unos limones. Es lo mismo.

Aquella vicepresidenta de una gran empresa era por dentro como una niña necesitada. La idea lo enterneció, así que tendió una mano y la posó sobre la de ella. Entonces recordó otra frase de su casete de autoayuda: «Di lo que sientes cuando lo sientes. No esperes a que las cosas ya no tengan remedio». Él y Liney iban a trabajar juntos durante los próximos cuatro días y era mejor que aclarara el malentendido cuanto antes.

–Lo siento –le dijo–. No debería haber hecho ese desagradable comentario del limón. Supongo que ha sido lo de la obsesión por la grasa lo que me ha puesto furioso.

No le explicó nada más, no mencionó a Char.

Liney lo miró con los ojos húmedos.

–Gracias –inmediatamente alzó la barbilla y continuó–. No soy ninguna amargada, ¿sabe? –se tocó el lagrimal, como si quisiera sacarse una pestaña, pero él ya había visto las lágrimas que querían emanar furtivas–. Si tuviera que ponerme un apodo, ¿cómo me llamaría?

Aquella era una pregunta muy extraña. Pero Raven se dio cuenta de que estaba intentando desesperadamente luchar contra lo que sentía. Se preguntó cuántas veces habría estado aquella mujer en una sala de reuniones, vestida con su traje, y actuando como si no tuviera ni una sola hormona, por miedo a que los hombres la desvalorizaran por su debilidad femenina. Gracias a su gran amiga Lizzie, había aprendido a respetar a las mujeres. Lo mínimo que podía hacer era demostrarle a Liney que no era como los demás individuos de su género.

—Veamos —dijo él, jugando al juego que ella había establecido.

El primer apodo que le vino a al cabeza fue el de «el pequeño general», pero rápidamente lo descartó. Habría sido tan inadecuado como el comentario de los limones. La miró de arriba abajo: llevaba un vestido de color crema y tenía la piel suave y blanca.

—«Conejillo».

—¿Parezco un conejo? —la miró de nuevo.

—Pétalos de rosa.

—¿Tengo un aspecto tan cursi?

—No. Es por los labios —«rosados, suaves». Retrocedió, al darse cuenta de que se estaba inclinando peligrosamente sobre ella—.

Apartó los ojos –. Quiero decir que los labios suelen ser suaves.

–Ya –dijo ella con una sonrisa satisfecha–. Cualquier día voy a adoptar ese apodo.

Se quedaron en silencio, con las manos unidas. Ella estaba más relajada, y cuando olvidaba sus preocupaciones, parecía más joven, le brillaba la mirada.

Raven sintió un deseo inexplicable que lo instaba a pasarse el resto de su vida haciéndola reír, ayudándola a librarse de las cosas que realmente no importaban. En el momento en que ese pensamiento irrumpió en su mente, metió la marcha atrás.

«Ten cuidado. Estás haciendo manitas con tu jefa. Y eso es lo mismo que si estuvieras con Char. Sabes dónde te llevará una situación así, sabes en lo que te convertiste con ella. Te convertiste en un...»

–¿Pollo? –dijo la camarera y miró interrogante a los dos.

–Para mí –respondió Raven. En el embrollo de platos que se iban depositando sobre la mesa, tuvo que quitar la mano de la de Liney, quien no pareció percatarse, pues estaba muy ocupada recabando sus propios platos.

Cuando aquella actividad hubo acabado, miró a Raven, que parecía absorto en la laboriosa tarea de buscar un guisante en un plato de arroz, mientras farfullaba palabras sin sentido. Parecían números.

–¿No me diga que está contando las calorías? Él la miró con rabia.

–No –gruñó.

Su momento de camaradería se había esfumado. Hombres. Ni intentar comprenderlos.

Liney agarró la tostada y la examinó cuidadosamente. No parecía tener mantequilla. Pero en aquellos lugares nunca se sabía. Dejó la tostada sobre el plato y comenzó a limpiarla con la servilleta de papel. Después la examinó a contraluz.

–¿Qué era antes de trabajar para una revista, inspectora de sanidad?

Dejó la servilleta en la mesa.

–No –respondió en tono cortante–. Trabajaba como subdirectora en el departamento de marketing de Cirrus.

–¿La compañía petrolífera?

Ella no respondió inmediatamente. Se quedó inmóvil, luchando contra la urgente necesidad de fumarse un cigarro. Aquel hombre y el tono incisivo de sus preguntas la estaban poniendo muy nerviosa.

–No tiene por qué darme conversación, ¿sabe? Puede comer tranquilamente y dejarme en paz, sin meterse conmigo –mordió la tostada.

Comieron en silencio durante varios minutos. Pero, pasado un rato, Liney empezó a tener serios problemas para vencer a la tentación de mirar lo que él estaba haciendo. Se odiaba a sí misma por aquella curiosidad insensata. Se sentía como si estuviera sufriendo una regresión a la adolescencia.

Después de jugar durante un rato con la ensalada, no pudo más y se volvió hacia él.

Se encontró con sus ojos, en una mirada fría y distante que, inesperadamente, se convirtió en un guiño.

¡Aquel hombre era imposible! Furiosa, hundió el tenedor en la ensalada y se metió un montón de lechuga en la boca. Pero, inmediatamente, se arrepintió de su acción, pues se sentía incapaz de masticar y, aún más, de tragar.

–Liney, me tengo que ir –una voz cascada y áspera interrumpió sus pensamientos.

Miró a Gomer. Dudó unos segundos, se tragó la lechuga y, al fin, habló.

–Me voy contigo –dijo–. Necesito que alguien me lleve de vuelta.

Tanto ella como el equipo técnico se alojaban cerca del lugar donde se iba a realizar el reportaje.

Gomer miró el plato aún lleno.

–Tiene que comer, si no el viento de Wyoming se la va a llevar. Me gustaría poder esperar, pero tengo que ir a comprar unas cosas. ¿No hay nadie que la pueda llevar?

–Yo la llevaré –Raven le tendió la mano al viejo–. Soy Raven.

–Hola. Soy Gomer.

Los dos se dieron la mano en tan masculino estilo, que Liney sintió deseos de huir. Sentía que acababan de sellar un pacto sobre su destino, tal y como lo hacían los vicepresidentes de Los Ángeles. No sabía si aquella sensación tenía que ver con estar en una región de vaqueros, donde los hombres eran hombres y las mujeres solo guarnición. Y, hablando de guarniciones, ella apartó las suyas en un gesto claro de querer marcharse con Gomer, aunque este ya estaba a punto de llegar a la puerta.

Con decisión, giró el taburete, puso los pies en tierra e impulsó el cuerpo para seguir al viejo vaquero, con tan mala suerte que el vestido, que se había quedado enganchado en el asiento, permaneció en su sitio, mientras el cuerpo avanzaba.

Como si de una pesadilla se tratara, se encontró ante un comedor lleno de gente enseñándolo absolutamente todo. En una mesa cercana, una familia la miraba boquiabierta. Desde el otro extremo de la sala, un niño la señalaba.

–Mira, mira, una señora sin ropa.

Liney emitió un sonido agudo y Raven reaccionó, colocándose delante. Por suerte, su gran tamaño sirvió de pantalla para taparla de arriba abajo.

–Soy una patosa. Se me ha quedado el vestido enganchado en el taburete.

–Sí, de eso me he dado cuenta. Me refiero a lo del vestido.

–¡Pues no se le ocurra mirar para abajo!

–No voy a volver a mirar, quiero decir, bueno... he mirado porque he oído un sonido chirriante que parecían los frenos de un tren, y resulta que era usted... –la rodeó con los brazos–. Agárrese a mí.

Liney lo hizo pues era la única opción que le quedaba, mientras él trataba de desenganchar el vestido.

Rodeó el inmenso cuerpo de Raven con los brazos y su pecho se encontró con el de él.

–¿Está bien? –le preguntó él directamente al oído.

Una oleada de calor descendió por le cuello de Liney que, temerosa de acabar emitiendo otro sonido chirriante, prefirió limitarse a asentir.

–Ya está desenganchado el vestido –anunció él.

Durante unos segundos, Liney dudó seriamente entre considerar aquella una buena o una mala noticia.

—Gracias —acabó por susurrar.

—De nada —dijo él y esperó unos segundos—. Ya me puede soltar.

Ella se dio cuenta de que le estaba clavando los dedos en la espalda, como un gato que tratara de escalar o, en su caso, como una mujer que hacía mucho que no tenía un hombre entre sus brazos.

Raven se apartó y ella se cubrió con el vestido.

—Estoy temblando de tal modo que no puedo ni andar —le dijo ella, temerosa de que, después del espectáculo que acababa de dar, encima acabara teniendo que salir del local a cuatro patas.

—No tenemos que ir a ningún sitio de momento. Vamos a terminar de cenar y luego la llevaré a donde tenga que ir.

Se sentó de nuevo en el taburete. Pero tuvo que sujetarse las rodillas para que le dejaran de temblar.

—Levante la pierna y móntese —le dijo él impaciente. Era todavía de día y el sol brillaba con fuerza. Hacía mucho calor.

—No puedo hacer eso. Para levantar tanto la pierna, también tengo que levantarme el

vestido, y no estoy dispuesta a dar el espectáculo por segunda vez. Mire a toda esa gente –las ventanas del bar estaban repletas de
curiosos–. ¿Es que la gente aquí no ve la televisión?

–Prefieren el espectáculo en vivo.

–Pues yo no estoy dispuesta a dar ningún
espectáculo más. Voy a llamar un taxi –sacó
el móvil.

–Estamos a diez millas de la ciudad. Un
taxi tardará por lo menos treinta minutos en
llegar. Se está haciendo tarde y ya le he dicho
que no la voy a dejar sola aquí.

La lógica no funcionaba con ella. Así que
había llegado la hora de hacer algo. Sin esperar más, se inclinó y la agarró en brazos al
más puro estilo «hombre de las cavernas». El
viejo Raven estaba otra vez allí, el que actuaba antes de pensar.

–¿Se ha vuelto loco? –gritó ella, tratando
de soltarse–. ¡Bájeme ahora mismo, cretino!

Trató de darle una patada, pero él le sujetó
la pierna con fuerza. La acercó al asiento.

–¡Abra las piernas!

Lo que abrió fue la boca.

–¡No me puedo creer lo que estoy oyendo!

–O las abre usted o se las abro yo.

Con un gesto dramático, hizo lo que le había ordenado. Él la posó suavemente en el
asiento.

Tras ponerse los guantes, él se sentó ante el manillar y arrancó el motor. Giró la cabeza y la miró.

–¿Es la primera vez?

–¿La primera vez que qué?

–La primera vez que monta en moto.

No respondió de inmediato.

–Sí, lo es.

Por el espejo retrovisor, vio cómo metía el teléfono en el bolso y algo le hizo preguntarse en qué otras cosas carecía de experiencia. Sin saber por qué, aquel pensamiento lo entristeció.

–Agárrese, y disfrute del viaje. Está en buenas manos.

La camarera del Blue Moon les había dicho que había un motel a unos minutos de allí, en la autovía. Habían decidido que, aunque tenían instalado el campamento en el lugar en el que iban a hacer las fotos, era mejor que ella se quedara cerca y Raven pasara a buscarla a la mañana siguiente, para evitar que él pudiera perderse.

Raven necesitaba ver a Belle, pues le había prometido prestarle una habitación que había en la parte de atrás del bar, en tanto en cuanto no tuviera dinero.

Hacía un mes, había oído rumores de que Belle había abierto un bar restaurante y que no sabía ni lo que era una sartén, de modo que le había enviado uno de sus libros de cocina favoritos.

Unas semanas más tarde, ella lo había llamado para agradecérselo, y había descubierto que ya no vivía en Bel Air con su rica prometida, que lo había abandonado de muy mala manera y le había partido el corazón. Inmediatamente, le había ofrecido que fuera a Cheyenne, argumentando que su marido había hecho un viaje parecido y que le encantaría contárselo. Raven había aceptado la oferta.

El motel apareció a la derecha. Tenía un gran cartel de neón que decía «Silver Spur».

Raven entró en el aparcamiento, detuvo la moto y se bajó. Cuando le tendió la mano a Liney, ella lo miró incierta.

Después de un espectáculo de contorsionismo dado para poder bajarse de la moto sin levantarse la falda, logró poner los pies en tierra. Se estiró el vestido y se dirigió a la oficina del motel sin mediar palabra con Raven.

El viento había desbaratado su pulcro moño, haciendo que pareciera la novia de Frankenstein. Esperaba que al recepcionista le gustaran las películas del terror.

A pesar de su fría marcha, se quedó esperándola, pues tenía que admitir que aquel gesto de haberla agarrado y haberla puesto en la moto había sido, como ella había dicho, bastante cretino. Tenía que pedirle disculpas.

Cuando salió de la recepción, se sorprendió de verlo allí. Su rostro se tensó y pasó a su lado con la llave resonando en la mano.

—Ya se puede ir —le dijo con desprecio.

Él la siguió, tal y como había seguido un millón de veces a Charlotte, y tal y como había jurado que jamás volvería a seguir a ninguna otra mujer.

—Lo siento —le dijo—. La he agarrado así porque quería que se subiera a la moto de una vez.

Ella se detuvo tan de golpe que él casi se choca con ella. Sin tan siquiera volverse, le respondió indignada:

—No soy ninguna «mujer de las cavernas». Puede hablar conmigo, no hace falta que me obligue a hacer las cosas por la fuerza.

A él tampoco le había gustado aquel nuevo renacer del viejo Raven. Sin meterse en complejas explicaciones sobre su proceso de cambio, se limitó a pedir disculpas.

—Tiene razón. Lo que he hecho ha estado muy mal. Le pido disculpas.

Ella se encogió de hombros y se volvió a mirarlo. Algo en sus ojos le dijo a Raven que las cosas habían vuelto a su cauce.

Liney señaló una puerta de color verde.

—Esta es mi habitación. Por favor, recójame mañana por la mañana a las cuatro.

—¿A las cuatro? —necesitaba descansar después de haber conducido durante tres días. No se conformaba con unas cuantas horas de sueño, para luego volver a conducir dos horas y pasar todo el día posando como modelo.

Ella levantó la barbilla.

—La sesión tiene que empezar al amanecer. Si salimos a las cuatro, llegaremos allí a las seis.

—¿Se detendría el mundo si saliéramos a las cinco?

Ella arqueó una ceja.

—De acuerdo, a las cuatro y media. Pero no a las cinco, o nos van a despedir a los dos.

—Bien, lo entiendo —asintió él—. A las cuatro y media.

Ella sonrió ligeramente y farfulló algo parecido a «buenas noches», antes de meterse en la habitación.

Cuando apenas Raven había llegado a su moto, volvió a escuchar aquel familiar sonido chirriante que parecía un tren frenando. No era un tren. De nuevo se trataba de ella.

Salió como una fiera.

—¿Por qué no me había dicho que parecía un adefesio con estos pelos? —le gritó desde la puerta con cara de horror.

–Porque... –comenzó a responder él desde lejos, sin saber bien qué decir–. Porque no parece un adefesio, más bien parece la novia de Frankenstein.

Capítulo Tres

«La novia de Frankenstein», así la había llamado y, mientras conducía por la autovía, a las cuatro y veinte de la mañana, maldecía la hora en que había metido tan sonoramente la pata con semejante apelativo.

Con un poco de suerte, las nueve horas que habían transcurrido desde aquello habrían servido para apaciguar sus ánimos.

Entró en el aparcamiento del motel, se detuvo ante la habitación número dos y la puerta se abrió sin que tuviera que llamar.

Allí estaba Liney, con el mismo vestido de seda que llevaba el día anterior y el pelo recogido.

–Apague el motor. La gente intenta dormir.

«Como deberíamos estar haciendo todos a esta hora», pensó él. Pero su nuevo propósito para el día era no decir todo aquello que pensaba, así que se limitó a apagar la moto.

–Voy por mi bolso –anunció ella y desapareció un momento, regresando casi de inmediato. Cerró la puerta de la habitación.

El sol estaba aún oculto, pero comenzaba tímidamente a borrar las oscuras sombras de la noche. Sin duda, el estado de ánimo de Liney había cambiado, y parecía superado el episodio del pelo.

Se aproximó a la moto y Raven le tendió un paquete con ropa.

—¿Qué es eso?

—Unos vaqueros y un jersey de Belle.

—¿Por qué me da Belle todo esto?

—Porque le dije que no tenía nada que ponerse aparte de ese vestido.

Liney se cruzó de brazos en un gesto de desacuerdo.

—No puedo llegar a la sesión de fotos vestida con vaqueros.

Raven sabía que para ella era una dramática decisión tener que sustituir la ropa de diseño por algo tan vulgar. Algo así como pasar de una tostada sin mantequilla a mojar pan en la salsa.

—Vamos a ver las cosas desde un punto de vista práctico —dijo él—. Ahí fuera hace mucho frío. Tenemos por delante dos horas de viaje. Si insiste en ir con ese vestido, acabará volándose y cubriéndole la cara, con lo que corre un serio peligro de perder el equilibrio y caerse. Si eso sucede, lo más probable es que tenga que parar y llamar a una ambulancia, con lo que habremos perdido un día de sesión fotográfica, y nos despedirán a los dos.

A su meticulosa exposición de motivos, siguió un profundo silencio. Raven tenía la sensación de estar oyendo su mente trabajar, sopesando los pros y los contras de lo que él había dicho. Por fin, los pros se impusieron a los contras.

—Como sabía que me iría al amanecer, ayer pagué la habitación y he dejado la llave dentro. No puedo volver a entrar. Por favor, dese la vuelta y no mire.

—Pero si no hay luz, no puedo ver nada.

—Da igual.

—De acuerdo —dijo él. Actuaba como sus hermanas. Les gustaba mantener su intimidad, aun cuando nadie las mirara. ¿Por qué las chicas siempre pensaban que los hombres estaban desesperados por ver un milímetro de piel femenina? No se daban cuenta de que algunos hombres apreciaban más el alma de una mujer que su cuerpo.

—De acuerdo —dijo ella, después de protestar entre dientes de lo pequeños y ajustados que eran los vaqueros—. Ya estoy preparada para poder levantar la pierna sin problemas.

Era casi un milagro que pudiera hablar, pues los pantalones estaban tan apretados que no le permitían respirar.

Él se volvió, dispuesto a darle instrucciones de cómo debía montarse en la moto. Pero, al verla, se le puso un nudo en la garganta.

El cartel de neón donde aparecía «Silver Spur» dibujaba su silueta a contraluz, una figura perfectamente delimitada por la ajustada ropa que la cubría. Sí, claro que le gustaba el alma de una mujer, pero habría tenido que estar ciego para no ver que Liney tenía más curvas que una carretera de montaña, a pesar de ser esbelta.

Estaba en un ángulo que destacaba la sensual disposición de sus pechos turgentes, su cintura estrecha. Los vaqueros se agarraban a ella como si de un amante celoso se tratara, dejando adivinar un trasero compacto y bien esculpido.

Se aproximó a él.

–¿Me enseñas a montarme en la moto? –le pidió Liney.

Él accedió.

Y, momentos después, algo sucedió. Él se levantó ligeramente, para poder dirigir el movimiento de Liney. Pero, apenas si había abierto la boca, cuando sintió un golpe y todo se oscureció.

–¿Raven?

Una voz familiar irrumpió en mitad de la negritud. Con mucho esfuerzo, abrió los ojos y se encontró dos rostros fijos en él. Cerró los ojos otra vez, reconfortado por el olor a vainilla.

–¡Raven! ¡Despierta! –una serie de gemidos culminaron con uno mucho mayor–. ¡Raven! ¡Cielo santo! ¡He matado a mi hombre rudo! ¡Necesito un cigarrillo!

Volvió a abrir los ojos y trató de enfocar la mirada.

–No está muerto –dijo una voz masculina–. He traído una bolsa de hielo. Aquí tienes un par de aspirinas, hijo.

Raven sintió algo frío en la cabeza y trató de identificar las dos píldoras que había en una mano desconocida. Las aceptó, junto con el vaso de agua.

–Gracias, hombre, sea usted quien sea –dijo Raven. Se las tomó, le devolvió el vaso y miró de un lado a otro–. ¿Estoy en mitad de la carretera?

–No. Estás en el aparcamiento del motel –respondió Liney–. ¡Lo siento! Sin querer... –las palabras se disolvieron en un río de lágrimas.

Miró el rostro de la mujer que lloraba desconsoladamente.

–¿Liney!

–¿Me reconoces?

Él frunció el ceño.

–¿Por qué no habría de reconocerte? Sigues igual.

–¡Accidentalmente te he dado una patada cuando intentaba montarme en la moto! Como los vaqueros están tan apretados, le he dado más impulso con el fin de elevarla más. Sin querer te golpeé en la cabeza –Liney respiró aliviada al ver que Raven estaba despierto y hablaba y, lo que todavía era mejor, podía reconocer a la gente.

–¿Necesitáis algo más? –preguntó Pete, el dueño del motel–. ¿Quieres un café?

–No, gracias –respondió Raven–. Me he tomado unas cuantas tazas antes de venir aquí.

Pete asintió.

–Entonces me voy a meter en la cama otra vez, a ver si puedo dormir un par de horas más –se frotó los ojos y se encaminó hacia el motel–. Dejad la bolsa de hielo en la puerta de la oficina –les gritó mientras se alejaba.

Liney miró al viejo. Le estaba realmente agradecida por haber respondido a su llamada. Estaba convencida de que las palabras clave para que el hombre se moviera, aun a pesar de su avanzada edad, habían sido «patada» y «muerto».

Se volvió hacia Raven.

–Siento mucho lo sucedido.

Él miró a los finos zapatos que ella calzaba.

–Me alegro mucho de que no llevaras zapatillas para jugar a los bolos, y de que no tuvieras una de esas duras bolas en la mano. Serías letal con algo así en tu poder.

–¿Letal? –ella se dispuso a protestar, pero una sonrisa burlona en labios de Raven la disuadió rápidamente.

Ella sonrió.

–Bueno, creo que con todo lo sucedido lo mejor que podemos hacer es irnos en taxi –dijo ella y metió la mano en el bolso para sacar su móvil.

Raven la agarró de la muñeca.

–No voy a dejar mi moto aquí.

Ella lo miró con determinación.

–Pero estará perfectamente segura aquí, en el motel.

–O la conduzco o me quedo con ella aquí y, nena, te guste o no, voy a conducir –la soltó.

Su musculoso y enorme cuerpo tardó una eternidad en ponerse de pie. Era como ver a un dios mitológico elevarse desde la tierra para tocar el cielo. Ella alzó la vista, admirando la ancha constitución de sus hombros, su mandíbula fuerte y bien definida y sus labios gruesos y sugerentes. Al final del trayecto, se encontró con una mata de pelo negro y despeinado que coronaba aquel glorioso despliegue de belleza masculina. Quizás aquel salvaje despliegue de cabellos alborotados no era más que la representación de lo que el hombre era. Aquella idea le aceleró el corazón.

Raven la miró desde arriba.

—Liney, ¿qué hora es? —preguntó él con una voz profunda como el trueno de una tormenta.

—Casi las cinco —dijo ella saliendo de su ensimismamiento.

—Si nos vamos ahora mismo y dejas de pensar en llamar a un taxi, podemos estar allí a las siete y conservar nuestros respectivos trabajos. Mientras yo voy a dejar la bolsa de hielo en la puerta de la oficina, móntate en Macavity.

Ella se volvió hacia él, sorprendida.

—¿Macavity?

Él también se volvió sin dejar de andar.

—La moto —le dijo.

Liney se acercó a la bestia y miró el asiento. No había ninguna cabeza en su camino que pudiera golpear, de modo que la acción no podía ser tan complicada. Eso esperaba, al menos. Eso sí, hacía escasamente unos segundos, había descubierto en su patada una fuerza inusual. Temía que su propia energía la llevara a caerse por el otro lado de la moto. La idea de caer al otro lado la mortificó.

Miró a Raven. Todavía iba de camino a la oficina, así que tenía la oportunidad de tratar de montarse y fallar unas cuantas veces. Por suerte, aquella era la última vez que tendría que montarse en aquel aparato infernal.

Se colocó del modo más apropiado para poder alzar la pierna y acertar.

Una, dos y tres. Alzó la pierna con limpieza y cayó en el sitio exacto. ¡Bien! Lo había conseguido con envidiable precisión a la primera. ¡Y él no la había visto! Se lo había perdido. Sintió un extraño y profundo dolor ante la idea, casi resentimiento. Aquello le había recordado un episodio lejano. Ella tenía once años y se había quedado esperando a su padre hasta bien pasada la hora de dormir para enseñarle un dibujo que le había hecho. Como siempre, había llegado tarde de la refinería, donde se quedaba a hacer horas extra. Al entrar, apenas si había mirado el preciado dibujo y todo lo que había hecho había sido preguntarle si había terminado los deberes. Todavía recordaba con vivacidad su tono cansado y su olor a petróleo.

–No llegarás a ningún sitio si no haces tus deberes –le había dicho, mientras se lavaba las manos–. Los triunfadores sacan un sobresaliente, los perdedores hacen dibujos.

No había querido ser cruel, solo realista, y ella había comprendido aquello, aun a pesar de su corta edad. Sin embargo, se había ido a la cama apretando el dibujo contra su pecho y pensando: «Se lo ha perdido».

–¡Lo has conseguido!

Liney alzó la vista y vio a Raven sonriendo.

–Lo has conseguido, te has montado en la moto como una verdadera «nena Harley», perdón, «mujer Harley».

Dentro de ella, estalló una felicidad inmensa, más por el reconocimiento de Raven que por su propio logro personal.

Ella sonrió inconscientemente.

–¿De qué te ríes? –le preguntó él, mientras se ponía los guantes.

–Me gusta que me feliciten cuando hago algo bien –dijo ella e, inmediatamente, se sintió tonta o, lo que era peor, vulnerable. Aquella sencilla confesión decía mucho más de ella que todo un libro de doscientas páginas. Ojalá hubiera podido borrar aquellas palabras.

–Te lo mereces –dijo él, sin hacer comentario alguno sobre aquel despliegue de vulnerabilidad. No era de los que se aprovechaban de la debilidad de los demás–. Siento haberme perdido el momento exacto.

Se montó en la moto y arrancó el motor. Liney se apoyó en el respaldo y miró al sol que asomaba en el horizonte. Estaba feliz, muy feliz. Él sentía habérselo perdido y eso la aliviaba...

Capítulo Cuatro

—¿Estás preparada, nena?

—Sí —respondió ella, y miró a Raven a través del retrovisor.

—Estaba hablando con Macavity, pero me alegro de que tú también estés lista —le guiñó un ojo.

Ella bajó los ojos, con la esperanza de que él no notara que se había ruborizado.

«Supongo que este hombre le llama "nena" a todo el mundo», se dijo. Acto seguido, se preguntó si sería uno de esos que querían a su moto tanto como a su mujer.

«Su mujer». ¿Habría alguna mujer en la vida de Raven? Sin saber por qué, se sintió decepcionada. Y, después de todo, ¿qué le interesaba a ella la vida privaba de Raven?

«No puedo pensar en ese tipo de cosas ahora». Cerró los ojos. «Piensa en tu trabajo, piensa en tu trabajo».

Al abrirlos de nuevo, se encontró delante la apretada camiseta de Raven, que marcaba meticulosamente cada músculo de su fornido cuerpo.

«Deja de pensar en esa camiseta».

Bajó la mirada y se encontró con su trasero, deliciosamente sujeto por unos vaqueros gastados. Si mirar a la camiseta había sido una mala idea, lo de mirar a los vaqueros había sido mucho peor. Liney sabía que debía apartar la vista, pensar en otra cosa, en el sol naciente o en el vuelo de algún pájaro. Pero ya era demasiado tarde. Ya estaba atrapada por aquella visión suprema, aquellas piernas musculosas con botas negras y masculinas. Parecía que él y la moto hubieran salido así directamente de la fábrica, en una nueva generación de hombre–máquina, todo en uno.

¿Qué tipo de mujer podría satisfacer a un hombre así? Gimió sin darse cuenta.

—¿Estás bien? —Raven la miró a través del retrovisor.

—¿Por qué? —respondió ella en tono defensivo.

—Me estás tirando de la camiseta.

Ella se miró las manos. Estaba haciéndolo de nuevo, se agarraba a él como un gato que tratara de escalar un árbol, como el día anterior en el Blue Moon.

«Piensa en tu trabajo, piensa en los plazos de entrega», se dijo ella.

—No me importa que te agarres, solo que me extrañaba que lo hicieras cuando todavía no estábamos en marcha.

Ella se encogió de hombros en un gesto inocente y se puso las manos en el regazo.

Raven se colocó unas gafas negras, añadiendo un aire amenazante a su talante. Liney no podía ver sus ojos y eso la desconcertaba, pues era el único modo que tenía de calibrar la reacción de las personas.

Rápidamente, le pasó otras gafas a ella.

—Toma, ponte estás —le dijo.

Eran grandes, plateadas y sin marca. ¿Cómo podía pensar en que se pusiera unas gafas que no fueran de diseño? Perdería la poca dignidad que le quedaba y su estatus de vicepresidenta.

—No puedo ponerme eso —dijo ella—. Son demasiado grandes y pesadas.

—Si ni siquiera te las has probado.

Estaba claro que los hombres no entendían nada sobre gusto y estilo. Pero no era el momento de ponerse a discutir sobre algo así, de modo que se las puso sin decir nada más. No las sintió tan pesadas como esperaba. Tal vez, no estaban tan mal después de todo.

Estiró el cuello y se miró en el espejo retrovisor. Parecía la novia de un gánster o algo peor. Solo le faltaba pintarse los labios de rojo y un lunar en la parte superior de la boca para poder liderar su propia pandilla de motoristas.

Raven le hizo un gesto afirmativo con el pulgar hacia arriba, seguramente porque al fin había logrado que pareciera una de las chicas con las que él solía salir.

—Así podrás ver, en lugar de solo parpadear, durante las próximas dos horas. ¿Estás lista?

—Sí —respondió ella, al ver que no añadía el apelativo «nena», con el que se refería a su moto. Alzó el pulgar en un gesto copiado de él y se apoyó en el respaldo del asiento, tratando de parecer totalmente en control de la situación.

La bestia negra y cromo comenzó a hacer círculos para encontrar la salida del aparcamiento, como un felino acechando a su presa.

Pero, en el momento en que Raven aceleró, Liney perdió las formas y se agarró a él como una posesa. Después de unos minutos, consiguió relajarse.

El viento fresco golpeaba su rostro. No había visto tantos árboles juntos desde aquel paseo que se había dado tiempo atrás por Bel Air. Pero lo que, seguramente, jamás había visto era tantas granjas y campos cultivados. Cerró los ojos y trató de identificar los aromas que la rodeaban. Un olor varonil a musgo llenó sus sentidos. Era la loción para el afeitado que llevaba Raven, mezclada con el jabón que había utilizado en la ducha de la mañana. Cerró los ojos y se paró a pensar en los litros de agua que se necesitarían para empapar aquel inmenso cuerpo...

Sintió que algo le tocaba ligeramente la pierna. Se sobresaltó y abrió los ojos, dándose cuenta de que Raven la miraba por el retrovisor.

Le señaló el Blue Moon que aparecía a la derecha y le hizo una seña, como de una taza de café.

Ella negó con la cabeza. El brebaje que allí servían era tan fuerte y tan denso que habría necesitado una electrólisis después de bebérselo.

Él asintió y continuaron su camino.

Liney se apoyó en el respaldo y se dejó llevar por la ola de poder que extendían sobre ella tanto Raven como Macavity.

Quizá no quería que sus subordinados la vieran así, pero, durante dos horas, se iba a permitir la fantasía de ser «la chica del gánster».

Durante dos horas, Raven no hizo sino escuchar el silbido del viento. Habría sido de mala educación que se hubiera puesto sus auriculares, llevando una pasajera.

Aquella, además, era la primera persona que montaba en su moto después de Charlotte.

Charlotte. El corazón se le encogió. Realmente lo había tirado a la basura como si de un viejo traje se hubiera tratado.

Gracias a una de sus cintas, Raven había logrado superar aquel trance, pues le daba la perspectiva de que su historia amorosa con Charlotte no había sido sino un escalón más en la escalera de la vida.

Aunque hubiera sido un escalón doloroso, esperaba poder llegar a superarlo, pues en la cinta afirmaban que, al sentir claramente el dolor, uno consigue eliminarlo.

No pudo evitar recordar cómo la que casi llega a ser su esposa se había vuelto loca por montar en su moto al principio. Pero después de unas semanas, había empezado a protestar de que el viento le resecaba la piel y de que las vibraciones, que en principio afirmaba la preparaban para el acto sexual, eran un peligro para las fundas de su dentadura.

Al menos, Liney no había protestado aún.

De pronto, sintió que le daba en el hombro.

Miró al espejo retrovisor y ella le señaló el

borde de la carretera. Sin duda quería que parara.

Se echó a un lado, levantando una nube de arena.

Puso el pie en tierra y la miró.

—Necesito asearme antes de llegar.

—¿Asearte? ¡Estamos en mitad del campo! ¿Para qué demonios quieres asearte?

Ella no pudo evitar ruborizarse.

—Necesito ponerme guapa. La primera impresión es muy importante. Así que, si no te importa, ¿te podrías quitar para que pueda bajarme?

Raven miró el reloj.

—No tenemos tiempo para que te entretengas en «ponerte guapa».

Ella hizo un movimiento acrobático y pasó la pierna por encima de él sin golpearlo y sin caerse por el otro lado.

Se puso de pie sobre la arena y lo miró.

—¡Está lleno de polvo! ¿No podrías haber parado en un lugar con asfalto?

—Sí, podría haber parado en mitad de la carretera, para que el siguiente camión que pasara nos aplastara a Macavity, a ti y a mí.

Él se bajó de la moto con un gesto indignado.

—De acuerdo, lo siento, ha sido una impertinencia por mi parte —dijo ella y sacó del bolso un pequeño neceser. Al ver que él se adentraba en el campo le preguntó–. ¿Adónde vas?

–Al servicio –respondió él y, sin más, se colocó en un árbol que lo escondía lo suficiente como para poder hacer sus necesidades. Seguro que ella jamás había visto a ningún hombre desnudo antes.

Pero no podía ser. Estaba ya rondando los treinta y era demasiado atractiva como para no haber hecho el amor nunca.

Se abrochó los pantalones y se encaminó hacia la moto.

Al acercarse a Liney se dio cuenta de que trataba desesperadamente de librarse de los cercos que rodeaban su mirada. Él tuvo que hacer un gran esfuerzo para no reírse, en cuanto se dio cuenta de qué se trataba realmente. Las gafas habían bloqueado parte de los rayos, dejando dos círculos blancos alrededor de sus ojos.

–¡Mira! ¡Tengo dos redondeles blancos y mi pelo...! ¡Parece que hubiera metido los dedos en un enchufe!

–Bueno, a mí me parece más bien una bola de algodón dulce –dijo él, tratando de quitarle importancia.

–De acuerdo, parece algodón dulce frito.

Sí, la verdad era que tenía razón.

–Encima estoy rebozada en polvo.

–Calma. Tampoco es el fin del mundo –le dijo él.

–No, pero es el fin de mi carrera –dijo ella–. Mis subordinados ya me odian lo bastante y, cuando me vean así, les voy a dar aún más motivos para que se rían a mi costa –se inclinó sobre el espejo retrovisor–. ¡Mira esos círculos! ¡Podría ser la protagonista de un capítulo de Star Trek, sin necesidad de llevar ningún tipo de maquillaje especial!

Bajó los hombros descorazonada, se volvió hacia él y se lanzó a sus brazos, sollozando pesadamente.

–Llévame de vuelta al Blue Moon, no puedo enfrentarme a semejante desgracia.

Aquella era la antítesis de la mujer dura y guerrera que quería representar. Raven, no obstante, sabía cómo enfrentarse a la situación pues, después de todo, tenía tres hermanas pequeñas. Mientras ella lloraba desconsoladamente sobre su hombro, él la acunaba suavemente, mientras le aseguraba que a él le había encantado el algodón dulce cuando era pequeño y que Star Trek era una de sus series favoritas. Ella comenzó a gruñir después del último comentario, de modo que él decidió seguir acunándola y no decir nada más hasta que ella se recompusiera de nuevo. Diez minutos tardó en recobrar el control sobre sus emociones.

Por fin, se apartó de él y lo miró.

—Tengo que ponerme en marcha otra vez.

Gracias al inoportuno llanto, la máscara de las pestañas se había extendido alrededor de los ojos. Con el pelo revuelto y los círculos negros alrededor de su mirada, empezaba a dar un poco de miedo.

Debió de darse cuenta de que Raven la miraba con horror.

—¿Qué pasa? —él no respondió de inmediato y ella se miró los pantalones—. Tengo la cremallera subida, ¿entonces?

—Necesitas lavarte la cara.

Se miró al espejo y emitió un graznido. Una bandada de pájaros alzó el vuelo.

—¡Ayuda! —grito ella y lo miró desesperada—. Parezco Wynona Ryder en aquella película de miedo.

«Bueno, Wynona Ryder estaba bastante mejor». Aquel día iba de mal en peor. Podía superar el que lo hubiera derribado al suelo y lo hubiera dejado sin sentido, pero no tenía ni la más ligera idea de qué hacer con una mujer a punto de sufrir un ataque de nervios por su aspecto, en mitad del salvaje Oeste. Raven había sufrido cosas parecidas con Char, como aquel día en Tiffany's, en que la pestaña postiza de su ojo derecho se le cayó sobre el labio, colocándose a modo de bigote hitleriano. Con espléndidos reflejos,

Raven se la había llevado hacia la sección de las porcelanas, para que pudiera volver a colocarse la pestaña errante.

Miró de un lado a otro, y comprobó que solo había césped y unas cuantas vacas paciendo. ¿Qué podía hacer con Liney?

Tenía que lograr que razonara. Después de todo, era la vicepresidenta de una gran empresa, alguien responsable y capaz de racionalizar.

Al menos, eso esperaba.

—A nadie le importa lo más mínimo el aspecto que tengas. Estamos en mitad del campo. Todo el mundo lleva vaqueros y lleva el pelo revuelto. La gente, en un lugar como este y especialmente si ha estado dos horas en una Harley, siempre tiene un aspecto descuidado.

Ella se miró al espejo y se quitó los restos de maquillaje de debajo de los ojos.

—Gracias —dijo ella, mientras se miraba en el espejo—. Si consigo controlar mis pelos y me cambio de ropa, tendré un aspecto razonable.

«¿Cambiarse de ropa?» No le importaba consolarla o ayudarla a que se quitara los restos de maquillaje, pero de eso a que se cambiara de ropa...

—Llegamos una hora tarde —dijo él—. No tenemos tiempo de que te cambies de ropa.

–Pues, de un modo u otro, lo voy hacer...
–se detuvo en mitad de la frase, pues Raven
había agarrado el vestido de seda y lo había
elevado por encima de su cabeza.

–Dame mi vestido –dijo ella poniéndose
en jarras.

–No.

–Dámelo, o llamaré...

–¿A quién vas a llamar?

–¡Dios santo, «llamar»! –dijo ella–. ¡Se me
ha olvidado llamar para decir que llegaríamos tarde! Necesito avisar...

Con bastante esfuerzo, Liney sacó el teléfono móvil de su bolsillo trasero. Raven se
quedó sorprendido de que hubiera podido
ir sentada encima de eso durante todo el trayecto.

–Hola, Zoom –Liney comenzó a caminar
de arriba abajo, alzando y sacudiendo sus zapatos de Gucci cada vez que daba un paso sobre la arena–. Hemos tenido unos problemi-
llas esta mañana, pero estaremos allí en
cuestión de... –miró a Raven–. ¿Veinte minutos?

Él asintió, aunque realmente no tenía ni
idea de si faltaban diez, veinte o cuarenta.

–Veinte minutos –repitió ella–. ¿Tenéis
todo preparado? Ya... Estáis listos desde hace
una hora... bien. Lo siento, te pido disculpas.

Raven sintió pena por ella. Cualquiera podría darse cuenta de que era una experta en ocultar sus sentimientos, pero él podía ver que había una grieta en su armadura. A través de ella, se podían intuir otras facetas de Liney.

–Por favor, discúlpame ante los otros. Vamos de camino. Hasta ahora –cortó la comunicación y se volvió hacia Raven–. Tenías razón, no tengo tiempo de cambiarme de ropa. Pero tengo que hacer algo con mi pelo. ¡Mataría por un cigarro! ¿Puedes pasarme el bolso para sacar uno?

–¿Me matarás si no lo hago?

Ella sonrió. Parecía más relajada y tenía un aspecto casi angelical.

–Prometo no fumármelo.

Él hizo lo que le pidió. Ella sacó dos cigarrillos y le devolvió el bolso a él. Los acarició de un modo extraño y, finalmente, los partió con tanta rabia que sobresaltó a Raven.

–¿Estás bien? –le preguntó ella, mientras se aproximaba a él lanzando los restos de tabaco al aire.

–Sí –respondió él–. Pero deberías de haberme avisado de lo que ibas a hacer con esos cigarros.

–Es mi modo de no fumar –respondió ella, mientras se miraba en el espejo, tratando de hacer algo con su pelo.

Raven señaló su bolsa de viaje.

–Debe haber un pañuelo al fondo. Póntelo en la cabeza.

–¡Y ahora me lo dices!

–Se me había olvidado...

Liney se puso inmediatamente a buscar en la bolsa, hasta que dio con él.

–Yves St. Laurent –dijo Liney satisfecha–. Tus «nenas» tienen muy buen gusto.

–No tengo ninguna «nena».

Aunque la había tenido hasta hacía poco. Aquel pañuelo lo había comprado Char el día que la había conocido. Habían compartido celda, después de haber sido arrestados por el confrontamiento con Liz y el que sería su marido, Russell, en Hollywood Boulevard. Aquel había sido el día en que se habían enamorado.

Después de que el abogado de ella pagara la fianza, Char había insistido en conducir su Harley hasta casa. De camino, se habían detenido en una tienda de lujo de Beverly Hills, donde ella había comprado el pañuelo. Nada más salir, le había rogado que se lo colocara.

–¿Cómo me pongo esto en la cabeza? –Liney trataba de ponerse el pañuelo de formas diversas.

Raven no quería tocar ni el pañuelo ni el pelo de mujer alguna, pero, el patético modo en que se lo estaba colocando, era motivo suficiente para hacer una excepción.

Se acercó a ella reticente y maldiciendo su suerte. La historia se repetía. Después de aquello, quemaría el maldito pañuelo.

Lo agarró y lo dobló de nuevo, le pidió que se acercara, lo que ella hizo sin rechistar. Se lo puso sobre el pelo y se lo ató a la nuca, evadiendo en todo momento su mirada. Pero, cuando accidentalmente sus dedos rozaron la piel de su cuello, no pudo evitar un escalofrío. Aquella mujer estaba demasiado caliente para dejarlo frío.

Maldijo al género femenino una vez más. Ya no sabía cuántas.

Se dio media vuelta y se dirigió hacia la moto.

—Es hora de irnos —gruñó.

Capítulo Cinco

Liney se sentía peor que aquel día, cuando estaba en octavo de básica, en que se comió parte de los problemas de matemáticas de Robin Roberts. En un ataque típicamente hormonal de sus trece años, se había escondido tras la hoja de su amigo para ocultar su ruborizado rostro ante la aparición de Eddie Walton, el chico guapo del colegio. Pero, al mirar por encima del papel y darse cuenta de que él la estaba mirando igualmente, y que se dirigía hacia ella, no se le había ocurrido otra cosa que morder la esquina inferior de los deberes de su compañero. Demasiado avergonzada como para escupir el trozo, había optado por tragárselo. Robin se había puesto furioso, como era de esperar.

Pues bien, en aquella ocasión no tenía los deberes de nadie para ocultarse detrás, pero sí la furgoneta de Gomer que contaba, además, con una ventaja: jamás se la podría comer.

Desde allí podía observar a sus subordinados mientras trabajaban.

Zoom, un conocido fotógrafo de elite de unos cuarenta y tantos años, estaba ajustando los objetivos de sus cámaras. Su asistente, Timothy, era un estudiante de fotografía de diecinueve años, aspirante a llegar a ser alguien importan te bajo la sombra de Zoom.

Cookie era la maquilladora y su labor en aquel momento se limitaba a mirarse en un espejo de mano. Liney habría deseado que hubiera desaparecido por arte de magia. Por desgracia, la necesitaba.

Gomer, el rudo vaquero, estaba sentado en una piedra y los miraba perplejo. Era como un león. Una peluda y encantadora adquisición que había tenido el valor de unirse a aquel grupo de trabajo.

Liney tragó saliva. Con la excepción de Gomer, todos la odiaban, lo que no la afectaba tanto cuando no tenía un aspecto tan lamentable.

—¿Cuál es el problema?

Liney se volvió hacia Raven.

—Esa gente —dijo ella.

Raven miró al grupo.

—Los conoces, ¿no? ¿O es que después de conducir durante varias horas nos hemos equivocado de sitio?

Ella se rio.

—No, no nos hemos equivocado.

–¿Entonces?

Ella tendió la mano.

–Necesito un cigarrillo.

–No has contestado a mi pregunta.

–Te prometo que no voy a fumar, solo voy a romperlo.

Raven puso su mano sobre la que ella le había tendido.

–Creo que lo que necesitas es contacto humano, no un cigarrillo.

Su comentario la desconcertó por completo. Habría querido decir algo, cualquier cosa, pero no pudo, temerosa de que su voz sonara temblorosa y dolorida. ¡Maldito fuera aquel hombre, que la desestabilizaba aún más cuando lo que necesitaba era sentirse segura y prepararse para la batalla!

–Liney, ¿tienes miedo?

Ella apartó la mano y lo miró.

–¡No! –un lagarto que pasaba ante ella se detuvo y la miró–. ¡Y tú, déjame en paz también! –le dijo al pobre animal, que salió huyendo.

–Está bien, no debería haberte hecho esa pregunta. Pero no hemos recorrido tantos kilómetros para que te quedes detrás de esta camioneta. Vamos a trabajar.

–No puedo.

–¿Por qué?

–Mis piernas –se miró los pantalones–. Todavía no puedo andar. La sangre no circula bien y...

Él levantó una ceja.

–Dame una razón más creíble.

–Tengo... tengo miedo.

Ninguno de los dos dijo nada durante un rato. Raven se acercó y le dio un masaje en los hombros.

–Deja de luchar –le dijo.

–¿Que deje de luchar? ¿Que me rinda? ¿Y en qué consiste eso? ¿En que salga ahí con los brazos en alto y una bandera blanca? Bueno, tal vez pueda usar el pañuelo que llevo en la cabeza, así mis pelos se dispararían y podría asustarlos. Eso me pondría en una situación de poder.

–Ya estás en una situación de poder. Todo lo que tienes que hacer es dejar de pensar que las cosas han de ser como tú crees que deben ser. Eso, en lugar de disminuir tu poder, lo alimenta –le dio unas palmaditas en el hombro–. Lo he oído en uno de mis casetes de autoayuda. Me parece un buen consejo.

Liney abrió y cerró los ojos rápidamente.

–De acuerdo –dijo–. Allá voy. Toma –le dio las gafas–. A por ellos, y no pienso rendirme.

Raven la siguió con la mirada. Había recobrado el paso decidido que tenía el día anterior en el aparcamiento del Blue Moon. Podía ser que tuviera miedo, pero como un

71

actor temeroso de enfrentarse a su público, iba a hacerlo a pesar de todo. Raven sonrió. Aquella mujer podía llegar a ser una verdadera molestia, pero no por eso dejaba de respetar y admirar su tenacidad.

Una voz aguda y chillona saludó a Liney.

–Bueno, ya era hora, ¿no? –la propietaria de semejante voz era una criatura flaca, cubierta con una camiseta floreada y unos pantalones cortos muy cortos–. Llevamos aquí desde el amanecer.

–Hemos tenido algún que otro contratiempo –dijo ella.

–¿Hemos? –la mujer miró a Raven que acababa de colocarse detrás de Liney. Lo miró interesada.

–Escuchadme todos –dijo Liney–. Tengo noticias que daros.

Un hombre de mediana edad se dispuso a intervenir. Iba vestido en colores caqui, con un pañuelo al cuello y una ridícula coleta de esas que Raven detestaba. Bien era cierto que él también había llevado una coleta, tiempo atrás, pero aquello había sido distinto, porque a él le sentaba bien. El tipo en cuestión parecía más bien estar sufriendo una grave crisis de los cuarenta.

–No necesitas decirnos que escuchemos. Somos todo oídos para ti –dijo en tono irónico y nada amigable.

–Gracias, Zoom –respondió Liney y se aclaró la garganta–. Me gustaría presentaros a nuestros «hombre rudo», Raven Doyle.

En ese momento, abrió el brazo en un gran gesto de presentación que acabó golpeando a Raven en el estómago.

Liney se ruborizó y pidió disculpas.

–Lo siento, no sabía que estabas detrás de mí. ¿Te he hecho daño?

Raven estaba tan en forma que no había sentido el impacto. Lo que realmente lo preocupaba era la histeria que notaba en la mirada de ella y el sudor que brillaba sobre su rostro.

Hubo un estallido de risas.

–¡Estupendo, Liney! –dijo Zoom–. Vas a estropear a nuestra estrella antes de empezar la sesión.

Más risas.

Liney se puso su mejor y más profesional sonrisa.

–Sin duda, tiene un estómago de hierro. Quizá deberíamos llamar al reportaje «el hombre de hierro» –trató de bromear y se rio tontamente.

Se hizo silencio, un silencio pesado y denso.

Liney carraspeó y continuó.

–Lo que está claro es que Raven es nuestro hombre. ¿Alguna pregunta?

–¿Cómo ha encontrado a otro modelo tan rápido? –preguntó el joven Timothy.

–Estaba en el lugar preciso en el momento adecuado –respondió Liney.

–¿Y dónde fue eso? –preguntó Zoom.

–Pues... a las afueras de Cheyenne.

–¿Y qué son esos círculos que tienes en los ojos? –dijo Cookie, incrédula.

Se hizo una larga y embarazosa pausa.

–Soy una devota de las películas de Star Trek –respondió ella, y el mismo silencio pesado imperó por todas partes.

Con una sonrisa de complicidad a Raven, Liney se puso en marcha.

–Déjame que te presente al equipo. Esta es Cookie McCutcheon. Será a la primera que tengas que visitar por la mañana.

Sonriendo, Cookie hizo un insinuante movimiento de caderas.

–Lo mejor será que vengas un poco antes de lo normal. A un hombre tan grande como tú, lleva más tiempo maquillarle el cuerpo.

–¿El cuerpo? A mí nadie me va a maquillar...

–Este es Zoom –lo cortó Liney–. Es el fotógrafo de la revista. Timothy es su ayudante.

Zoom apenas si apartó el ojo de la cámara y Timothy, siguiendo a su maestro, continuó con su atención fija en las notas que tomaba.

Raven empezaba a entender por qué Liney no quería salir de detrás de la camioneta. ¿Quién podía querer codearse con aquella pandilla de impresentables?

–Me alegro de verte por aquí –dijo una voz cascada. Gomer bajó de una piedra y le tendió la mano–. Bienvenido, hijo. *E pluribus unum*. Es latín y significa: «todos trabajamos juntos como si fuéramos uno».

¿Un vaquero que hablaba latín? Era extraño, pero más extraño aún era el comentario, teniendo en cuenta la escasa unidad del grupo en cuestión.

–Así es como la gente debería trabajar, como un equipo, como si fueran uno –la rabia le revolvió el cuerpo, una rabia que venía de su ansia por proteger a Liney, como había querido proteger a sus hermanas pequeñas.

–Si necesitas algo, cuenta conmigo –continuó Gofer–. Soy el «chico» de los recados, así que para eso estoy.

–Y hablando de recados, después de que Cookie mida a Raven, tendrás que ir a por ropa para él. No creo que la ropa que teníamos para «Lord Byron» le sirva a Raven.

Cookie volvió a mover las caderas de un lado a otro.

–¿Estás de broma? Claro que no le vale. Este tipo es mucho más grande –miró de arriba abajo a Raven y se encaminó hacia su tienda con el mismo balanceo de siempre.

Su trasero, escasamente cubierto por el cortísimo pantalón corto, se movía de lado a lado, como dos pelotas de playa que se golpearan la una a la otra.

–¡No pienso meterme en la tienda con esas dos pelotas de playa!

Liney miró a Cookie que se reía tontamente.

–Se llama Cook...

–¡Ya lo sé! –dijo él–. La cuestión es que no quiero que me mida.

–¿Qué te pasa? –dijo Liney–. Parece que ahora eres tú el que tiene que tranquilizarse.

Gomer se metió en la conversación.

–Esa chica es de las que se toma lo de *E pluribus unum*, demasiado literalmente. Pero aquí, lo que todo el mundo hace es levantar las vallas que delimitan su terreno. Haz eso y ponla en su sitio –acto seguido se dirigió hacia Liney–. Una vez que tengas las medidas, tienes que decirme qué tipo de ropa quieres.

–Pero nadie va a saber qué ropa darle a Gomer con mis medidas. Sería mucho más fácil que le dijera qué talla uso –intervino Raven con un tono algo desesperado.

–Sí, eso será mejor –dijo Gomer–. Supongo que tendré que ir hasta Cheyenne para encontrar ropa tan grande.

–Que no se te olvide, Gomer, que mi «hombre rudo» tiene que ser realmente sexy. Las lectoras van a comprar la revista por ver las fotos, no por las recetas. Quiero pantalones vaqueros negros, camisetas ajustadas y alguna camisa a rayas, pero que no sea muy grande. Vamos a dejársela abierta aquí delante, para que se vea ese vello negro y espeso que tiene en el torso –dijo ella con vehemencia– . Tiene un pie muy grande. Quiero unas botas, pero nada de florituras. Que sean negras, masculinas. Recuerda, Gomer, tienes que pensar en la palabra «sexy».

Gomer abrió los ojos mucho.

–Pues no he pensado así desde hace años.

–Puedes hacerlo –insistió Liney–. Recuerda que tú mismo eras el posible candidato para nuestro «hombre rudo», ya te lo dije ayer.

–¿Yo?

–Sí, tú. Porque tienes una sensualidad natural.

–¿Yo? –como una planta a la que hubieran regado, el viejo se creció– . Cada vez me gusta más este trabajo.

Liney se dio la vuelta.

–Iré a decirle a Cookie que no tiene que medir nada.

–No hace falta –respondió Cookie, que estaba allí mismo–. Al ver que mi modelo no aparecía, me he venido para acá.

77

–Raven le va a dar su talla a Gomer –explicó Liney.

Así lo hizo y Gomer se guardó la información apuntada en el bolsillo.

–¡Zoom! –dijo Liney–. Me gusta lo que lleva Raven ahora, de modo que vamos a hacer la sesión de la mañana con eso.

Raven pensó que Liney tenía un modo de dar órdenes que no resultaba en absoluto agradable. Su hermana Moira hacía lo mismo y muy poca gente fuera del grupo familiar sabía que detrás de aquella fachada se escondía una muchacha vulnerable. Moira y Liney tenían muchas cosas en común. Era una pena que se empeñaran en ocultar su parte tierna.

–De acuerdo, que todo el equipo se ponga a trabajar –dijo Liney dando palmadas–. Tengo todo bajo control. Zoom, prepara todo para empezar la sesión. Cookie, maquilla a nuestro modelo. Raven, vete con Cookie. Gomer, hasta luego –satisfecha con la rápida y efectiva lista de actividades que acababa de enumerar, se quitó con la mano una gota sudor que le bajaba por la frente, con tan mala suerte, que el pañuelo que cubría su cabeza saltó por los aires.

Su mata de algodón dulce se disparó como si se tratara de la seta de una bomba nuclear.

Se hizo otro de aquellos silencios, que Cookie rompió con una sonora carcajada. Zoom y Timothy fueron segundo y tercero, respectivamente, y Gomer la miró boquiabierto.

Liney parpadeó rápidamente y se colocó de nuevo el pañuelo. Lo ató con tanta fuerza que los nudillos se le pusieron blancos. La barbilla le temblaba.

—Si, al menos, hubiera llevado mi vestido, habría estado medio aceptable.

Se dio media vuelta y se alejó de allí, con ese paso decidido que parecía llevarla siempre al lugar exacto al que quería ir. Raven se entristeció, pues sabía que no tenía ni idea de adónde se dirigía.

—Necesita estar sola —dijo Raven.

Gomer respondió pensativo.

—Hace que la vida sea mucho más dura de lo que es en realidad. Pero tiene un gran corazón.

—Sí, es cierto —respondió Raven—. Pero lo mantiene escondido la mayor parte del tiempo.

—Con algunas personas —dijo Gomer—. Solo es necesario un pequeño esfuerzo para que se muestre como realmente es. Pero vale la pena. Después de todo, para eso estamos aquí, ¿no?

Para Raven el objetivo inmediato de su

vida era construir su nuevo yo. Pero, por primera vez, pensó que quizá creer que se trataba solo de su viaje hacía que la carretera fuera excesivamente estrecha. Quizá, la vida era una autopista con varios carriles y, si ayudaba a otros, se ayudaría a sí mismo.

Si eso era así, ayudar a Liney le parecía como si, de pronto, hubiera pasado de viajar con su fabulosa Harley, para hacerlo sobre una pequeña y prehistórica moto diesel.

Gomer le puso la mano en el hombro.

–Nadie ha dicho que sea fácil.

Las palabras reverberaron en la cabeza de Raven. Para cuando reaccionó y se dispuso a preguntarle al viejo vaquero cómo había sabido lo que estaba pensando, Gomer ya estaba diciendo adiós desde la ventanilla de su camioneta.

Capítulo Seis

Balanceando los brazos de un lado a otro, Liney caminaba por el adusto suelo lleno de piedras y hierbajos. No era una tarea fácil, teniendo en cuenta que sus zapatos Gucci habían sido diseñados para andar por moquetas de salas de reuniones y oficinas, no para pasear por mitad del campo, en el salvaje Oeste.

Ufana y decidida atravesaba el paisaje de Wyoming, dirigiéndose, ¿adónde? A ninguna parte.

Dejó salir su rabia en un río de lágrimas y redujo la marcha. Nunca jamás había caminado sin dirección preestablecida. Los vocablos «a ninguna parte» no se unían jamás en su discurso, pues siempre había tenido muy claro que tenía que ir hacia arriba, arriba y arriba.

Por primera vez en su ambiciosa vida, obsesionada siempre con el trabajo, no iba hacia arriba. Al menos, tampoco iba para abajo.

Contuvo una risa nerviosa y se tropezó torpemente. Su cuerpo se precipitó hacia delante y cayó de bruces sobre el terreno polvoriento. Después de unos segundos, se dio cuenta de que el suelo estaba a solo unos centímetros de su cara. Se pasó la lengua por los labios y sintió el sabor a tierra.

Estaba claro que sí iba para abajo. De hecho estaba todo lo abajo que podía llegar, sin estar enterrada.

Temblorosa, se incorporó y se sentó, sacudiéndose las piedrecitas que se le habían quedado incrustadas en la palma de la mano. Le dolía la rodilla y el dedo gordo del pie. No pudo evitar otra lágrima furtiva que se deslizó por su mejilla.

—Necesito una manicura —dijo en tono desconsolado. Miró al cielo y vio un halcón que volaba por encima de ella. Sabía claramente lo que quería y, además, tenía mejores vistas que cualquier oficina de lujo en el centro de Los Ángeles. ¿Cómo podía ser que una criatura a la que le importaba un rábano el diseño y la moda pudiera tener, en apariencia, una vida tan feliz? Y encima con unas vistas estupendas.

«Estoy teniendo un severo ataque de envidia a un pájaro», pensó.

—¡Al diablo con la manicura! —dijo en alto—. Lo que necesito es una vida.

No quería llorar, pero estaba tan cansada

de mantener las apariencias, tan cansada de jugar a ser la gran ejecutiva...

«Estoy cansada de fingir que cuando me llaman «la dama dragón» no siento nada, cuando es como si me clavaran un cuchillo».

Un insulto o un apodo podían doler más que una pedrada y a ella la habían dejado lisiada a golpe de motes y apelativos diversos. Las palabras eran las armas con las que habían herido gravemente el alma de Liney. Otra lágrima recorrió su mejilla.

Pero, al ver la sombra de su silueta estampada en el suelo, con su pelo estilo troll, el llanto fluyó y sus emociones salieron a borbotones. Dio patadas y maldijo, hasta que, finalmente, se tumbó mirando al cielo.

Exhausta y harta, se quedó inmóvil, respirando el aroma a salvia, sintiendo el calor de la incipiente mañana. Al cabo de un rato, se dio cuenta de que estaba más relajada que después de haber pasado una semana en un exclusivo balneario en California.

«Nada en mi vida me había hecho nunca sentir así de bien, ni siquiera el sexo».

Aquel era, sin duda, un triste pensamiento. Se sentó y comenzó a recorrer mentalmente la lista de sus encuentros amorosos.

Estaba Jerome, estudiante. Habían sido estupendos compañeros en el laboratorio de química, pero, aparte de eso, nada de química entre ellos. Alan, el abogado, con las continuas llamadas urgentes de su madre, consiguió arruinar toda relación sexual. Luego fue Klunky, un caza talentos. Un nombre tan ridículo lo decía todo.

«Ridículo». Se miró de arriba abajo. Sí, ella también era ridícula. Allí estaba, en mitad de ninguna parte, con pinta de pordiosera y pelos de troll.

—Debería haberme quedado en Los Ángeles y haber hecho el seguimiento del reportaje desde mi oficina. Pero no. «La dama dragón» no puede dejar que los demás hagan su trabajo, porque piensa que nadie lo va a hacer bien si ella no está ahí para supervisar cada detalle, para meter las narices en los asuntos ajenos.

Se detuvo y se dio cuenta de que aquello último le había dolido.

—Yo nunca quise ser vicepresidente de nada —le dijo a una piedra cercana—. De niña, soñaba con tener una tienda con cuentos de hadas y juguetes —se cruzó de brazos y miró a su sombra reflejada en el suelo—. ¿Cuándo abandoné ese sueño?

Había sido a sus diez años, cuando había decidido enterrar su infancia y dejar que la adulta precoz que peleaba por salir tomara posesión de tres partes de ella, frente a una aún de niña.

Se sintió triste.

–No me extraña que no le caiga bien a nadie –admitió ella–. No me gusta mi trabajo y no me gusto a mí misma, con lo cual no puedo gustarle a nadie. Así que voy a llamar a Dirk y voy a presentar mi dimisión.

Trató de sacar el móvil del bolsillo trasero del pantalón, pero no había forma. ¿Qué había pasado, se habría fundido con el vaquero?

Continuó tirando con fuerza, hasta que el teléfono cedió.

–Con sacar el teléfono un par de veces al día del bolsillo de este pantalón, me ahorraría las clases de gimnasia.

Tecleó el número del Blue Moon.

–Raven quería que me rindiera, pues ya me he rendido –dijo, mientras esperaba respuesta.

Una voz sensual, que Liney reconoció de inmediato, contestó al teléfono.

–¿Belle? Soy Liney Reed. Pásame a Dirk... por favor –añadió, tratando de suavizar su tono imperativo habitual–. Hola, Dirk. Soy yo y renuncio a mi trabajo.

Aquel modo directo e imprevisto de decirlo la sorprendió.

Dirk comenzó a hablar en un tono de voz suave y relajado. Su discurso sonaba mejor que ninguno de los que había dado antes en

Los Ángeles. Después de su matrimonio con Belle, había decidido trasladar su oficina a Cheyenne, desde donde trabajaba a distancia como directivo de Harriman Enterprises. Pensar que parte de su plan de realizar las fotos allí había sido para convencer a Dirk de que regresara a Los Ángeles le resultaba paradójico, teniendo en cuenta que era ella la que estaba a punto de dejar su trabajo.

Dirk le hizo varios cumplidos, le recordó lo cualificada que estaba y lo adecuada que era para aquel trabajo. Finalmente, le preguntó sus motivos para querer dimitir.

–Quiero dimitir porque... –¿porque tenía el pelo revuelto y parecía una bruja alienígena de Star Trek? Tenía que dar forma a sus motivos y formularlos en una frase coherente–. Porque no tengo lo que hace falta tener.

Las palabras habían terminado por salir sin ser previamente elaboradas. Debía estructurar sus motivos, darles coherencia. A pesar de todo, una vez más, su pensamiento fluyó libre.

–Llevo tan solo un mes en Harriman Enterprises, y en tan corto espacio de tiempo me he creado más enemigos que en toda mi vida. He tenido una buena idea, pero he acabado por alienar a todo el equipo creativo. He encontrado el modelo perfecto y, en solo veinticuatro horas, le he dado una patada y un puñetazo, aunque, por suerte, solo lo he dejado K.O. una vez –respiró para poder continuar–. No sé mandar sin dominar, no sé relacionarme, no sé contar chistes, jamás he tenido una buena relación sexual y me siento fatal por haberme comido los deberes de Robinson Roberts cuando estábamos en octavo de básica.

Lo había hecho. Había conseguido dar una confesión completa y absurda. Si Dirk no admitía su renuncia, al menos la despediría por locura temporal... o permanente.

Pero no, no la despidió. En lugar de eso, Dirk se sumergió en otro reconfortante discurso y una tajante y definitiva conclusión.

–No acepto tu dimisión.

–¿Por qué?

–Porque eres la mejor persona para ese trabajo.

–Pero tengo un aspecto horroroso.

Él hizo una pausa antes de contestar.

–No puedo verte. Además, el aspecto no lo es todo.

–¡Sí lo es!

Dirk se rio.

–Ese es un buen chiste. Mantén tu sentido del humor. De momento, termina lo que estás haciendo y ya hablaremos cuando regreses.

Liney farfulló un adiós y colgó. Se quedó mirando al teléfono, mientras se preguntaba qué la había impulsado a llamarlo en primer lugar. ¿De verdad le había contado que jamás había tenido una buena relación sexual? Cerró los ojos avergonzada. Ojalá hubiera sabido algunas palabras mágicas que la hubieran podido ayudar a borrar aquella conversación.

Abrió los ojos y se metió el teléfono en el bolsillo.

—Tal vez he hablado tan deprisa que ni siquiera me ha entendido el comentario sobre mi vida sexual.

De pronto, se detuvo, al ver algo que se alzaba majestuoso en el horizonte. El estómago se le encogió.

Era Raven.

«Me ha visto», pensó Raven. Y alzó la mano para saludar, como diciendo, «hola, aquí estoy». Pero ambos sabían que lo que quería decir era «hola, estoy aquí y te he visto perder los papeles».

Seguramente, lo mejor que podía hacer durante un rato era mantener la distancia.

Después de unos segundos, ella también alzó la mano y saludó.

Raven sintió una profunda tristeza. No necesitaba ver su rostro para imaginarse aquellos grandes ojos de color chocolate parpadeando rápidamente, sin saber qué hacer mientras se sentía observada cuando había perdido totalmente el control de sí misma. Tenía los labios temblorosos y, aunque realmente lo que debía sentir eran deseos de huir, lo que hizo fue cuadrar los hombros y alzar la barbilla.

–Estoy seguro de que estarás ansiosa por conseguir un cigarrillo ahora mismo –murmuró en la distancia, sin que ella pudiera oírlo–. Sí, ya sé que no te lo fumarías, pero al menos lo partirías con rabia y le darías a los trozos una toba que los lanzaría a metros de distancia. Después de eso te tomaría en mis brazos y te acunaría suavemente.

Un dulce calor le subió por dentro al imaginarse el cuerpo de Liney junto al suyo. Al principio, ella dudaría, no querría bajar sus defensas, pero él la abrazaría tiernamente y le susurraría al oído que dejara de luchar, que él podría ser fuerte por los dos. Aquella mirada desafiante y atemorizada que tenía en los ojos acabaría por suavizarse y, lentamente, se iría relajando.

Raven cerró los ojos y dejó que el olor a vainilla llenara sus sentidos. Respiró profundamente. Sabía que, cuando se inclinara sobre ella y la besara, su sabor sería dulce, muy dulce...

¡Besarla! ¿Desde cuando aquella fantasía se había vuelto «amorosa»?

Maldijo una vez más a las mujeres. Debía de andar por la milésima vez, por lo menos.

«Vuelve a tu sitio, Raven. La mujer puede estar necesitada de cierto contacto humano, pero tú no estás en el mejor momento para dárselo».

Se pasó la mano por el pelo.

—Tengo que volver, antes de que vengan a buscarme.

Solo minutos más tarde, la voz de Cookie irrumpió en el silencio advirtiéndolo de que era la hora de su maquillaje de cuerpo.

Se había escapado momentáneamente para comprobar que Liney estaba bien y no se había perdido. Una vez que lo había visto, ya debía saber el camino de vuelta al campamento.

Pero, por más que lo intentaba, no quería irse de allí.

Sabía que una mujer en el estado en el que estaba Liney no se iba a abrir a él inmediatamente, y le iba a contar qué era lo que realmente la estaba dañando. Eso era, exactamente, lo que hacía Moira. Pero, después de una hora o dos, acababa por recurrir a él. Y allí estaba su hermano mayor, siempre dispuesto a escucharla y a ofrecerle un hombro sobre el que llorar.

Podía no ser un gran conocedor de las cosas finas, pero era muy meticuloso en lo que se refería a los sentimientos humanos. Le dolía mucho cuando la gente lo trataba como a un cretino. Que llevara vaqueros y cazadora de cuero no quería decir que no tuviera un corazón capaz de sentir. Parte de eso había sido lo que lo había llevado a enamorarse de Charlotte. Lo hacía sentirse redimido el que una damisela de la alta sociedad no lo considerara un animal, un hombre de las cavernas.

Pero, por desgracia, en el fondo sí lo calificaba como tal.

Aquel era un doloroso secreto que no quería compartir con nadie. No sabía si jamás podría superar el trance de haber sido insultado por su ex prometida con la palabra «bestia», justo al final de su relación.

Tenía que olvidarse de todo aquello, era historia pasada.

–¡Raven! –volvió a sonar aquella voz aguda–. ¡Baja ahora mismo!

Al pie de la roca, estaba Cookie, en jarras.

–¡Te he buscado por todas partes! Date prisa, es la hora de tu maquillaje de cuerpo. Estaré en mi tienda. Te quiero allí en cinco minutos –extendió la mano en una más clara señal de que se trataba de un cinco, se dio media vuelta y se alejó.

«Solo cuatro días, tienes que soportar esto cuatro días», se dijo Raven , y comenzó a descender hacia su destino repleto de «pelotas de playa» y maquillaje de cuerpo.

Minutos después, entraba en la coloreada tienda de Cookie.

A través de una ventana rectangular que había en la parte superior entraba un generoso chorro de luz. A la izquierda, había un perchero portátil y, en el centro, dos sillas de director. A la derecha, había una mesa sobre la que Cookie había dispuesto diferentes botes.

No sabía por qué, pero se había esperado en aquella tienda el desorden y el caos de una adolescente, y lo que se había encontrado era el espacio de una profesional.

«La has juzgado del mismo modo que tú odias que te juzguen a ti», pensó Raven.

–Te he buscado por todas partes –dijo ella–. Zoom quiere empezar ya, y todavía tengo que maquillarte.

–Lo siento –se disculpó él–. Tenía que usar... el servicio.

Cookie lo miró y frunció el ceño, y el gesto convirtió su maquillado rostro en una serie de líneas de color. Le recordó a un cuadro cubista que estaba en el salón de los padres de Char.

–Pensé que los servicios los teníamos en

aquella colina –dijo Cookie, señalando hacia un lado de la tienda.

–Bueno... me gusta más la naturaleza...

–¡Vaya, vaya! –dijo Cookie y volvió a balancear las caderas de un lado a otro–. ¿Qué es esto?

Él miró al mismo lugar que ella.

–Es un tatuaje –respondió él.

–¿Y por qué un dinosaurio?

–No es un dinosaurio. Es una iguana.

–Bueno, es lo mismo –agarró uno de los botes y lo abrió–. De acuerdo, ahora quítate la camiseta, a ver qué tengo que hacer.

–No pienso quitarme la camiseta. Liney le dijo a Zoom que le gustaba lo que llevaba puesto –no estaba dispuesto a ejercer de hombre objeto. Él era mucho más que un cuerpo, tenía un corazón también.

Cookie agitó sus espesas y pesadamente maquilladas pestañas.

–Ya, pero Zoom tenía una serie de fotos planificadas para primera hora de la mañana, y eso es lo primero que hay que hacer. Quiere que parezca que te acabas de levantar de la cama y estás ansioso por prepararte unos huevos fritos con beicon –Cookie se chupó los labios con deleite, pero Raven sospechaba que no estaba pensando, precisamente, en un desayuno.

–Cuando me levanto por la mañana, no estoy ansioso por nada y me visto siempre, pero más especialmente si voy a freír algo, porque no me gusta que me salte el aceite hirviendo en la piel. Y me digas lo que me digas, no me voy a desnudar delante de la cámara.

Cookie balanceó la cabeza de un lado a otro.

–¿Es que no te das cuenta? Lo que las mujeres van a comprar no son las recetas, sino tu cuerpo –le dijo ella, mirándolo de arriba abajo.

–Hablando de cuerpos –interrumpió una voz masculina–. ¿Dónde está nuestro hombre rudo?

Zoom entró en la tienda sin preguntar, seguido por su ayudante. Se detuvo, se quitó las gafas, que se colocó sobre la cabeza, y miró primero a Cookie y luego a Raven. Timothy imitó sus gestos.

–Te necesito desnudo de cintura para arriba –le ordenó.

–Liney nunca me dijo que me tendría que desnudar.

–Se siente –dijo Cookie.

Zoom parecía aburrido con aquella discusión.

–Solo tienes que desnudarte de cintura para arriba. Además, a los modelos no se les paga para escribir el guión, sino para posar y eso es lo que tienen que hacer, punto.

Zoom dijo la palabra mágica: «pagar». Raven recapacitó. «No arruines tu sueño», se dijo. Se quitó la camiseta y la dejó sobre la silla.

—Ya está —dijo entre dientes.

—¡Guau! —exclamó Cookie—. ¡Eres una bestia!

Raven apretó los dientes. Cuando la sesión acabase, tendría unas palabritas con ella. No le gustaba que lo llamaran bestia.

—Bueno, a ver qué hacemos con ese «dinosaurio».

—Iguana.

—¿Qué iguana? —preguntó Zoom y miró el brazo de Raven—. ¡Vaya! ¡No había visto eso antes! —Zoom formó un cuadrado con los dedos y lo midió—. Me va a tomar trabajo, pero creo que podré hacerle las fotos sin que salga.

Timothy intervino.

—Podemos ponerle un saco en el costado.

—O un trozo de tienda de campaña —dijo Raven—. O podéis aparcar un trozo de la camioneta de Gomer en mi brazo.

Se hizo un profundo silencio tras ese comentario. Sabía que no estaba cooperando, pero no podía soportar que aquellos tres dilucidaran sobre qué hacer con él como si fuera un objeto.

—Bueno, ya veremos lo del tatuaje después. Lo que quiero ahora es que le depiles el pecho –dijo Zoom.

–Será con toda la armada respaldándote –dijo Raven y se acercó a Zoom en un gesto amenazante–. Nadie me va a depilar el pecho.

–Tú eres el modelo y yo soy el fotógrafo –dijo Zoom en un falso tono intimidatorio–. ¿Entendido?

–Y yo soy la vicepresidenta –dijo una voz fría y muy femenina–. ¿Entendido?

Liney se había puesto una camisa y una blusa, junto con unos zapatos a juego. El pelo todavía parecía rabiosamente revuelto, pero había logrado subyugarlo con una goma. Se había lavado la cara y solo llevaba un poco de maquillaje en los labios. Raven pensó que parecía una niña que quería parecer mayor.

–Si hay alguien que tiene derecho a presumir de rango, esa soy yo –dijo Liney–. Y ahora, decidme, ¿cuál es el problema aquí?

Capítulo Siete

–¡Quieren depilarme! –dijo Raven con una mirada desafiante.

Zoom miró al fotómetro que llevaba colgado del cuello y pendía sobre su pecho, evitando mirar a ninguno de los prescntcs.

–Era solo una sugerencia –dijo inocentemente–. Pero el modelo ha reaccionado de un modo muy exagerado.

Raven dijo algo entre dientes.

Liney miró a su equipo. Cookie balanceaba de un lado a otro la ridícula coleta que llevaba. Zoom seguía jugando con el fotómetro. Timothy lo hacía con sus gafas. Era como estar en una estúpida reunión en la que la premisa fuera «haga usted lo que quiera con su objeto favorito».

–Queremos un modelo masculino, no un modelo depilado, así que nada de afeitarlo –mantuvo el rostro sin expresión alguna, principalmente porque le daba la apariencia de estar al mando de la situación–. ¿Algún problema más?

Cookie miró a Liney de arriba a abajo.

–Al parecer has encontrado tu tienda.

Sí, claro que la había encontrado. Al bajar de la peña, se había tropezado y había caído sobre una diminuta tienda de campaña. Al entrar, se había encontrado toda su ropa de diseño mal apilada en el centro. Demasiado cansada como para llevarse otro disgusto, había decidido ponerse lo primero que encontrara. Si bien la camisa y la falda estaban un poco arrugadas, prefería, no obstante, su ropa de ejecutiva a aquellos vaqueros.

–Sí, he encontrado la tienda –dijo dulcemente–. Gracias por haberme sacado la ropa –para confundirlos aún más, sonrió–. Pero ya está bien de hablar de mí. ¿Hay alguna otra cosa por discutir respecto a la sesión de esta mañana?

Los cuatros la miraron. Todos, excepto Raven, tenían gestos culpables. Él, sin embargo, parecía aliviado. Era todo un contraste ver a un hombre del tamaño de un mamut mirándola con tan inocente agradecimiento. Ella se ruborizó, y apartó la mirada. ¡Craso error! Pues sus ojos fueron a parar a aquel pecho fornido y velludo.

Mientras trataba de recordar cómo se respiraba, su mirada descendió aún más, hasta encontrarse con un reguero de vello que apuntaba directamente hacia abajo.

–¿Liney? –dijo Zoom.

Trató de responder, «¿qué?», pero en lugar de eso, se oyó un gemido sospechoso.

–¿Estás bien? –le preguntó.

Su intensa colonia actuó como un bote de sales puesto en la nariz.

–Estoy perfectamente –tragó saliva y prefirió no decir nada más, pues no sabía lo que su inconsciente boca habría de proferir.

No se atrevió a volver a mirar al pecho de Raven y se centró en algo tan estúpido y ridículo como la coleta de Cookie.

–Vamos –pudo decir con vigor y se dio la vuelta con decisión, dispuesta a salir de allí. Pero no había imaginado lo que las suelas de cuero podían hacer en un suelo como aquel. Como si de una pista de patinaje se tratara, volvió a darse la vuelta involuntariamente, acabando de nuevo en la posición inicial.

Totalmente avergonzada, hizo lo imposible por no parecer afectada. Tal vez si actuaba como si aquella pirueta acrobática fuera algo normal, podría salir airosa.

Liney sintió el sudor descender por su frente, pero no estaba dispuesta a dar pruebas de debilidad quitándoselo. Además, podría ser que en el camino se diera algún golpe accidental y eso sí que sería catastrófico.

–¿Seguro que estás bien? –volvió a preguntar Zoom.

—Los zapatos son nuevos —aclaró ella—. No he tenido la oportunidad de desgastar las suelas.

Tras decir aquello, giró lentamente y salió de allí, sin olvidar que un pie iba detrás del otro.

Una hora más tarde, Raven estaba junto al fuego que habían creado en el campamento, con una sartén en la mano y fingiendo cocinar algo.

—Todavía se ve la iguana del brazo —dijo Zoom impaciente—. Vuélvete hacia la izquierda. Atrás. No, no tanto —apartó el ojo de la cámara—. La próxima vez que elijas un modelo, por favor, que no tenga tatuajes del tamaño de Manhattan.

Liney, que observaba la escena desde su silla de director, prefirió no intervenir. Las cosas no parecían ir precisamente bien.

El sol y el calor de Wyoming estaban alterando los nervios de todos. Llevaban un día de retraso en la sesión fotográfica y, encima, habían empezado tarde. Además, una de las cámaras de Zoom había optado por romperse.

Con la cara llena de sudor, Zoom volvió a mirar a través de su cámara.

—De acuerdo, un poquito más a la derecha... ¡Así! ¡Fantástico! Quédate así.

Raven se incorporó bruscamente y se dio una cachete en el brazo.

Zoom lo miró desesperado.

—¡Otro mosquito! —dijo, incapaz de ocultar su frustración.

—Sí —ladró Raven—. Esa cosa que me ha puesto Cookie los atrae como si fuera miel.

—Cookie, cariño, ¿qué demonios le has puesto al modelo? —dijo Zoom.

—Estaba probando un nuevo maquillaje.

—Pues lo que sea, quítaselo ya.

Cookie se aproximó y comenzó a limpiarle el cuerpo con una toalla de color mandarina. Raven alzó los brazos, para facilitarle el trabajo.

Liney se dio cuenta, de pronto, de que se estaba pasando la lengua por los labios. Miró de un lado a otro para comprobar que nadie la había visto.

En cuanto Cookie terminó, volvió a su silla con su habitual balanceo de caderas.

Liney notó que Raven seguía con demasiado interés aquel movimiento. ¿Es que se sentía atraído por Cookie? ¿Y a ella qué más le daba?

Se quitó con rabia un trozo de lodo que tenía en el tacón y miró a Raven de nuevo. Se había agachado y se inclinaba sobre el fuego con la sartén en la mano. Sus abdominales musculosos no mostraban ni la más mínima traza de grasa. Ella respiró profundamente, tratando de justificar el repentino sudor por el calor del lugar.

–¡Timothy! –Zoom se dirigió a su joven asistente–. Tráeme el filtro número dos. ¡Cookie, el modelo tiene sudor en la espalda!

La maquilladora se acercó tanto para quitarle la mancha que casi se puso encima de él.

Liney no pudo más y saltó como una endiablada.

–¡Límpialo con la toalla, no con tu camiseta! –todo el mundo la miró y ella sonrió y volvió a sentarse–. Estaba preocupada por... la factura de la tintorería.

Cookie la miró perpleja y, acto seguido, volvió de nuevo a su sitio con su insinuante movimiento.

–Sigue cocinando, «hombre rudo» –Zoom comenzó a tomar fotos–. ¡Estupendo! Tenemos unas buenas fotos de nuestro hombre con sartén. Ahora necesito algo sexy, que invite a las lectoras a comprar esta revista en lugar de *Bon Appétit*.

Cookie se levantó de la silla y comenzó a agitar la mano de un lado a otro.

–¿Sí, Cookie? –dijo Zoom, tomando la posición del jefe.

Cookie balanceó las caderas y se dirigió al grupo.

–Tengo una idea. Podrías fotografiarlo

mientras duerme. Ya sabes, antes de hacerse el desayuno. Está soñando con todo lo que va a comer cuando se levante, mientras está ahí tumbado, desnudo.

–¡Desnudo! –Raven se levantó de golpe–. ¿Queréis que me desnude?

Liney apretó el brazo de su silla.

–¡Sí! Digo, no. Bueno, tal vez sí. No lo sé –murmuró ella.

Raven la miró perplejo. Liney se disponía a decir algo, cuando Cookie la cortó.

–¡Sería estupendo! Y no tendrías que estar completamente desnudo.

–Es una fantástica idea –dijo Zoom–. Además, la imagen podría ir acompañada de un artículo que se encabezara: «El hombre rudo sueña con un desayuno caliente». ¡Vamos a prepararlo todo! Bueno, claro, si la vicepresidenta está de acuerdo.

Aquella era la oportunidad de Liney de ganarse a su equipo. Era la primera vez que veía a Zoom entusiasmado con algo. ¡Eso podría hacer que realmente se ganara a sus subordinados! Harían un gran reportaje y ella volvería a Los Ángeles victoriosa.

Se volvió hacia Raven, que la miraba como si estuviera a punto de estallar una tormenta dentro de él. Todo su cuerpo decía «ni hablar».

Liney se rio nerviosamente.

–Si serán solo unas pocas fotos. Además,

no vas a estar realmente desnudo –Liney apartó a Raven del grupo. Era mejor que trataran aquello en privado–. Te dejarás puesta... ya sabes... la ropa interior.

Ella esperó una respuesta que no obtuvo.

–¿Es que no llevas ropa interior?

Él se inclinó sobre ella peligrosamente.

–Sí, llevo ropa interior, pero teniendo en cuenta lo pequeña y ajustada que es, me daría lo mismo no llevar nada, no sé si me entiendes.

Liney tragó saliva y tosió ligeramente.

–Sí, creo que te entiendo –el aire parecía haberse espesado de repente–. Bueno, podrías quitarte los pantalones detrás de una manta, así nadie vería tu...

–¿Mi qué?

–Tu ropa interior –dijo ella rápidamente. Cada vez tenía más calor y la camisa se le pegaba al cuerpo casi con rabia.

Su gesto ceñudo se suavizó un poco.

–¿Y Cookie va a empezar a restregarme las piernas con todas esas cosas que me pone y me quita?

Liney apretó el puño y lo alzó.

–Le partiría los morritos esos que tiene si se atreviera a acercarse a ti –la frase salió con un ímpetu animal. Inmediatamente, se dio cuenta de su salida de tono y sonrió.

¿Qué le estaba ocurriendo? ¿Cómo podía

estar celosa de Cookie? ¿No era ella Liney Reed, la mujer que estaba siempre al mando de la situación?

Alzó la cabeza y estiró la espalda.

–Ya voy a hablar con ella sobre eso de restregarte los melones por la espalda.

–Lo que me restregó fue una toalla.

–Eso también –Liney se quitó el sudor de la frente–. ¿Y bien?

–¿Qué?

–¿Lo harás?

Él la miró durante un rato.

–Son solo tres días y medio –se dijo él, y comenzó a desabrocharse la bragueta.

–¿Quieres una manta para cubrirte?

–No. Si más de mil mujeres me van a ver desnudo, qué más me da añadir otras dos.

En el momento en que comenzó a bajarse los pantalones, ella se dio la vuelta y se alejó de él.

Cookie, que estaba tras la silla de Liney, emitió un largo silbido de apreciación.

–¡Liney, te estás perdiendo el espectáculo!

Liney se tensó.

–Soy respetuosa con él, eso es todo.

–Sí, claro, y yo también. ¡Guau!

Liney se sobresaltó.

–¿Qué?

–¡Es enorme! –dijo Cookie–. Ya puedes mirar. Se ha metido debajo de la manta.

Liney se volvió lentamente.

Raven se había cubierto ligeramente con la manta de indio navajo, pero dejaba ver unas piernas musculosas y poderosas, cubiertas de vello negro. Era un crimen ocultar unas piernas como esas bajo un par de pantalones.

–Muy bien, hombre rudo, muéstranos tu «sex appeal»,... Eso es. Timothy, mueve el reflector. De acuerdo. Vamos a pasar de las tomas en que estás durmiendo, porque tenemos algo bueno aquí. Mírame otra vez con esos ojos que dicen «nena, te deseo desde primera hora de la mañana».

Raven miró a la cámara con ira.

–No, no es eso lo que quiero. Así le estás diciendo que la odias, no que la quieres. Supón que tienes a Pamela Anderson Lee justo delante de ti.

–¿Quieres que me ponga yo? –se ofreció Cookie como una gata hambrienta.

–No necesito ni a Pamela Anderson Lee, ni a nadie –protestó Raven.

Liney no pudo evitar sentir cierta satisfacción ante el rechazo de Raven. Se tuvo que morder el labio para evitar una indeseable sonrisa.

–De acuerdo, volvamos a intentarlo de nuevo –sugirió Zoom.

Raven respiró profundamente y se quitó el

sudor de la frente. Acto seguido, miró por el objetivo de la cámara.

—Tienes que cambiar la expresión de tus ojos—insistió Zoom.

—Yo sé cómo puedo ayudarlo —dijo Cookie—. Rave, imagínate a ti mismo como un animal, como una «bestia».

Como si se tratara de Neptuno emergiendo de las aguas, Raven se puso de pie enfurecido.

—¡No soy ninguna «bestia» y mi nombre es Raven, no Rave! —se dirigió directamente hacia Liney—. Me has contratado para que posara para unas fotos y yo accedí porque necesitaba el dinero. Pero no pienso hacer nada de eso a costa de mi autoestima. ¿Por qué la gente se cree con derecho a llamarte lo que ellos quieren?

Eso mismo habría deseado preguntar ella desde hacía semanas.

Liney retrocedió para apartarse un poco de la imponente presencia de aquel cuerpo desnudo. Su mirada se centró en un reguero de sudor que corría por su torso, hasta el bajo vientre y que se perdía en una mata de pelo negro.

—¿Qué tienes que decir, Liney? —le preguntó Raven con la mirada encendida por la ira.

Ella quería responder, comportarse conforme a lo que correspondía a su puesto de vicepresidenta y lograr que la tensión se disipara. Pero, al abrir la boca, todo lo que salió fue una onomatopeya inclasificable. Trataba de vencer el calor y la sensación de mareo, mientras miraba la masiva presencia masculina que se alzaba ante ella como un gran dios de bronce.

Un dios de bronce con escasa ropa interior.

–¿Liney? –insistió Raven–. ¿Qué tienes que decir?

Ella abrió los ojos y suspiró.

–¡Enorme!

Capítulo Ocho

–¿Qué se supone que es enorme? –preguntó Raven entre dientes.

Liney se limpió el sudor de la frente y se ruborizó.

De pronto, Raven se dio cuenta dc que se estaba comportando así porque él estaba en ropa interior. Estaba tan sumido en su rabia que no había notado ese pequeño detalle.

Pues lo sentía.

Todo el mundo quería que se desnudara, pues allí estaba, desnudo.

–¿Y bien? ¿Qué piensas de todo esto? –volvió a preguntar él

–¿Esto? ¿Qué es «esto»? –preguntó ella.

–Pues el hábito que tienen los miembros de tu equipo de llamarme «bestia», o Rave o «hombre rudo». Mi nombre es Raven y no recuerdo haber firmado en ninguna parte que tenía que permitir que me llamaran como ellos quisieran.

–A mí tampoco me gusta que me pongan motes –dijo ella, refiriéndose a lo de «dama dragón». La verdad era que entendía perfectamente por qué se había puesto furioso.

—El problema con los apodos es que la gente empieza a pensar que la persona es lo que ese nombre significa —dijo Raven—. Si me llamáis «bestia», acabaréis tratándome como si lo fuera.

Se hizo un silencio tal, que se podía oír el sonido de un manantial próximo.

—¿Cómo te sentirías si yo te llamara a ti Zoo en lugar de Zoom —Zoom bajó los ojos y Timothy hizo lo mismo.

Cookie se aproximó a él con lágrimas incipientes.

—Siento haberte llamado Rave, de verdad...

Raven ya había dicho lo que tenía que decir. Había confesado algo que siempre había querido mantener en secreto. Quizás eso les serviría a todos para darse cuenta de que no está bien ponerle etiquetas a la gente: ni Rave, ni «bestia», ni tampoco «dama dragón».

Raven miró a Liney.

—Deberías haberme dicho cuando estábamos en el Blue Moon que tenía que hacer no solo de modelo, sino también de «pastel de carne».

—Lo siento —dijo ella—. Tienes razón. Soy por completo responsable de lo que ha ocurrido. Lo único que puedo alegar es que mi propósito se centra en lograr que la revista tenga un alto grado de sensualidad, porque eso es lo que las mujeres quieren.

–¿Cómo sabes qué quieren las mujeres? –no era su intención ser brusco, pero aquel comentario se acercaba mucho al concepto de «etiquetar» a la gente–. ¿Por qué asumes que lo que las mujeres buscan es un hombre sudoroso en una Harley, sin nada en el cerebro?

–Sé lo que las mujeres quieren... –juntó las manos en el regazo–. Por un estudio de márketing que hemos hecho.

Parecía que estuviera recitando algo aprendido de memoria.

–¿No se te ha ocurrido pensar que, quizás, algunas mujeres buscan en los hombres compañía y conversación?

Liney lo miraba con las manos unidas con tal fuerza que los nudillos se le habían puesto blancos. Tenía los ojos justo a la altura de los pectorales de él, por lo que le tomó unos segundos apartar la vista de ellos y alzar la mirada.

–Ya te he pedido disculpas –dijo ella–. Pero puesto que insistes en seguir con el tema, déjame ir más allá. Te diré que considero que las mujeres y los hombres son exactamente iguales. Y esto lo dice una mujer que está compitiendo en un mundo de hombres. ¿Sabes cuántas vicepresidentas hay en mi compañía?

—No, no lo sé.

—Yo, solo yo. Mi jefe quiere cambiar eso, pero, de momento, eso es lo que hay.

Liney resopló indignada y produjo tal movimiento que el tejido de su camisa se le pegó a los senos. Raven se dio cuenta de que no llevaba sujetador. Rápidamente, apartó la mirada y se centró en sus ojos.

—He tenido que luchar el doble para conseguir lo que se le da a cualquier hombre automáticamente, sin que tenga que hacer prácticamente nada. Así que no me taches de ser una mujer hambrienta de poder y que disfruta denigrando a los hombres.

Zoom y Timothy la miraron atónitos. Cookie se quedó boquiabierta, como si fuera la primera vez que veía a Liney.

Raven no tenía más remedio que admitir que aquella cara de Liney era estupenda. Si se hubiera tratado de un discurso para llegar a ser presidente, él le habría votado. Aún más, tenía que admitir que aquella mujer lo había cautivado. Tal vez, era por eso por lo que cada vez pensaba menos en Char.

Liney, consciente del efecto que estaba produciendo en su audiencia, sonrió satisfecha y se dirigió al centro para continuar con su campaña.

–No solo respeto a los hombres, sino que jamás he tratado a ninguno como un objeto sexual, ni jamás lo haré.

Raven, impresionado por la frase, estaba a punto de aplaudir, cuando una voz irrumpió desde la cima de la colina.

–¡Hola, Liney!

Todo el mundo alzó la vista. Allí estaba Gomer, agitando el sombrero.

–He pensado en la palabra «sexy», tal y como me dijo. He traído un montón de ropa ajustada para el «hombre rudo».

Raven miró a Liney, que se había quedado completamente lívida.

Gomer descendió la colina y se aproximó a ellos con una maleta que dejó en el suelo. Miró a Raven de arriba a abajo como extrañado por su desnudez.

–Parece que he llegado justo a tiempo –dijo y se frotó las manos, disponiéndose a abrir la maleta–. No he tenido que ir hasta Cheyenne. Me he pasado por la tienda de King Karl, y está encantado de que su ropa vaya a salir en la revista.

Gomer abrió los cierres y la tapa y sacó unos vaqueros negros. Se los ofreció a Raven que se los puso con dificultad. Estaban ajustados, muy ajustados, pero le quedaban como un guante, resaltando cada músculo de sus piernas, lo que a Liney no le pasó desapercibido.

—Todo lo que he traído es «sexy», tal y como me pidió y con todas estas cosas el «hombre rudo» lo va estar —Gomer le pasó a Raven una camiseta estrecha.

Zoom le susurró algo a Timothy, quién miró a Liney y se rio. Sin duda era una risa malintencionada. Había sido una verdadera mala suerte que Gomer hubiera interrumpido su discurso, precisamente con aquellos comentarios.

Raven se debatía entre querer castigarla y quererla consolar.

—Lo único que siento en es que Karl no tenía botas. Solo tenía unos zapatos para jugar a los bolos, pero le he dicho que no, porque no eran sexys.

—De acuerdo —murmuró Liney—. Ya está bien de ropa y de zapatos...

—¡Por cierto! Se me olvidaba. Karl me ha dado esto también —Gomer sonrió y un diente de oro brilló bajo el sol—. ¡Un látigo! Karl lo usa cuando conduce al ganado.

—Nuestro «hombre rudo» no va a conducir vacas.

—Pero está aquí, en mitad del desierto, cazando y haciéndose su comida, ¿no? —Gomer agitó el látigo, que golpeó el aire con fuerza, produciendo un chasquido.

—¡Nada de látigo! –dijo Liney.

—¿Por qué no? –preguntó Raven con ironía–. Seguro que estoy arrebatadoramente «sexy» con un látigo en las manos.

—Yo no le pedí a Gomer que trajera eso –dijo con la voz temblorosa.

—Pero sí le pediste que me trajera ropa como esta.

Liney comenzó a pasear de arriba a abajo, nerviosa e impaciente.

—Escucha, lo que he dicho antes era verdad. Yo trato a los hombres como iguales.

—Pero no tratas a tus compañeros como iguales –apuntó inesperadamente Zoom con mucha frialdad.

Liney tuvo que apretar los puños para contener las ganas de estrangularlo.

—¡Eso no es verdad! –gritó ella–. Las cosas se me han ido de las manos, por haber aceptado la idea que ha propuesto Cookie. Y tú has sido parte de todo eso, colaborando con eso de «El hombre rudo sueña con un desayuno caliente». ¡Lo único que he hecho yo en todo esto ha sido sentarme y dejar que dirigieras la sesión!

—¡Puedes decir que lo hiciste por nosotros! –continuó Zoom–. Pero fue tuya la idea de que el reportaje fuera «sexy». Y, por cierto, hablando de eso, vamos a tener que repetir todo de nuevo, porque el cuerpo de tu modelo puede ser estupendo, pero tenía un gesto que podría haber hecho que nevara en una playa tropical.

–¡No pienso volver a pasar por todo eso otra vez! –dijo Raven furioso–. Estoy harto de todo esto. Yo me largo.

Liney apretó los puños.

–No puedes. Has firmado un contrato. No puedes irte y dejar el trabajo a medias.

Raven frunció el ceño.

–¿Y qué vas a hacer? ¿Despedirme? Pues te ahorro el esfuerzo despidiéndome yo.

–No puedes irte –dijo Liney–. Si lo haces, le deberías a la revista todo tu sueldo, más los gastos en que incurriríamos por llevarte a juicio.

Él se detuvo de golpe. Muy lentamente, se volvió hacia ella.

–¿Qué?

–Legalmente, nos deberás tu sueldo, más todos los gastos...

–Te he oído perfectamente, pero, sencillamente, no me puedo creer que, realmente, hayas dicho lo que has dicho. ¡Nunca en mi vida me había topado con una cabeza dura semejante y, créeme, me he topado con unas cuantas!

Ella se aproximó.

–¡Yo no puedo renunciar, así que tú tampoco! –gritó ella, mientras veía cómo su futuro en Harriman Enterprises se montaba en una Harley. Después de un rudo sonido de motor, el hombre y la máquina se esfumaron en una nube de polvo.

—¡Ojalá pudiera ser yo la que se fuera así! Cualquier cosa sería mejor que estar aquí con...

Liney sintió que el estómago se le encogía. Sabía que lo que iba a decir: la «dama dragón».

Cookie se alejó sin terminar la frase.

Zoom se acercó a ella.

—Gracias, Liney, por culparnos a todos de tus errores. Llevo quince años trabajando para la revista, y estas últimas veinticuatro horas han sido las peores que he vivido —metió la cámara en el estuche—. Vamos a recoger, Timothy, y acabemos de una vez con el trabajo más corto de la historia.

Timothy siguió a Zoom hacia la tienda.

Pasados unos segundos, Liney suspiró pesadamente.

—Estás muy callado, Gomer.

—Ya había demasiada gente hablando, sin que hiciera falta que me uniera yo. De haberse tratado de un fenómeno atmosférico, lo que acababa de pasar habría que haberlo llamado «tormenta».

Liney no pudo evitar sonreír.

—Bien, ya se han ido, así que quiero que

me digas claramente una cosa. ¿De verdad soy tan dura e irrespetuosa con mis trabajadores?

Gomer sacó un palillo del bolsillo y se lo metió en la boca. Respondió después de pensárselo.

—No, no es irrespetuosa.

Liney no sabía si llorar o reír.

—¿Algo más que añadir?

—Sí. Vamos a refugiarnos de este calor, porque nos vamos a convertir en un par de trozos de beicon frito. Mi camioneta no es el lugar más adecuado para una dama como usted, pero no hay nada mejor que pueda ofrecerle.

La había llamado «dama» y no «dama dragón».

Minutos después ya estaban sentados. Gomer sacó un par de refrescos de una pequeña nevera.

Le dio uno Liney.

—Es una pena que no se lleve bien con su equipo.

Liney dio un sorbo a su bebida de limón.

—Me da la impresión de que tú eres el único con el que me llevo bien en este viaje.

Gomer se quitó el sombrero y se pasó la mano por la espesa masa de pelo blanco.

—Liney, usted es una mujer adorable, a la que realmente le importan lo demás, pero que, algunas veces, se empeña en complicar las cosas.

—¿Cómo puedes decirme todo eso, después del espectáculo que acabo de dar?

—Porque veo mucho más allá —dijo muy serio—. Veo su corazón.

Ella jugueteó con la lata de refresco.

—Debe ser muy difícil ver el corazón de una «dama dragón», ¿no?

—No lo sé. No he visto ninguna por aquí últimamente.

Liney bajó la guardia, lo que no era habitual en ella. Después de todo, ¿qué más podía perder?

—Esta mañana pensaba que estaba consiguiendo llevarme bien con todo el mundo, creí que, realmente, empezábamos a ser un equipo. Cookie se sentía valorada, Zoom, importante, Timothy también... Ahora vuelve a ser ellos contra mí. ¿Por qué no me puedo llevar bien con mis empleados?

Gomer miró por la ventana.

—Con la gente, lo primero que hay que hacer es tratar de imaginarse qué tienen dentro. Así se sabe por dónde empezar. Cookie se pone a competir con toda mujer que se le pone delante, especialmente si hay hombres. Algún día aprenderá que la amistad de una mujer es más importante que la atención de un hombre.

—Eso no me dice cómo llevarme bien con ella.

Gomer miró a Liney con un gesto comprensivo.

—Zoom y usted se parecen más de lo que creen. Él también necesita el reconocimiento de sus ideas para sentirse bien. Timothy... bueno, necesita un buen mentor y Zoom acabará siéndolo.

—¿Zoom? —preguntó Liney incrédula.

—El tiempo lo dirá.

En la distancia se oyó un ruido y una nube de polvo se alzó en el horizonte. En cuestión de segundos, la máquina negra y cromo se aproximaba hacia ellos por la carretera arenosa. Sobre la máquina, iba un hombre capaz de parar los latidos del corazón de Liney.

—Raven —dijo ella emocionada—. Ha vuelto.

Capítulo Nueve

A través del parabrisas de la vieja camioneta, Gomer miraba a la motocicleta que se aproximaba hacia ellos.

–Raven tiene un corazón tan grande como su cuerpo –dijo pensativo– . Lo único que necesita es volver a confiar y aprender a amar otra vez.

Mientras observaba la escena, Liney recordó su entrada triunfal en el aparcamiento del Blue Moon el día anterior. Su aparición había sido igualmente poderosa, intensa, envuelta por aquel rugido infernal. En mitad de aquel caos se sentaba Raven, el hombre.

Su espesa mata de pelo negro estaba revuelta y era agitada por la furia del viento. Sus brazos, fuertes y bronceados acababan en unas manos grandes que agarraban el manillar con firmeza. Liney se preguntó si sería así como agarraba la vida, con ambas manos, exigiendo sumisión. Si a alguien no le gustaba su modo de hacer las cosas, lo descartaba y continuaba su camino: un eterno solitario, una criatura que se había creado su propio camino en la vida.

Y, a pesar de todo, había regresado. ¿Por ella? El pulso se le aceleró. «Ridículo. ¿Cómo iba a regresar por mí? Vuelve por su trabajo».

A pesar de todo, el corazón le latía con toda su fuerza, mientras la mente le daba vueltas a románticas fantasías.

Raven detuvo la moto y el ruido cesó.

–¿Cómo sabes que necesita aprender a amar otra vez?

–Lo sé porque, hace tiempo, yo tuve el mismo dilema. Tenía miedo de que me volvieran a hacer daño y no sabía si cerrar mi corazón o confiar y amar de nuevo.

–¿Y qué hiciste?

Gomer miró al horizonte.

–Me dejé llevar por lo que me dictaba el sentimiento y acabé casándome con el amor de mi vida. Ya no está conmigo pero hizo de mí el hombre que soy hoy.

Liney le agarró la mano.

–Tuvo mucha suerte de dar contigo, Gomer.

–Gracias –abrió la puerta de la camioneta–. Vamos a dar la bienvenida al guerrero que ha regresado.

Liney sintió la rabia del sol de Wyoming sobre el rostro. Por primera vez, envidió a

Cookie por ser capaz de ponerse aquellos pantalones tan cortos y aquellas camisetas tan escasas.

Liney se disponía a seguir a Gomer, pero se contuvo y se quedó atrás, medio escondida detrás de la camioneta. Esperaba que Raven se hubiera tranquilizado, pero la preocupaba que pudiera estar todavía rabioso por haberse sentido como un hombre objeto.

Pronto, una sonora carcajada salida de labios de Raven confirmó que la tormenta había amainado. Fue entonces cuando, con decisión, se encaminó hacia ellos.

Al ver que se acercaba, Gomer alzó la mano y la saludó.

–Le he dicho a Raven que le va a enseñar dónde están los refrescos –dijo Gomer–. Mientras tanto yo iré a reunir al resto del equipo.

Liney miró a Raven.

–¿Te quedas, entonces?

Él asintió.

–Estupendo –Liney tuvo que reprimir su expresividad, porque realmente se sentía feliz de que hubiera decidido volver–. Gomer, dile a los demás que la sesión continuará dentro de una hora y que... yo no estaré con ellos esta tarde –Gomer la miró interrogante–. Creo que mi equipo necesita librarse de la «dama dragón», al menos durante unas horas. Pero no les digas esa parte.

Gomer la estudió unos instantes.

—La dama necesita descansar también, ¿verdad?

Tras una amigable palmada en la espalda de Raven, se alejó de ellos.

Liney se quedó allí, de pie, sintiéndose como una montaña sudorosa envuelta en seda y crepé.

—¿Quieres un refresco? —le preguntó a Raven.

Raven farfulló algo parecido a un sí y se encaminaron hacia la camioneta.

Liney abrió la puerta.

—Aquí está la nevera: hay refrescos de limón y de cola. ¿Qué quieres?

Un familiar aroma a almizcle llegó hasta ella cuando Raven se aproximó para ver por sí mismo lo que había en la nevera. Al agacharse a buscar una lata, su brazo rozó el de Liney. Sintió la dureza y rotundidad de sus músculos y la sensación que le causaba su piel al rozar con la de ella era tan placentera, que se hacía casi insoportable.

De no haber estado agarrada al asiento, se habría desvanecido como una heroína victoriana.

Raven la miró confuso.

—¿Estás bien?

La mirada de Liney estaba fija en el cuero de imitación del asiento.

–Sí, estoy bien. ¿Por qué?

–Bueno, o bien estás viendo algo realmente interesante en ese asiento, o realmente no te encuentras bien.

Se volvió a mirarlo.

–Creo que me está dando una lipotimia –cerró los ojos, y se arrepintió de la estupidez que acababa de decir.

–¡Oh, nena! ¿Cómo no lo habías dicho antes? Agárrate a mí.

La niña buena hizo lo que él le ordenaba.

–Tienes que meterte en la camioneta, para que no te dé el sol. ¿Dónde está tu teléfono? Voy a llamar al médico.

–¡No! –dijo ella con vehemencia–. Ya estoy mejor.

Raven empezó a desabrocharle la camisa.

–¿Qué estás haciendo? –preguntó ella bruscamente.

–Necesitas que te dé el aire. Con este calor no puedes ir con la camisa abrochada hasta el cuello. Así... ¿Te sientes mejor?

La miraba con verdadera preocupación. Pero en lo único en que podía pensar ella era en él, en aquella presencia poderosa, potente, fuerte.

Se puso la lata en la frente y consiguió enfriar su piel, pero no sus pensamientos.

–No deberías inclinarte sobre mí así –le susurró Liney.

Pareció confuso.

–Sí, tienes razón. Necesitas espacio para respirar.

–Sí... claro, eso es... –dijo ella jadeando.

La miró consternado.

–Bebe. Pareces deshidratada.

Buena idea, así podría ocultarse detrás de la lata. Se llevó el refresco a los labios, pero se derramó parte del líquido por el cuello y por el pecho.

–Déjame que te ayude –dijo Raven y procedió a quitarse la camiseta.

–¿Qué estás haciendo? –le preguntó Liney, anonadada ante el panorama que tenía delante.

Con la camiseta, le limpió el refresco de la cara y el cuello.

–No hay ningún trapo, así es que esto es lo mejor que te puedo ofrecer.

«Lo mejor es tu torso descubierto», pensó Liney, sorprendida de que la soda no empezara a hervir por la acción del calor que emanaba de ella.

Mientras la limpiaba murmuró algo.

–Debería haberte ayudado.

–Lo has hecho –respondió ella–. Estás aquí –inesperadamente, unas lágrimas aparecieron en sus ojos–. Lo siento... Nunca me pongo así... Bueno, al menos nunca dejo que la gente vea esta faceta mía.

Él se inclinó sobre ella para colocarle el cuello de la camisa.

Sin querer, le rozó ligeramente el cuello. El corazón comenzó a latirle con fuerza.

—Tengo tres hermanas —dijo él pensativo—. Así que he aprendido a respetar el espacio de las mujeres. En este caso, he regresado porque estaba preocupado.

Ella reprimió un gemido, mordiéndose el interior de la mejilla.

—¿Estás bien?

«Compórtate de un modo normal». Respiró hondo y se centró en llevar la conversación por el rumbo que él había marcado.

—Se me han pasado muchas cosas por la cabeza cuando estaba allí con todos. La verdad es que, en cuestión de minutos, he pasado de sentirme «dama dragón» a ser «Cenicienta».

—Es una combinación explosiva —dijo él con una sonrisa.

—Sí. Pero en el fondo, las dos son parte de mí. La primera es la imagen que doy a la empresa. La otra es parte de un sueño infantil

—Siento que te llamen «dama dragón».

—Bueno, sé que puedo ser muy manipuladora y dominante.

Después de unos segundos, Raven continuó.

—Mi hermana Moira se parece mucho a ti. ¿Me permitirías que te diera un consejo?

Poca gente se atrevía a ser tan directa con ella y a hablar con claridad. Tampoco solían demostrarle su cariño.

Liney asintió.

—No trates a la gente como si fueran tus marionetas. Si eres respetuosa con la gente, ellos también te respetarán a ti.

Raven parecía realmente preocupado por ella.

—Lo tendré muy en cuenta. Voy a intentar ser una mejor vicepresidenta para antes de que acabe la sesión de hoy.

—Y ahora cuéntame cosas sobre «Cenicienta» —dijo Raven en un tono menos denso—. ¿Pensabas que algún día llegaría el príncipe y te rescataría? Ella hizo una pausa.

—Ahora que lo dices, me habría gustado mucho que lo hubiera hecho cuando mi padre se quedó sin trabajo. Era tan infeliz... Antes de todo aquello, solía leerme cuentos, historias como *La bella durmiente* o *La Cenicienta*, que era mi favorita. Pero después, si en algún momento me acercaba a él, mi madre me pedía que lo dejara, que no se encontraba bien —le vino a la memoria la triste imagen de su padre delante de la televisión.

—¿Y qué pasó entonces con tu sueño de ser «Cenicienta»?

La mirada de Liney estaba llena de dulzura. Parecía tan joven, tan relajada. Era la parte infantil de Liney que, a veces, afloraba a la superficie.

–¿Me prometes no contarle a nadie esta conversación? Después de todo tengo una imagen que preservar.

La niña podía haberse escapado de su interior momentáneamente, pero la vicepresidenta seguía aún al mando.

–Prometido –dijo él.

–Bueno, abandoné mi sueño de ser «Cenicienta», pero, durante mucho tiempo, lo que más habría deseado habría sido tener una tienda de cosas fantásticas –alzó las cejas con entusiasmo–. La tienda habría estado llena de libros de cuentos, dragones en miniatura, barcos de cristal, muñecas vestidas de bailarinas –sonrió–. ¿Y tú? ¿Cuál era tu sueño?

–La verdad es que de niño no tenía ningún sueño en particular, pero tengo una ahora. Me gustaría tener un taller de motos que fuera una librería, un lugar en el que pudieras reparar tu moto y tu alma.

No le había hablado a nadie de aquel extraño sueño. Quizás Liney pensara que estaba completamente loco.

Pero no, no fue así.

Le posó la mano suavemente sobre el brazo.

–Quien quiera que te haya llamado «bestia», no estaba bien de la cabeza.

–Fue mi ex prometida, Char –dijo él y dio un sorbo a su refresco.

–No eres ninguna bestia –afirmó Liney con determinación.

–Pues, ya que estamos teniendo esta sincera conversación, te diré que realmente llegué a creerla. Me repetía a mí mismo continuamente que no tenía por qué, pero la cabeza y el corazón van por separado.

Liney comprendió de pronto lo que había estado sucediendo.

–Por eso hacer de «hombre rudo» te resultaba tan...

–Difícil.

–Lo siento –dijo ella–. Siento haberte hecho sentir como un objeto sexual.

–Supongo que la mayoría de los hombres se sentirían felices de que les pagaran por sentirse objetos sexuales. Pero yo no. Mientras estaba con Char traté con todas mis fuerzas ser un hombre mejor, convertirme en un caballero civilizado, y, a pesar de todo, me dejó.

Sin embargo, todavía quiero mejorar...

Liney lo interrumpió.

–¡Tengo una idea!

–¿Debería empezar a temblar?

–Hablo en serio. Verás, podríamos cambiar la dirección que lleva el reportaje. Debería ser algo como «De rudo a refinado. La cocina de un caballero».

–¡Bien, esa idea me agrada!

Liney sonrió feliz.

–¡Fantástico! ¿Y sabes algo más?

–No, pero me lo vas a decir ahora mismo, ¿verdad?

–Si quieres, después de la sesión de cada día, podemos darnos un paseo y te puedo hablar de cosas como arte, historia, incluso comida o vinos.

–Hablar, eso me gusta.

–Pues empezaremos esta misma noche –dijo Liney–. Después de terminar, me puedes ir a buscar a mi tienda.

A Raven lo fascinaba aquella sonrisa satisfecha, le gustaba oírla reír, pues le provocaba un cosquilleo en el estómago. Por primera vez desde que todo aquello había comenzado, le daba pena que solo le quedaran tres días y medio con ella.

–De todos modos, antes de nada quiero hablar con mi equipo, y pedirles su opinión. Será el primer paso para deshacer mi imagen de «dama dragón».

–¿Se puede? –dijo Liney a la puerta de la tienda de Zoom. Desde allí, el lugar parecía como un pequeño palacio.

–¿Quién es? –preguntó una voz desde dentro.

–Buenas noticias.

Hubo una pausa.

–¿Qué «buenas noticias»?

–No voy a estar con vosotros en la sesión fotográfica de esta tarde – dijo ella con un sentido del humor del que no solía hacer gala con frecuencia.

Zoom asomó la cabeza por la puerta de la tienda.

–¿Se supone que ese comentario es gracioso?

Ella se encogió de hombros.

–Seguiré intentándolo. ¿Puedo pasar? Quería discutir una cosa contigo.

Zoom se encogió de hombros en un gesto despectivo. Liney tomó el gesto como una invitación y entró en la tienda.

El interior estaba lujosamente decorado con colores variados y fotos. Había, en una mesa, una gran variedad de tentempiés, como queso, fruta, etc... Pero Zoom no le ofreció nada. Agarró una de las cámaras, pulsó un botón y se acercó ella.

–He supuesto que te gustaría ver la cara de pocos amigos de tu hombre rudo.

Ella miró a un recuadro de la cámara digital en el que aparecía una imagen de Raven. Aunque era pequeña, se apreciaba claramente su gesto. Quitando la cara, el cuerpo estaba bien, muy bien.

Ella alzó el rostro y miró a Zoom.

—Tienes razón —confirmó—. Pero he tenido una idea que podría cambiarlo todo.

Se detuvo a recapacitar un momento sobre lo que le había dicho Zoom. «No trates a la gente como si fueran marionetas».

—Pero, antes de nada, me gustaría que me dieras tu opinión.

Zoom la miró perplejo.

—¿Mi opinión? —Sí, tu opinión —dijo ella—. Zoom, siento mucho ser tan difícil a veces. Sé que tengo cierta tendencia a mandar más allá de lo que me corresponde. Por eso no voy a estar en la sesión de esta tarde. Quiero que seas tú el que dirija. Después, podemos hablar y discutir sobre lo que necesitas.

Se quedó boquiabierto.

—Lo único que puedo alegar en mi defensa —continuó ella—. Es que quería realmente que este proyecto saliera adelante. Lo que me ha ocurrido es que he perdido la perspectiva y no he sabido tratar a la gente.

Liney sonrió conciliadoramente.

—¡Zoom! —Cookie entró en la tienda y se detuvo de golpe—. Lo siento, no sabía que tenías compañía.

—No es compañía, es Liney —dijo Zoom.

Liney se volvió hacia Cookie.

–También quiero pedirte disculpas a ti por haberme excedido en mis obligaciones como vicepresidenta.

Cookie la miró completamente confusa.

–Me estoy disculpando por ser tan dominante y cabezota, y por contar chistes malos.

–¡Bien, ya lo entiendo! –dijo Cookie.

–Así es que, antes de que empiece la sesión de esta tarde, me gustaría sugerir un cambio de dirección en el reportaje. ¿Qué os parecería si pasáramos de «Un hombre rudo cocina» a «De hombre rudo a refinado. La cocina de un caballero». Así podríamos utilizar las fotos de esta mañana, e iría cambiando, y apareciendo más feliz, según se va convirtiendo en un caballero.

Zoom frunció el ceño, mientras Cookie, sencillamente, la miraba perpleja.

Por fin, Zoom intervino.

–Quizás, las últimas fotos podríamos tomarlas en mi tienda, tiene un aire sofisticado.

Liney sonrió.

–¡Es una excelente idea! –aseguró Liney, feliz con el reconocimiento implícito que Zoom acababa de hacer de su cambio de dirección.

–Yo necesito comprobar que tengo el material necesario –dijo Cookie y se dispuso a salir.

–¿Te importa que me vaya contigo? –preguntó Liney.

Cookie la miró sorprendida, pero, al menos, no se puso pálida ni nada por el estilo.

–No, claro que no me importa.

Liney se volvió hacia Zoom.

–Que todo vaya muy bien esta tarde.

Al salir de la tienda, sintió toda la intensidad del calor. Caminó junto a Cookie, que estaba completamente en silencio. Liney se dio cuenta de que la muchacha parecía realmente tímida en aquellas circunstancias. Había estado tan sumida en sentirse desgraciada por cómo la trataban ellos, que no se había planteado que ella podía sentirse cohibida a su lado.

Pero estaba dispuesta a hacer que todo eso cambiara.

–Cookie, ¿podría pedirte un favor?

–Sí, claro.

–La ropa que me he traído es completamente inadecuada para un viaje así, especialmente con el calor que hace. Tú, sin embargo, te has traído exactamente lo que es adecuado para este clima. ¿Podrías prestarme algo de tu ropa? Si mi petición te incomoda, me puedes decir que no, y no pasa absolutamente nada.

Cookie se detuvo de golpe.

–¿Te gustaría vestirte como yo? Liney asintió.

Con una gran sonrisa, Cookie agarró a Liney del brazo.

—Sabes, amiga mía, tengo una camiseta estupenda, que te va a quedar imponente, ya lo verás.

Capítulo Diez

Raven se encaminó hacia la tienda de Liney, con un hondo pesar en el corazón. Aquella era la última noche que Liney y él compartían aquel rato después de la sesión fotográfica.

También iba a ser la última vez que la viera con aquellos vaqueros cortos que le quedaban de impresión.

Aunque no paraba de decirse a sí mismo que no le importaba, que la vida seguiría adelante, tenía que reconocer que no era así. Se había acostumbrado a tener a su lado a una mujer inteligente e intensa, y también se había acostumbrado a esos maravillosos pantalones cortos que lo traían loco.

¿Quién se podría haber imaginado que Liney Reed, vicepresidenta de una gran empresa, pudiera ser tan sexy como Cindy Crawford y Julia Robert?

Llegó hasta la pequeña tienda de Liney. Dado el poco espacio que tenía dentro, había decidido colocar una mesa y una silla fuera.

No había asistido a las últimas sesiones, pero le aseguró a Raven que no se había sentido sola ni aburrida en ningún momento. Se había dedicado a leer las novelas del Oeste que le había prestado Gomer y a charlar con una ardilla a la que había bautizado como Bartholomew.

Por algo ya nadie la llamaba «dama dragón». Raven se preguntó si ella lo sabría.

–Qué bien, ya estás aquí. Zoom me ha enseñado las fotos de esta mañana. ¡Son fantásticas!

Liney comenzó a aplicarse la crema solar que se ponía todas las tardes antes de ir a pasear con Zoom.

Él no podía apartar la vista de ella, especialmente, cuando procedía con la parte alta de sus senos, que sobresalían, turgentes y apetitosos como dos bolas de helado de vainilla. Y es que a Raven lo volvía loco todo lo que fuera de vainilla. ¡Sin duda, la iba a echar de menos!

Se forzó a sí mismo a pensar en otra cosa.

–Zoom ha tomado parte de las fotos en su tienda, mientras yo preparaba canapés o enfriaba el vino. Hay que ver la de comida que ha traído.

Liney alzó la mirada.

–Es un líder natural –dijo ella–. Cuando regresemos a casa, lo voy a proponer como Director Creativo.

Raven se quedó pensativo. «A casa».

–Vamos a darnos una vuelta –dijo Raven taciturno.

Comenzaron a andar.

–Acabo de terminar otra de las novelas que me ha prestado Gomer. Había pensado que hoy podríamos hablar de los libros que hemos leído. Según me dijiste, pasabas bastante tiempo en la librería de Char.

–Sí, bastante más tiempo que en el dormitorio.

Liney lo miró pero no dijo nada.

–No voy a decir que me arrepienta de ello. Esos libros fueron mis mejores compañeros en un momento en que me encontraba muy solo.

–¿Cómo pudo dejarte solo? –murmuró ella. Acto seguido alzó la voz–. Cuéntame alguna de esas historias que leíste.

–Una de las que se me quedó grabada en la memoria es de Hawthorne. Se trataba de un hombre al que le desagradaba la marca de nacimiento que tenía su mujer en la cara. Él era un cirujano plástico y ella le pide que le quite la marca, pues piensa que es el único modo de evitar el ir quedándose cada vez más sola. Resulta que acaba matándola, accidentalmente, claro está.

–¡Qué historia más triste! ¿Y por qué te impactó tanto?

–Porque con Char, me sentía como si todo yo fuera una gran marca de nacimiento.

Liney y Raven llevaban paseando y charlando media hora cuando, finalmente, se detuvieron.

Raven respiró profundamente. Olía a salvia, a hierba y a tierra. Sobre las colinas de las montañas Larami, las nubes se tintaban de rosa y naranja, coloreando el atardecer de Wyoming.

–Dicen que las puestas de sol de Los Ángeles son realmente hermosas, pero yo diría que las de Wyoming son mucho mejores –dijo Liney y se adelantó a él–. Entiendo que Dirk se haya venido a vivir aquí. He sido una tonta de pensar que podía convencerlo para que volviera a Los Ángeles.

A Raven le dio un vuelco el corazón.

–¿Estás pensando en quedarte aquí? –no es que él supiera dónde iba a acabar, pero si ella se quedaba en Wyoming...

Liney se rio.

–No. Mi hogar está en Los Ángeles –de pronto se detuvo.

Raven se paró también.

–¿Ocurre algo?

—Delante de mí —susurró ella.

Se había quedado completamente inmóvil, con la única excepción de una mano temblorosa.

Ella estaba a unos cuantos metros por delante de él. Al mirar por encima del hombro de ella, vio la causa de su temor.

Lo que vio, le puso la carne de gallina.

A lo lejos, en el centro del camino, había un león de las montañas, emitiendo un escalofriante rugido, y con la mirada fija en ella.

—No corras, no hagas ningún movimiento brusco y no te des la vuelta. Retrocede lentamente.

Liney comenzó a dar pasos para atrás, sin perder de vista al animal. De pronto, se tropezó ligeramente con una roca.

El león se movió hacia delante.

Liney se quedó inmóvil.

—No te detengas —le aconsejó Raven—. Continúa.

Liney, que estaba temblando, dio un paso para atrás y luego otro. El animal movió la cabeza y miró a Raven.

—Sigue, sigue —le aconsejó Raven, dispuesto a ponerse entre ella y el animal—. En cuanto yo cuente tres, tienes que alzar los brazos y ponerte a gritar.

—¿Estás de broma?

—Uno, dos

El león también dio un paso, como si estuviera ejecutando una danza macabra con Liney.

—¡Se está moviendo!

—¡Y tres!

Con un rápido movimiento, Raven se puso delante de Liney, alzó los brazos para parecer mucho más alto. Detrás de él, Liney emitió un chirriante sonido gutural.

El animal gruñó y retrocedió. Luego, preparó sus poderosos músculos y se dio a la fuga.

Envuelta en una manta, Liney estaba sentada delante del fuego, temblando. Junto a ella, estaba Cookie, que la rodeaba con sus brazos.

—Has sido muy valiente —dijo Cookie.

—No creas. A quien tengo que darle las gracias es a Raven.

—Él ha sido el héroe de esta historia —dijo Zoom, que estaba de pie, junto al fuego—. Sabía, exactamente, lo que había que hacer con un león de montaña.

Timothy, que estaba a su lado, asintió.

—Sí, él es el héroe —afirmó Liney.

—Esto te hará entrar en calor —Gomer salió de entre las sombras con una botella de whisky.

—Le conseguiré una taza —dijo una voz familiar. Raven, grande y oscuro como un trozo de noche, se iluminó con el fuego.

Liney jamás había visto nada tan magnífico como aquella imponente imagen. Parecía un dios, rodeado de su aura mítica, caminando entre los mortales.

Raven agarró una taza y echó whisky dentro.

Cookie sonrió.

—Incluso después de lo que ha pasado, tu pelo todavía está bien —bromeó ella.

Liney también sonrió.

—Tal vez debería reemplazar a mi peluquero por un león.

Todo el mundo se rio.

Raven se acercó a ella y le tendió la taza.

—Dale un par de sorbos. Te ayudará a entrar en calor.

—Gracias —dijo ella.

Raven la miró fijamente.

—Eres toda una mujer, Liney.

A ella le gustaba el modo en que sus ojos sonreían.

—Tú sí que eres todo un hombre.

—Gracias a ti.

Liney sintió el corazón inflamado por un sentimiento que ella creía muerto hacía mucho. ¿Acaso estaba enamorada de Raven? La idea le resultaba demasiado intranquilizante, así que prefirió desviar su atención hacia el resto del grupo.

Todos la miraban con cariño. Se habían convertido en mucho más que un equipo. Eran gentes que se conocían entre sí, que habían visto lo mejor y lo peor de cada uno, y que, tras una serie de errores, habían acabado por quedarse con lo bueno.

—Gracias a todos —dijo Liney, sabiendo intuitivamente que la entendían.

Cada uno de ellos asintió y sonrió.

Una hora más tarde, Liney y Raven estaban fuera de la tienda. Envuelta aún en la manta, se volvió para mirarlo. La luna iluminaba su pelo y lo coloreaba con reflejos de color plata.

—Gracias otra vez por haberme salvado la vida —dijo ella.

—Cuando quieras lo repito.

Ella se rio, pero sintió que el corazón se le encogía.

—Todo esto ya ha terminado —dijo—. Te voy a echar de menos, Raven.

—Yo también.

Liney avanzó con la intención de darle un abrazo de despedida. Pero, atraídos por una fuerza magnética, se unieron como dos imanes. La manta cayó al suelo y ella rodeó su cuerpo, sintiéndolo grande, fuerte y poderoso. Sentía que había perdido el control, algo contra lo que la antigua Liney llevaba luchando toda la vida. Pero la nueva Liney se dejó llevar.

Él emitió un gemido que sonaba como un rugido subterráneo.

Con ímpetu, ella jugueteó con la oreja de él, hasta que la atrapó entre los labios.

Su gemido se intensificó. Parecía un animal necesitado. Se apartó unos centímetros y la miró durante unos segundos. Luego la reclamó con un beso hambriento. Ella respondió con idéntica pasión.

Raven hundió los dedos en su pelo, mientras su boca se deleitaba con sus labios.

Ella quería devorarlo, bebérselo. Atrapando su rostro entre las manos, lo besó como si llevara años esperando aquel beso.

Echó la cabeza para atrás y sonrió.

—Me siento como estuviera flotando en el aire.

Él la alzó en brazos y ella rodeó su cintura con las piernas.

Ansiosa por sentir todo su cuerpo, le sacó la camiseta de los pantalones, para quitársela y dejar al descubierto su magnífico torso.

—¿Qué haces?

—Te estoy quitando la camiseta —dijo ella—. Pero se ha enganchado...

–¿Por qué?

–No sé por qué. Se ha debido quedar sujeta en algo...

–Me refiero a por qué me estás quitando la camiseta.

–Porque... porque está cubriendo tu cuerpo.

–¿Qué es lo que quieres, Liney?

–Quitarte la camiseta.

–¿Por qué?

–Para poder tener... ¿sexo?

–¿Es eso todo lo que soy para ti, sexo?

–¡No! –dijo ella–. Te quiero a ti, porque eres el hombre con el que siempre había soñado y pensé que jamás podría llegar a encontrar.

Él la dejó suavemente en el suelo. Se quedaron el uno frente al otro.

–Yo tampoco creía que podría llegar a encontrarte –murmuró él–. Pero yo no quiero sexo.

A Liney le dio un vuelco al estómago.

–¿No?

–No. Lo que quiero es hacer el amor contigo –le susurró al oído.

Él agarró la manta, la sacudió y la puso sobre el suelo. La tomó en sus brazos y la estrechó suavemente.

–Raven –susurró ella, poseída por el dulce aroma de su piel.

–Liney –respondió él–. Abre los ojos –le rogó. Quería mirarla fijamente, no perder el contacto en ningún momento.

Lentamente, ella abrió los párpados y él pudo ver sus ojos, y su alma llena de deseo.

Se puso de rodillas sobre la manta.

–Quiero desnudarte.

La tumbó suavemente y comenzó a quitarle los zapatos.

Ella le acarició el torso con los pies, mientras se reía placenteramente.

Le gustaba sentirse deseado, le hacía sentirse bien, feliz, una extraña felicidad que rayaba en lo doloroso. Aquel dolor venía de un tiempo en que se había sentido rechazado. Pero con Liney, eso se transformaba en otra cosa, en amor y aceptación. ¿Había algo más maravilloso que ser deseado y aceptado por la mujer de sus sueños?

–Te deseo –dijo él–. Creo que te he deseado desde la primera vez que te vi.

–Pero si me dijiste que no querías sexo cuando me conociste.

–Porque pensé que eras...

–Una prostituta, lo sé –ella se rio–. Si tú supieras...

Él esperó, pero ella no terminó la frase.

–¿Qué?

Ella dudo un momento, pero al fin continuó.

–Verás, solo he tenido tres amantes y, la verdad, con ninguno he sentido... bueno, ya sabes.

–Pues prepárate para ver fuegos artificiales –dijo él, esperando una risa.

Pero ella no se rio, solo respiró profundamente y se preparó, tal y como él le había pedido.

No sabía si iba a poder cumplir su palabra, pero jamás había tenido tantas ganas de complacer a una mujer.

Se tumbó a su lado, dejando que el aroma a vainilla lo envolviera por completo.

La besó y ella lo besó en respuesta, mientras él hundía las manos en su pelo.

–Tómame –le dijo ella, y le rodeó el cuerpo con la pierna.

Aquel gesto fue suficiente para llevarlo más allá del límite.

La agarró y se la sentó encima. Lentamente, le quitó la camiseta, dejando al descubierto la turgencia de sus senos.

–¡Eres preciosa! –le susurró él y los tomó en sus manos. Comenzó a dibujar círculos en torno a sus pezones.

Ella echó la cabeza hacia atrás y gimió.

Raven descendió las manos hasta el pantalón y comenzó a desabrochárselo lentamente, mientras le besaba el cuello. Se arrodilló ante ella y le quitó suavemente los pantalones.

Se quedó completamente desnuda ante él. Nunca antes se había sentido tan expuesta, y no solo físicamente, porque le daba la sensación de que aquel hombre podía llegar a ver dentro de su alma. Pero, a pesar de todo, se sentía a salvo, unida a aquel hombre que tenía delante por algo diferente a lo que había sentido nunca antes.

Se puso de pie, y apartó los pantalones, luego comenzó a acariciarle el pelo.

–¡Dios santo, Liney, cómo te deseo! –la abrazó con fuerza y hundió el rostro entre sus senos suaves y cálidos–. ¡Eres tan hermosa!

Sembró un reguero de besos sobre su vientre, inflamándola de deseo, hasta llegar al monte de su feminidad. Su lengua, húmeda y penetrante, encendió su deseo y le provocó un placer único, hasta que estaba ya casi a punto de estallar.

–Por favor, ahora.

Él se despojó rápidamente de la ropa y dejó al descubierto toda la potencia de su masculinidad.

–Rodéame con las piernas –le rogó él y ella obedeció gustosa, sintiendo la locura de un deseo incontrolable.

–Por favor, Raven, ya.

Se abrió paso dentro de ella delicadamente.

–Sí, cariño, sí –murmuró él.

Juntos, moviéndose al unísono en una danza erótica, fueron haciendo crecer su pasión y su deseo, sin dejar de mirarse a los ojos.

De pronto, un placer único, insuperable, la llenó por completo. Con un grito, llegó al éxtasis final y su cuerpo se convulsionó en olas de placer.

–Coo coo coo.

Raven abrió los ojos y vio un pequeño pájaro sobre la rama del árbol. El pájaro pio una vez más su mensaje matutino, antes de emprender el vuelo.

El recuerdo de la noche compartida con Liney le vino a la memoria, su cuerpo hermoso, desnudo bajo la luz de la luna, su rostro dulce y aquellos grandes ojos que lo miraban llenos de amor. Nunca jamás se había sentido tan completo, tan lleno de vida.

–Te quiero, Liney.

Silencio.

Debería habérselo dicho antes, mientras hacían el amor. No obstante, todavía no era demasiado tarde. Se volvió hacia ella, dispuesto a reparar su error.

Liney no estaba.

Raven se incorporó rápidamente. Aún estaba sobre la manta. Habían dormido abrazados, solo con sus cuerpos dándose calor.

Se levantó y miró en la tienda.

—¿Liney?

La tienda estaba vacía. Se había llevado la maleta.

Volvió a salir y vio, enganchado en la pared de la tienda, un papel escrito a mano.

Querido Raven:

Al levantarme esta mañana, me he dado cuenta de que no soy mejor que Char, porque también he tratado de cambiarte. No tenía ningún derecho a hacerlo. Eres perfecto tal y como eres. ¿Quién era yo para darte charlas sobre «civilización»? Cuando ese león de montaña se disponía a atacarnos, tú salvaste nuestra vida usando tu sentido común y tu inteligencia, no mis discursos sobre arte. Si hubieras usado formas más «civilizadas», seguramente los dos habríamos muerto.

Este viaje me ha enseñado a dejarme llevar por quien soy y confiar en una Liney mucho más dulce.

Lo que ocurrió entre nosotros anoche significa más de lo que jamás te podrás imaginar.

Liney

Raven leyó la carta varias veces. ¿Es que no se había dado cuenta de que le había pedido

151

que lo ayudara a cambiar porque él así lo quería, no porque ella se lo hubiera pedido?

No estaba dispuesto a dejarla escapar sin discutir todo aquello. Seguramente, se habría dirigido al aeropuerto de Cheyenne para tomar el primer avión a Los Ángeles.

A Zoom no le iba a hacer ninguna gracia que su modelo se marchara, pero no podía dejarla ir.

Se vistió a toda prisa y se dirigió hacia su moto, deteniéndose antes en la tienda del fotógrafo.

—Me marcho —comenzó a decir Raven, dispuesto a seguir con su explicación, pero el fotógrafo lo interrumpió.

—Gomer la llevó hace varias horas a Cheyenne —dijo Zoom sin necesidad de aclaración alguna.

Raven se pasó la mano por el pelo.

—Tengo que irme, Zoom. Ella es... —no pudo terminar, sintiendo como si un cuchillo lo atravesara por dentro.

—No te preocupes por las fotos. Tengo material de sobra para el reportaje —Zoom le dio un espontáneo abrazo de hombre a hombre—. Vete a buscarla.

Dos horas más tarde, Raven ya estaba en el aeropuerto de Cheyenne. El edificio era pequeño, así que no podría costarle mucho encontrarla.

La camioneta de Gomer no estaba fuera, así que seguramente estaría sola.

Después de buscar por todas partes, ya empezaba a perder la esperanza de encontrarla, hasta que vio, a lo lejos, un vestido arrugado que se movía entre la multitud. Miró para abajo y vio unos zapatos de Gucci. Solo podía ser ella.

—¡Liney! —gritó y muchas miradas se fijaron en él.

Por fin, ella se volvió y lo miró con aquellos grandes ojos. Abrió la boca como si quisiera decir algo, pero no lo hizo.

Con dos zancadas de gigante, se aproximó a ella y la tomó de los hombros.

—Quédate —le dijo, incapaz de decir nada más. Quería que se quedara con él, toda la vida.

—Mi vuelo —señaló a la puerta—. Estaba a punto de embarcar.

Ninguno de los dos se había dado cuenta de que había una pequeña multitud congregada a su alrededor.

—Cancela el billete y vente conmigo en la moto hasta Los Ángeles.

—¿En la moto?

—Sí. Todavía tienes los pantalones de Belle.

Ella bajó la mirada.

—No puedo ir contigo —le dijo—. Terminarías viviendo en Los Ángeles con otra mujer que ha intentado cambiarte. ¿Y si te sientes de nuevo como una «marca de nacimiento»? No soy mejor que Char.

—No hay comparación posible entre Char y tú, Liney. Además, tú eres la mujer de mi vida, la mujer que quiero junto a mí.

Ella no pudo evitar sonreír.

Él continuó.

—Char me llamó «bestia» y yo renegué de ello. Pero cuando me vi ante el león, tuve que sacar esa «bestia» que hay en mí y me he dado cuenta de que no es algo tan malo. Creo que tengo que aceptar y aprender a amar ese lado mío, en lugar de despreciarlo. Además, como tú misma escribiste, soy perfecto tal y como soy.

Ella sonrió, pero pronto la sonrisa se desvaneció.

—¡Pero tienes que terminar el reportaje!

—Dice Zoom que ya tiene suficientes fotos.

—¿Y tú taller de motos?

—Nunca dije que tuviera que tenerlo aquí, en Wyoming. Me gusta Los Ángeles. Crecí allí y todos mis amigos están allí. Además, necesito una socia para mi negocio.

Liney lo miró interrogante.

—Estaría bien que la tienda tuviera una

sección fantástica, con cuentos y figuritas de dragones.

Los ojos de Liney se llenaron de lágrimas.

—¡Mi sueño hecho realidad!

—Lo que tú eres para mí —dijo él.

Una mujer que estaba cerca gimió al ver que Raven la tomaba en sus brazos.

—Te necesito en mi vida, Liney. Cásate conmigo.

—¿Casarnos?

Una anciana le dio a Raven en las costillas.

—Por favor, hijo, dile primero que la quieres.

Raven miró a Liney amorosamente a los ojos.

—Te quiero, Liney, con todo mi corazón.

—Yo... yo también te quiero, Raven.

—¿Te quieres casar conmigo?

Se hizo un silencio sepulcral y la tensión creció en la terminal del aeropuerto, hasta que al fin, ella respondió.

—Sí.

Un gran aplauso lo llenó todo.

Raven agarró la maleta y, luego la tomó en sus brazos, abrazándola con fuerza.

—Eres mi Cenicienta —le dijo, mientras se dirigía hacia la puerta—. Y yo soy tu príncipe, aunque sea un «príncipe rudo».

Ella sonrió.

—Me gusta esa parte de ti.

Él la apretó contra su pecho.

–Pues eso es lo que vas a tener.

Con la mujer a la que amaba en sus brazos, salió en busca de su carruaje: Macavity.

DESEO

SELINA SINCLAIR

UNA SITUACIÓN COMPROMETIDA

Capítulo Uno

Justo a las ocho menos diez de la mañana, Olivia Hammond salió del ascensor para incorporarse al pandemónium reinante en Mackensie Marketing. Un caos de teléfonos estridentes, máquinas de fax chirriando, periféricos de ordenadores y voces elevadas asaltó sus oídos. Se detuvo, aguzó el oído y esperó hasta percibir el familiar rugido que llegaba de la «guarida».

La «bestia» estaba en buena forma esa mañana.

Y eso estaba muy bien.

Así al menos no le sería tan difícil aliviar su conciencia por lo que estaba a punto de hacer. ¿Por qué se despertaba esta en los momentos más inoportunos siempre, se preguntó Liv?

«Porque eres tonta. Una tonta que se deja pisotear y gritar a cambio de un miserable puñado de dólares».

O no. Porque no era un puñado tan miserable. De hecho, era más que generoso. Qué diablos, por ese dineral dejaría que la pisoteara un elefante, cuanto más un hombre cuyo único parecido con Dumbo era lo alto que podía berrear en ocasiones.

En todas las ocasiones.

Por suerte para ella, a partir de ese mes ya no necesitaría el sueldo que recibía por permitirle a la bestia el privilegio de usarla como asistente personal, funciones de felpudo incluidas. Su hermana Jenny había conseguido una cuantiosa beca con la que podría costearse el último curso en la universidad y así, no teniendo que correr con los gastos de su hermana, Liv podría permitirse un respiro.

Lo que en esencia significaba que estaba decidida a asegurar el futuro profesional de un compañero de trabajo, para dimitir ella acto seguido. Si Lyon Mackensie no era capaz de reconocer a alguien con talento, no le quedaría más remedio que agarrarlo de la oreja y obligarlo a que se fijara bien.

Respiró profundo y echó a andar con paso firme, maletín en mano. Un segundo después, Annie apareció ante ella, más estresada que de costumbre.

–He pensado que debía avisarte, Liv. La bestia está que echa humo.

–Tranquila, Annie –contestó Liv, ya a la altura de su secretaria–. La domadora del zoo ya ha llegado.

–Espero que vengas preparada.

Sin tiempo siquiera para sacar del maletín los tapones que utilizaba para protegerse los oídos, Liv recibió un bombardeo de saludos:

–¡Buenos días, Liv!

Esta sonrió a todo el mundo sin dejar de andar y luego se dirigió a Annie de nuevo:

–¿Por qué está rabiando esta vez?

–No encuentra el expediente Ellison, quiere el informe demográfico del detergente encima de su mesa de inmediato y los de marketing han pedido que les pases por fax otra copia del último anuncio –Annie tomó aire y finalizó con tono ominoso–. ¡Y está lo del anuncio para el señor Tate!

–¿Qué pasa con eso?

–¿Tú qué crees? –Annie resopló–. Pasa que no encuentra el anuncio y que está que trina.

–¿Qué le has dicho?

Annie la miró asombrada.

–¿Tú estás loca? Tendría que acercarme a él para no decirle nada y resulta que hoy no me he levantado con la vena masoquista –contestó la secretaria–. Ni hablar. Yo aquí no me meto. No es que no me parezca bien el riesgo que estáis corriendo por Peter, pero prefiero mostrar mi apoyo desde lejos. A mucha distancia.

Era una lástima que las lanzaderas espaciales no admitieran pasajeros así como así, pensó Liv. Estaba segura de que muchos de los trabajadores de Mackensie habrían preferido estar en cualquier otro sitio tal día como aquel. A ser posible, en otra galaxia. La idea de recoger sus cosas y desaparecer de aquel infierno, de escapar a algún lugar adonde no llegaran los gritos ni la furia de Lyon Mackensie, se le presentó como una fantasía celestial. Se concedió recrearse unos segundos en aquella bendita ensoñación y luego regresó a la dura realidad.

Y la realidad era que no podía dejar que Lyon Mackensie descargara su cólera sobre Peter O'-Brien ni sobre ninguna otra persona.

—Está bien —dijo finalmente—. Oye, tengo que hablar con Howard un segundo.

—Si vas a hablar de ya sabes qué, creo que prefiero no oírlo. Me da que cuanto menos sepa, menos sufrirán mis tímpanos a la larga.

—Cobarde.

—Lo que tú digas.

—Bueno, ¿por qué no le pides el informe demográfico a Jack y le pillas a Leroy el expediente Ellison?

Annie desapareció a una velocidad admirable.

Luego Liv sorteó una maraña de ordenadores y se detuvo frente a Howard. Tenía mal color, parecía cansado y llevaba el traje arrugado.

—Buenos días —lo saludó ella—. ¿El anuncio del señor Tate está donde debe estar?

—Sí —contestó Howard en medio de un bostezo—. En la letra D, de desaparecido en combate, tal como me pediste. Esperemos que no nos salga el tiro por la culata.

—Tranquilo. Es una idea estupenda. A la gente de Tate le encantará.

—Ojalá —respondió él. De pronto, Howard pareció inquieto—. Oye, Liv... si al final nos saliera el tiro por la culata, no le dirías al señor Mackensie que yo...

—¿Que tú qué?, ¿que tuviste el valor de intentar disuadirme, para que no cometiera el mayor

6

error de mi fracasada carrera? –Liv sonrió y le dio una palmadita en un brazo para serenarlo–. No te preocupes, Howard. Todo saldrá bien. Ya sabes cómo es. Gruñe mucho, pero sabe rectificar. Y en cuanto se dé cuenta de la idea tan estupenda que hemos tenido, sé que nos dará las gracias. Hasta entonces, no pierdas de vista los tapones.

–Quizá te alegre saber que ya no los necesito –dijo Howard, súbitamente animado, mientras se apoyaba sobre el respaldo y cruzaba las manos tras la cabeza–. Me he inmunizado contra todo tipo de gritos, berridos, rabietas y pataletas.

–¿Lo dices por los gemelos?

–Les están saliendo los dientes –explicó Howard.

Liv recordó cuando su ahijado Sam pasó por esa etapa y puso una mueca de espanto. El pequeñajo no había parado de llorar durante días y días salvo cuando Tina lo había mecido entre sus brazos.

–Pobre Howard –se compadeció Liv–. ¿Qué tal lo lleva Kathy?

–Bien. Aunque está cansada. Quiere que me tome unas vacaciones. Supongo que tú no podrás...

–Veré lo que puedo hacer.–Liv sonrió.

Howard la miró agradecido justo cuando Annie regresó, acelerada.

–Será mejor que te des prisa, Liv.

Esta miró el reloj mientras se encaminaban hacia su despacho a todo correr.

–¿Tienes el informe y el expediente?

–Sí –Annie le entregó sendas carpetas–. Liv, ha dicho que si no tiene el anuncio del señor Tate en dos minutos, van a rodar cabezas, empezando por... y cito: «esa arpía gafotas y amargada que tuve la desgracia de contratar como asistente personal».

–Cuatro mil novecientas noventa y nueve –murmuró Liv.

Annie silbó.

–¿Tantas veces te ha despedido?

La media eran dos y pico al día, aunque algunos días la bestia se superaba con creces.

–Sí.

–Pero solo llevas aquí, ¿cuántos?, ¿tres años?

–Cinco años, tres meses y veintidós días.

–No sé cómo lo haces, Liv –dijo Annie tras negar con la cabeza–. Si yo fuera su ayudante personal, creo que a estas alturas estaría en un manicomio o en la cárcel.

–A cambio, has conseguido encontrar el único lugar del universo que es como estar en ambos sitios al mismo tiempo –bromeó Liv.

–Ya te digo.

Estaban ya junto a la mesa de Annie cuando una voz seria y nerviosa llamó la atención de Liv:

–Eh... ¿señorita Hammond? –preguntó Peter O'Brien, el cual la había estado siguiendo como un perrillo faldero–. ¿Se lo ha enseñado ya?

–Ya estamos otra vez –murmuró Annie–. Creo que tampoco me conviene oír esta conversación.

–Está bien, pásales el fax ese que querían a los de marketing. El original está en la bandeja de «pendiente de archivar», encima de mi mesa.

–Vale, me largo –dijo Annie–. Y recuerda que ya te ha despedido hoy una vez –añadió justo antes de darse media vuelta y echar a andar.

Liv se giró hacia Peter:

–Espera hasta esta tarde, ¿vale? La cosa ya no tiene marcha atrás. Pase lo que pase no tardaremos en saber su reacción.

–No sabe cómo le agradezco lo que está haciendo por mí, señorita Hammond –dijo Peter mientras le daba el correo de la mañana–. Acepté este puesto porque haría cualquier cosa por trabajar con el señor Mackensie, pero sé que podría...

–Oye, que yo ya sé lo bueno que eres. No hace falta que me vendas el producto, ¿eh? –atajó Liv para animarlo–. Y créeme: si alguien debería estar agradecido, ese es el señor Mackensie. Dentro de nada habrá incorporado a un miembro brillantísimo a su equipo de creativos.

–Gracias, señorita Hammond –Peter la miró con adoración.

Liv suspiró y se preguntó si seguiría mereciéndose tal adoración al final del día.

–Es pan comido, chaval.

Después de irse Peter, Liv echó una ojeada al fajo de cartas, algunas de las cuales tiró a la papelera que había junto a la mesa de Annie.

Nada más entrar en su despacho, oyó un rugido procedente de la puerta que comunicaba con el despacho de la bestia.

–¿Se puede saber dónde se ha metido? ¡No le pago lo que le pago para que se presente cuando le dé la real gana!

Liv dejó el correo y el maletín sobre su mesa con tranquilidad, se despojó del abrigo y lo colgó en la percha de la esquina. Por fin, se situó frente al pequeño espejo ovalado junto a la percha y puso cara de desagrado. Cinco días más vistiendo como la señorita Rottenmeier y sería libre. Adiós a los moños de abuela, a los trajes grises y a las gafas de cubo que le afeaban la nariz. Aunque el disfraz la había ayudado a proteger la imagen de autómata fría y eficiente que Lyon Mackensie prefería, algunas veces Liv se preguntaba si este reaccionaría si apareciera ante él desnuda.

Aunque sospechaba que no.

Suspiró, se alisó el pelo, se estiró la chaqueta y se colocó las gafas en la nariz.

Justo a las siete y cincuenta y nueve de la mañana, recogió todo lo que necesitaba y se dirigió a la puerta que comunicaba su despacho con el de Lyon Mackensie. Se detuvo un segundo para componer la fría expresión con la que siempre lo saludaba y entró en la guarida de Lyon.

Por un momento, al ver al ver el aspecto desolador del siempre inmaculado despacho, creyó que le fallarían las fuerzas. Los archivadores que recorrían una de las paredes estaban abiertos, su contenido desparramado por todas partes, cubriendo hasta el último centímetro disponible. Había carpetas desperdigadas sobre el sofá y sobre la mesita que había enfrente. El suelo era una papelera de hojas sueltas, todas las cuales estarían irremediablemente mezcladas a esas alturas.

Y en medio del caos, tras una enorme mesa negra, estaba sentado Lyon Mackensie, cuyos brillantes ojos azules chisporroteaban de ira.

—Buenos días, señor Mackensie —lo saludó con frialdad—. ¿Quería verme?

—¡Llegas tarde! —gruñó él.

—En realidad, son las ocho y quince segundos en estos momentos —replicó Liv tras consultar el reloj.

—Me da igual la hora que sea —bramó Lyon—. Te pago para que estés aquí cuando te necesito, no cuando te parezca bien.

—¿Y puedo ayudarlo ahora en algo, señor?

—¿Qué has hecho con el anuncio del señor Tate? Tengo que marcharme en cinco minutos para reunirme con él y no lo encuentro por ningún lado.

Sin decir una palabra, Liv se dirigió al segundo archivador y localizó al instante la carpeta con el anuncio extraviado. Luego se acercó a la mesa de Mackensie y se la entregó con la esperanza de que no la abriese hasta que ya fuera demasiado tarde.

—¿Algo más, señor?

—¿Dónde está el expediente Ellison?

Liv apuntó hacia la carpeta que había sobre la mesa.

–¿Y el informe demográfico?

Liv colocó el informe sobre la carpeta anterior.

–Mándales la copia del anuncio a los de marketing y asegúrate de que la reciben.

–Ya me he encargado, señor. ¿Algo más?

–Sí –gruñó él mientras se ponía de pie–. Que alguien ponga un poco de orden en mi despacho –añadió mientras metía todo en su maletín, camino ya de la puerta.

Liv lo miró marchar con los ojos como platos.

–Que alguien ponga un poco de orden en mi despacho –repitió Liv entre dientes.

¿Quién se creía que iba limpiando detrás de él?, ¿un batallón de hadas madrinas? Liv resopló, se acercó al ordenador y empezó a mecanografiar con rabia.

No, por suerte para Mackensie, ella no era una hada. No tenía poderes para convertirlo en un sapo o en un asno como castigo. Pero, toda vez que Ralph le había pedido que se casara con él, sí tenía poder para dejar aquel trabajo y luchar por alcanzar sus sueños. Sueños que no tenían nada que ver con jefes salvajes y mucho con tener un hogar acogedor y formar una familia perfecta.

Imprimió su dimisión, releyó el sucinto mensaje que había redactado una última vez y asintió satisfecha.

De ahí en adelante, ya no tendría que organizar lo que Lyon Mackensie fuera desorganizando.

Ya no tendría que aguantar sus ladridos y sus malos humores.

Y, sobre todo, ya no tendría que seguir comportándose como si fuera un robot a las órdenes de un déspota ingrato.

Siempre y cuando sobreviviera a la pataleta con la que volvería de la reunión, por supuesto.

De lo contrario, sencillamente, ya no tendría que aguantar «nada».

Justo a las doce y cuarenta y nueve oyó un portazo en el despacho de al lado.

Liv sabía qué hora era porque había estado mirando el reloj cada dos minutos desde hacía una hora y, aunque había esperado el portazo, el golpe la sobresaltó.

La bestia había vuelto.

Annie se levantó de la silla en la que había estado trabajando y corrió hacia la puerta.

–Aquí es cuando yo hago mutis. Si necesitas algo, estoy al otro lado del interfono –Annie se detuvo en la puerta y lanzó una última mirada a Liv–. Me alegro de haberte conocido –añadió, para cerrar la puerta acto seguido.

¡Ni que fueran a echarla a la jaula de los leones!, pensó Liv.

Luego oyó un ruido en el despacho de al lado. La bestia había dejado caer el maletín sobre el suelo. A continuación sobrevino un momento de silencio, seguido del amenazante sonido de unas pisadas que avanzaban hacia la puerta que conectaba ambos despachos. Liv respiró profundo para tranquilizarse.

Sabía perfectamente cómo afrontar aquel enfrentamiento. Había estado ensayando toda la mañana y sabía que había hecho bien tomándose la imperdonable libertad de cambiar el enfoque del anuncio del equipo de creativos de Mackensie por el que había propuesto Peter O'Brien.

Era beneficioso para la empresa. Mackensie Marketing necesitaba nuevos empleados brillantes y talentosos si quería seguir creciendo. Peter tenía tanto talento como el que más y se merecía la oportunidad de demostrarlo. Además, el enfoque de Peter era estupendo; seguro que había sido bien acogido. Sí, se dijo Liv para animarse. Lo mejor sería mostrarse razonable. Esgrimir argumentos juiciosos contra el arranque de cólera de la bestia.

El pomo de la puerta giró y la puerta se abrió con violencia.

La bestia entró en su despacho con los ojos desorbitados de ira y avanzó intimidatoriamente hacia la mesa de Liv.

—¿Quería algo, señor? —preguntó esta, tratando de mostrarse calmada.

—Quiero saber a qué estás jugando.

Liv tragó saliva.

La bestia no estaba ladrando, no estaba rabiosa. Ni siquiera había elevado la voz.

De hecho, había hablado en un tono frío y amenazante que nunca antes le había oído.

Y eso le ponía los pelos de punta.

–¡Si es una idea estupenda! –exclamó Liv sin poder contenerse, levantándose como un resorte de su asiento–. Reconózcalo, ¡es genial!

–¿Genial? –explotó él por fin, al tiempo que le plantaba un folio delante de las narices–. ¿Te parece genial esta estupidez?

Liv abrió la boca, la cerró, se dejó caer sobre su asiento de nuevo y pestañeó al asimilar lo que estaba ocurriendo.

La bestia no estaba enfadada porque lo hubieran engañado con el anuncio del señor Tate. Ni siquiera lo había mencionado. No, la bestia estaba indignada por su dimisión.

Liv sintió un inmenso alivio y tuvo que contener las ganas de romper a reír.

–¡Contesta, maldita sea! –la presionó Mackensie.

–Creo que he expresado mis intenciones con mucha claridad en el papel que tiene en las manos, señor. Es mi dimisión como asistente personal.

Mackensie la escudriñó con la mirada.

–¿Cuánto? –le preguntó de repente.

–¿Cuánto qué? –contestó Liv, confundida.

–¿Cuánto más quieres ganar?

Liv estuvo a punto de soltar una carcajada. ¿Pensaba que la dimisión era un artificio para conseguir un aumento de sueldo?

–Me paga suficiente, señor, gracias –respondió por fin.

–Si no quieres más dinero, ¿a qué diablos viene esto?

Casi sintió pena por él. Por primera vez en su vida, Lyon Mackensie estaba perdido.

–Como digo en la carta, dimito por motivos personales.

–¿Motivos personales? –ladró él–. ¿Qué motivos personales?

–Me caso, señor.

Lyon Mackensie miró estupefacto a la mujer que estaba sentada frente a él y trató de imaginársela prometida, en la antesala del matrimonio.

Las neuronas le bullían del esfuerzo. Para estar prometida tenía que salir con algún hombre, besarlo, hacerle el amor... Lo cual le parecía inconcebible.

Se trataba de la señorita Hammond, por Dios: su eficiente y gafotas asistente personal, la que llevaba trajes grises y se recogía el pelo en un moño.

–Por supuesto, trabajaré una semana más, para darle tiempo a sustituirme, tal como estipula mi contrato –añadió Liv.

–¡Una semana! ¿Dónde está Smith? ¿Por qué puso esa estúpida cláusula en el contrato? No lo pago para...

–No fue Smith, señor. La puso usted.

–¿Yo?, ¿por qué iba a hacer algo tan idiota?

–Creo que su razonamiento fue muy sencillo: dijo que una asistente personal valía tanto o tan poco como cualquier otra y que, en consecuencia, era prescindible.

Lyon maldijo para sus adentros. No lo extrañaba haberse manifestado en tales términos y, en circunstancias normales, no se habría equivocado. Pero la señorita Hammond era distinta. Llevaba con él desde los comienzos de Mackensie Marketing. Era eficiente. Hacía las cosas antes incluso de que él supiese que quería que las hiciese. A veces tenía la sensación de que era capaz de leerle el pensamiento. Pero lo mejor de ella era que nunca, jamás se comportaba como una mujer; nunca gritaba ni lloraba cuando perdía los nervios, ni le lanzaba miradas de reproche que lo hicieran sentirse como si fuese un gusano. Era... bueno, lo más parecido a tener un auténtico robot como asistente personal.

No podía perderla. No en ese momento, cuando estaba a punto de cerrar el acuerdo más importante que jamás había conseguido la empresa. La necesitaba, al menos hasta tener atado y bien atado el contrato con el señor Tate.

¿Pero cómo podía convencerla para que se quedara?

Pensó a toda velocidad, barajando posibilidades hasta dar con una posible solución. Por fin, trató de componer una expresión dolorida y entrelazó las manos tras la espalda para adoptar una postura que pareciera humilde.

—En todo el tiempo que lleva con nosotros, nunca he cuestionado su dedicación a la empresa y no puedo decirle cómo me duele hacerlo ahora. Mi querida señorita Hammond, ¿dónde está su sentido de la lealtad?

Hizo una breve pausa adrede, hasta que vio la

expresión asombrada de ella por su inesperado ataque. Justo cuando iba a abrir la boca para decir algo, retomó su diatriba con renovado vigor:

—Debo decir que estoy muy decepcionado. Muchísimo. Abandonarnos ahora, en un momento tan importante para el desarrollo de Mackensie Marketing... —Lyon negó con la cabeza—. No pensaba que fuese capaz de abandonarnos cuando más falta nos hace, dejándonos tirados para irse con...

—Ralph —dijo ella en tono neutro.

—¿Ralph? —Lyon frunció el ceño—. ¡Por favor!, ¿qué clase de nombre es ese?

—Me temo, señor, que no todos fuimos tan afortunados como usted durante el reparto de nombres.

Lyon la miró, extrañado por el matiz sarcástico que había detectado en aquella observación.

—Da igual —contestó con acritud—. Como le decía, no la creía capaz de dejarme tirado para que me las arregle yo solo, indefenso como un recién nacido.

—El único parecido entre usted y un recién nacido es el galimatías con que se expresa cada dos por tres —lo cortó Liv, haciendo uso de la inexorable franqueza y eficiencia que Lyon esperaba de ella—. Y ahora, ¿qué tal si nos saltamos el rollo de los chantajes emocionales y vamos directos al grano? ¿Qué quiere de mí?

Lyon la miró con desagrado y, convencido de que aquel era el modo adecuado para zanjar el problema, agarró la carta de dimisión y la rompió en mil pedazos.

—En resumidas cuentas, señorita Hammond, quiero comunicarle que no acepto su dimisión. Me temo que no puedo dejar que abandone la empresa en estos momentos.

Liv miró aterrada los trocitos de papel y experimentó la irracional sensación de que eran sus sueños, largamente anhelados, los que habían ido a parar a la papelera.

—Si quiere casarse con ese... Ralph, adelante; pero siempre que su vida privada no interfiera en cómo dirijo mi empresa ni me cause molestias. Espero...

¿Qué?

Después de soportar durante cinco años a ese cerdo arrogante, por fin había encontrado a un hombre con quien podría pasar el resto de su vida, ¿y él pretendía que dejara todo eso de lado para no «causarle molestias?»

Liv notó que la sangre le hervía de indignación. Rodeó la mesa y fue directa hacia su objetivo, decidida a ponerle las cosas claras a su jefe.

Se detuvo a escasos centímetros de él, alzó la cabeza, lo agarró por la corbata, tiró de ella hacia abajo hasta que quedaron a la misma altura, nariz contra nariz, y lo miró a sus atónitos ojos.

—Escúcheme, caballero —espetó Liv—. Y escúcheme bien porque solo lo diré una vez. Es usted un bestia. Un bestia gritón y despreciable que se cree que puede tratar a la gente como si fuera escoria por el mero hecho de que trabaja para usted. He aguantado sus malos modales y sus descorteses órdenes durante cinco años porque creía que en algún lugar, debajo de esos trajes de mil dólares y esa fachada insensible, tenía algo que se parecía mínimamente a un corazón. ¡Hasta lo he defendido ante los demás! Pero veo que me he equivocado. Hasta un robot tiene derecho a que se lo trate con respeto y un poco de consideración, y dado que usted no puede ofrecer nada que se le parezca, tampoco yo voy a preocuparme por usted. ¡Me voy! –sentenció al tiempo que agarraba su abrigo y el maletín.

–Sí, claro que te vas –bramó la bestia–. ¡Porque estás despedida!

Liv se detuvo. Se giró hacia él con calma, regresó a su lado y le dio una patada en la espinilla.

Fuerte.

–Cinco mil –contó Liv, satisfecha, mientras salía del despacho.

Capítulo Dos

Justo a la una y cuarenta y uno de la tarde, Liv entró en el restaurante Jake, a un par de manzanas de Mackensie Marketing. La habían mirado de forma extraña mientras iba hacia allí, lo que era comprensible, pues no todos los días se veía a una mujer bien vestida murmurando, maldiciendo y hasta alzando el puño de vez en cuando, como si estuviera luchando contra un enemigo imaginario. No era algo que hiciese a menudo. De hecho, nunca lo había hecho antes; pero, claro, tampoco le había pegado nunca una patada en la espinilla a nadie, salvo a Kenny Cradock, aunque aquello había pasado cuando solo tenía cinco años, así que no contaba.

Por otra parte, Lyon Mackensie era tan irritante como lo había sido Kenny Cradock de pequeño, de modo que quizá tampoco tendría que contar la patada que le había dado a él. De no ser porque ya no tenía cinco años, sino treinta, y ya debería haber aprendido a controlar su genio mejor en los veinticinco años intermedios.

—Hola —la saludó la camarera con una sonrisa radiante.

—Hola —contestó Liv, devolviéndole la son-

21

risa–. He quedado con una amiga, Tina Moretti. ¿Sabes si ha llegado ya?

Estaba deseando contárselo todo a Tina. No solo lo de esa mañana, sino lo de Ralph y sus planes para el resto de su vida. Aunque Tina y ella se habían visto menos en el último par de años, desde que Tina se había casado y había tenido al pequeño Sam, Liv sabía que su amiga la comprendería.

–La señora Moretti la está esperando en la mesa once.

La camarera apuntó hacia una mesa para dos, cerca del fondo del restaurante. Liv localizó a Tina en seguida, la cual estaba coqueteando con descaro con un camarero. El hombre se marchó con una sonrisa con la que Tina se aseguró que las atendieran con todo tipo de atenciones, y Liv pensó que debía invitar a su amiga a comer más a menudo.

Mientras se acercaba a la mesa, Tina la divisó, la miró de arriba abajo y parpadeó.

–¿Estamos en Halloween?

Liv sonrió y se sentó frente a su amiga.

–Me temo que no. La última vez que miré el calendario todavía era abril.

–Entonces, ¿a qué viene ese disfraz?

–No es un disfraz. Es la ropa con la que voy a trabajar.

–¿Todos los días?, ¿y tu jefe no te ha denunciado por atentar contra el buen gusto?

–Ese no tiene ni idea de lo que es tener buen gusto –replicó Liv.

Lo que no era totalmente cierto. Lyon Mackensie vestía con mucho estilo. Era el buen gusto de ella en el que no se fijaba.

—Oye, como te has retrasado un poco, me he encargado de pedir para las dos. Espero que no te importe. Colin dice que nos servirán en seguida.

—¿Colin? —preguntó Liv, perpleja.

—El camarero que nos ha tocado —contestó Tina, para dedicarle acto seguido una sonrisa a Colin, que regresaba justo en esos momentos con la comida.

—Muy bien, señoritas, aquí tienen. Una riquísima ensalada jardinera y agua mineral con un poco de lima para usted —Colin sirvió a Liv sin apenas mirarla. Luego se giró hacia Tina con una sonrisa radiante—. Y una hamburguesa con doble ración de patatas fritas y dos Bloody Mary para esta encantadora señorita. Que aproveche.

—Gracias, Colin.

Liv agarró el tenedor, miró su ensalada con el ceño fruncido, clavó los ojos en las patatas de su amiga y le robó una.

—Total, tampoco está tan mal el traje, ¿no?

—Mejor que no conteste —respondió Tina—. Anda, toma un Bloody Mary.

Liv contempló sus opciones un segundo antes de aceptar el vaso de Tina y dar un buen trago.

—Está bien, reconozco que es espantoso; pero, si le sirve de consuelo a tu dolido sentido de la estética, a partir de hoy no lo necesitaré más.

Tina dejó en el plato la hamburguesa, a la

que ya casi había hincado el diente, y suspiró resignada:

—A ver, Liv, ¿qué has hecho esta vez?

—¡No! —exclamó Tina con incredulidad—. Dime que no has sido capaz.

—Vaya si lo he sido. Y volvería a hacerlo otra vez —aseguró Liv. Solo que entonces se acordaría de ponerse unas botas puntiagudas.

—A ver si me entero: ¿cambiaste el anuncio de la campaña publicitaria porque te gustaba más la idea del que reparte el correo?

—Sí, pero...

—¿Sin decírselo a tu jefe?

—Sí, pero...

—¿Justo antes de reunirse con el cliente?

—¡No hace falta que te pongas así!, ¡no es tan horrible! No lo habría hecho si no hubiera sabido que podría arreglárselas —contestó Liv a la defensiva.

—Pero, ¿por qué no le contaste sin más la idea que había tenido el chico?

—Porque no habría servido de nada —dijo Liv con cierta irritación—. Ha perdido la objetividad. Lleva medio año intentando convencer al señor Tate, que resulta ser ultraconservador, para que firme con Mackensie, y está convencido de que la única forma de conseguirlo es no correr ningún riesgo. La idea de Peter es brillante, pero en su anuncio aparecen dos pájaros tomando el sol después de haber copulado.

—Vale, no corréis ningún riesgo y no consigue cerrar el acuerdo. ¿A ti qué más te da?

—No lo entiendes, Tina. Si no consigue este contrato, va a ser más insufrible todavía trabajar con él. Y si sí lo consigue, la empresa da un salto cualitativo. Todos nos beneficiamos.

—Así que decidiste asumir toda la responsabilidad por tu cuenta y riesgo.

—Exacto. Pensamos que el cliente solo oiría la propuesta de Peter si el señor Mackensie se veía obligada a exponerla. Entonces, una vez viese lo brillante que era, nos estaría tan agradecido que tendría que ascender a Peter.

—¿Pensamos? —Tina enarcó una ceja—. O sea, que no ha sido idea tuya solamente. Hay más lunáticos en tu empresa a los que les pareció bien.

Liv asintió.

—Igual te parece una tontería —dijo Tina entonces—, pero... ¿y si a ese tal Tate no le gustaba la idea?, ¿quién cargará con las consecuencias?

—Supongo que yo —contestó Liv.

—Ya veo.

—¡No me mires así! Howard acaba de tener gemelos, Jack y su esposa acaban de comprarse una casa, Leroy está intentando financiarse un disco y Annie... —Liv hizo una pausa. Bueno, Annie era una cobarde, nada más.

—Así que te ofreciste en sacrificio como si fueses un corderillo.

—Por favor, no empieces otra vez con el rollo de que siempre dejo que la gente se aproveche de mí –le rogó Liv–. Además, da igual, porque yo ya tenía planeado dimitir.

–Pero, ¿por qué?, ¿es que te has vuelto loca? –exclamó Tina–. Ya sé que Jenny ha conseguido una beca para sus estudios y todo eso, pero tú tienes tus propios gastos. ¿Cómo vas a pagar el alquiler?

–Tengo suficiente ahorrado hasta junio.

–¿Y luego?, ¿qué pasará a partir de junio?

Liv respiró profundo y se dispuso a contarle a Tina la única cosa que aún no había mencionado.

–Me voy a casar.

–¿Que vas a qué? –Tina se atragantó.

Liv puso cara de exasperación al tiempo que le acercaba una servilleta a su amiga. ¿Por qué le costaba tanto a todo el mundo creer que iba a casarse?

–Ya me has oído.

–Dime que es el día de los inocentes –replicó Tina.

–No es el día de los inocentes.

–Está bien, está bien, perdona. Es que la última vez que nos vimos no estabas saliendo con nadie remotamente interesado en casarse, salvo el tipo aquel... ¿cómo se llamaba?, ¿Rover?, ¿Randolph?

–Ralph –le recordó Liv–. ¡Se llama Ralph!

–Eso, Ralph. Y si no recuerdo mal, no daba la impresión de que estuvieses loca por sus huesos.

–No, pero es atento y cariñoso conmigo. No me grita ni me gruñe ni me ladra, a diferencia de otros hombres que conozco. Y no sale con una rubia distinta cada mes ni me pide que les envíe un regalo de despedida cuando se cansa de ellas. De verdad, no entiendo qué ven las mujeres en él. Es grosero, agresivo y se piensa que puede comprar a todo el mundo con su dinero. Es...

—¿Liv? —la interrumpió su amiga.

—¿Sí?

—Estábamos hablando de Ralph.

—¿Ralph?

—Sí, sí. El hombre con el que vas a casarte, ¿recuerdas?

—Perdona —Liv se ruborizó—. Es que no puedo evitar que la sangre me hierva cada vez que pienso en él.

—Lo que no te pasa cuando piensas en Ralph.

—Pues no... quiero decir, sí, y no... no en ese sentido, pero... ¡Ya sabes a lo que me refiero!

—Empiezo a hacerme una idea —murmuró Tina.

—El caso es que me parece un candidato perfecto. Estoy segura de que será un buen marido y un padre estupendo.

—¿Y qué hay del amor, las emociones fuertes y la pasión? ¿Te vas a perder eso?

—Por lo que a mí respecta, creo que la pasión está sobrevalorada. Además, en Mackensie ya he tenido emociones fuertes más que de sobra para el resto de mi vida —contestó Liv—. Estoy harta de emociones. A estas alturas de mi vida, prefiero seguridad, cariño y compañía.

—Seguridad, cariño y compañía —repitió Tina, disgustada—. Puede que ese moño de abuelita sí vaya contigo, después de todo.

–¡Solo intento ser realista! –exclamó Liv, exasperada–. Tengo treinta años, Tina, y los hombres no hacen cola precisamente para salir conmigo y pedirme que me case con ellos.

–Así que te vas a conformar con...

–¡No me conformo con nada! Voy a casarme con un hombre que me quiere. Nos vamos a casar, vamos a tener hijos y vamos a ser muy felices. ¡Creía que te alegrarías por mí!

–Perdona, Liv –se disculpó Tina con total sinceridad. Agarró una mano de su amiga y le dio un pellizco cariñoso–. No quería disgustarte. Y claro que me alegro por ti. Pero es que...

–Es que qué.

–Es que a veces no basta con que te quieran y te pidan casarte y tener hijos.

Liv se puso recta. Aparte del de sus padres, que habían fallecido en un accidente de tráfico hacía cinco años, el matrimonio de Tina y Paul era el más feliz de cuantos Liv conocía.

–¿A qué te refieres?, ¿pasa algo, Tina?

–Todo –contestó la amiga–. Paul no quiere que vuelva a trabajar cuando termine mi baja por maternidad. El sábado pasado, en la boda de su primo, metió a toda su familia por medio. Su madre, sus hermanas, sus tíos y tías, sus primos, todos diciéndome que debería quedarme en casa, al menos hasta que Sam fuera al colegio. Quiero muchísimo a Sam y quiero muchísimo a Paul, pero después de pasarme nueve meses en casa con el bebé, necesito tener un poco de vida propia, Liv. Además, mi trabajo es tan importante para mí como lo es el suyo para él, y no puedo arriesgarme a perder competitividad. Pero Paul dice que si estoy en casa podré prestarles más atención a él y al bebé. ¡Ya no sé qué hacer!

Liv se regañó mentalmente. Debería haberse dado cuenta de que Tina no se estaba comportando de manera normal, pero había estado tan preocupada con sus propias novedades que no se había fijado.

–No sabes cómo lo siento, Tina. ¿Puedo hacer algo por ti?

–Gracias, cielo, pero me temo que no. Paul y yo necesitamos pasar unos días juntos para aclarar algunas cosas que deberíamos haber decidido antes de casarnos. Lo malo es que, con el bebé y eso, no encontramos el momento adecuado.

–Deberíais tomaros un respiro. Quizá podríais salir por ahí un fin de semana. Habla con Paul, a ver qué le parece, y si está de acuerdo, yo me ocupo de Sam, ¿vale?

–No sé... –Tina se mordió el labio inferior–. ¿Seguro que no te importaría? Sam puede dar mucha guerra y...

–¡Por supuesto que no me importaría!, ¡me muero por jugar unos días con ese bebé tan adorable que tenéis! Y me servirá para ir practicando. Además, ahora soy una mujer libre, ¿recuerdas?

Tina rio, visiblemente aliviada.

–¿Cómo iba a olvidarlo? Venga, vamos a brindar –Tina alzó su vaso–. Por mi mejor amiga, Liv. Porque ha perdido el trabajo y ha encontrado un novio.

29

–Eso, eso.

Chocaron sus vasos y se bebieron el resto del Bloody Mary de un solo trago.

–Muy bien, Hammond –prosiguió Tina–. Ahora vamos a la parte interesante. Cuéntamelo todo. ¿Cómo se te declaró?, ¿fue muy romántico?

–Bueno, la verdad es que no demasiado. Fue el jueves por la noche. Me estaba ensañando a jugar a la escoba y...

–Un momento, un momento –la interrumpió Tina mientras se llevaba una patata frita a la boca–. ¿Que te estaba enseñando a jugar a qué?

–A la escoba. Su madre es una fanática de la escoba y pensó que podría enseñarme a jugar para tener algo en común con ella. ¿Verdad que es muy tierno?

–Supertierno –contestó Tina con sarcasmo.

–Pues a mí sí me lo pareció –insistió Liv–. El caso es que acabé pillándole el truquillo y Ralph se emocionó tanto que, de pronto, me lo soltó.

Después de pedirle que se casara con él, se había quedado tan sorprendido como ella o más. Habían estado viéndose desde hacía medio año y a Liv le gustaba de verdad. Ralph la trataba con respeto y dignidad, era amable, atento y no la agobiaba.

Y, sobre todo, la quería.

De acuerdo, puede que sus besos no la incitaran a arrancarle la ropa, y que el hombre estuviese un poco «preocupado» con su madre; pero ¿qué más daba? Ralph la quería, quería casarse con ella y formar una familia. ¿Qué más podía pedir?

—Me gusta estar contigo, Olivia —le había confesado Ralph con timidez después de declarársele—. No sé qué habría hecho sin ti. Cuando vine aquí de Baltimore y dejé a mi madre, estaba perdido; pero mi vida ha cambiado desde que te conozco. Es mejor. Tú... me entiendes, ¿verdad, Olivia?

Lo entendía perfectamente. Ralph era idéntico a su padre. Necesitaba a alguien que cuidara de él y, una vez se casaran, haría todo lo que pudiera por ser una buena esposa para él. Y lo primero que debía hacer era olvidarse de Lyon Mackensie y de su trabajo. De ahí en adelante, se concentraría en ser la señora de Ralph Fortescue, con todo lo que ello implicaba. Quizá hasta se aficionara a jugar a la escoba con su madre y todo.

Compartió tal propósito con Tina:

—¿Qué te parece?

—¿Aficionarte a la escoba?, ¿jugar con su madre? —Tina suspiró—. Creo que necesito otra copa.

Justo a las tres y cuarenta y seis de la tarde, esa misma tarde, Lyon dejó de dar vueltas por su despacho y miró al sofocado jovencito que había acudido a su llamada.

—Bueno, ¿qué?, ¿dónde está?

—Pero, señor, ¿no se acuerda? ¡La ha despedido a mediodía!

31

–¿Y qué? –replicó Lyon–. La despido dos veces todos los días y siempre vuelve.

–Pero, señor –babulceó O'Brien–. Se fue a la hora de la comida.

–¿Y no ha vuelto desde entonces?

–No, señor. Y ya conoce a la señorita Hammond –dijo Peter, cuyos ojos se iluminaron con un brillo de admiración–. Nunca se marcha antes de su hora.

Lyon frunció el ceño. Había pensado que conocía a la señorita Hammond, pero después del enfrentamiento que habían mantenido horas antes, ya no estaba tan seguro. La fiera de penetrantes ojos marrones y mejillas encendidas no se había parecido nada a la señorita Hammond que él conocía. La señorita Hammond que él conocía jamás lo habría insultado con tamaño atrevimiento, ni le habría pegado una patada en la espinilla con tan incontenible y apasionada satisfacción.

Sí, esa señorita Hammond era totalmente distinta. Era un tumulto de hormonas femeninas. Y si la perspectiva de casarse le había hecho eso a una mujer sensata, no quería imaginarse los estragos que haría en una menos juiciosa. Menos mal que nunca había tenido interés por averiguarlo.

Y si la nueva señorita Hammond iba a ser así, quizá fuese mejor haberse librado ella. La idea de tener a una asistente personal mandona e hiperemotiva no lo seducía en absoluto. Le daba pena perderla, pero si eso era lo que ella quería, que se la quedara Ralph enterita para él.

Y si se creía que era indispensable para Mackensie Marketing, ¡estaba equivocada! Nadie era indispensable, y menos una asistente personal en estado salvaje.

Al fin y al cabo, tampoco le costaría tanto salir adelante sin ella, ¿no?

Menos de veinticuatro horas después, Lyon estaba encerrado en su despacho, escondiéndose de la conspiración de afuera. Había tenido que refugiarse para no ver las lágrimas de Annie ni las miradas acusadoras del resto de los empleados.

El día había empezado bien. Había llegado pronto, dispuesto a empezar una nueva jornada de trabajo.

A las ocho y media se había quedado ronco.

A las nueve y media había tratado de salir airoso del caos que parecía estar devorando su vida.

A las diez y media había estado en un tris de asesinar a Annie.

A las once y media había despedido a todo el personal al menos dos veces.

A las doce y media había estado tentado de despedirse a sí mismo y mandarlo todo al garete mientras aún le quedara un poco de cordura; pero esa misma tarde tenía una reunión con el equipo de creativos de Mackensie Marketing.

Había previsto machacar a todo el equipo por haberle cambiado el enfoque de la campaña publicitaria del anuncio de alpistes del señor Tate. Por suerte, a la gente de Tate parecía haberle gustado el nuevo enfoque, y hasta él debía reconocer que era una idea bastante buena. Pero la cuestión no era esa. Tenía que dejar bien claro que no quería que volvieran a actuar a sus espaldas de nuevo.

Así que cuando Annie había roto a llorar, solo porque le había echado la bronca por haberle cortado una llamada telefónica importante, había dado media vuelta, se había encaminado hacia su despacho, había cerrado la puerta, le había echado el cerrojo y había descolgado el teléfono para llamar a una agencia de colocación.

Al parecer, también esta estaba confabulada en su contra, porque no podían enviarle una sustituta de la señorita Hammond hasta el siguiente lunes.

No estaba seguro de poder sobrevivir tanto tiempo.

Suspiró y se preparó para abandonar su pequeño refugio y afrontar el mundo exterior.

Justo entonces, el teléfono sonó.

—Mackensie al habla.

—Lyon, chaval, ¿cómo estás?

Mackensie notó un desagradable sudor frío corriéndole por la frente. Era la llamada que había estado esperando y temiendo desde el día anterior. Todo el futuro de la empresa dependía de aquella conversación.

—Bien, señor Tate.

–Me alegro. Te llamaba para felicitarte por la magnífica presentación de ayer. Mi equipo de marketing se quedó impresionado con el trabajo de tu gente.

–Gracias, señor –contestó Lyon, inmensamente aliviado.

–Estamos pensando en otorgaros la campaña publicitaria del alpiste...

Lyon se puso tenso. ¿Pensándoselo?, ¿«pensándoselo»? ¿Qué tenían que pensarse? Habían hecho todo lo posible por complacer a Tate durante el último medio año y acababan de ofrecerle un enfoque brillante para la campaña publicitaria. ¿Qué demonios tenían que pensarse?

–Pero tenemos una reputación que mantener –prosiguió Tate–. Llevamos vendiendo alpiste desde hace más de cuarenta años...

Lyon se obligó a permanecer tranquilo mientras Tate se embarcaba en un discurso que obviamente había soltado muchas veces con anterioridad.

–Y nos enorgullece haber trabajado siempre con empresas que comparten nuestros principios –continuó Tate–. Los mismos principios con los que arrancamos hace cuarenta años: familia, sinceridad y honradez. Esas son las bases de una buena empresa, junto con una buena gestión y organización, por supuesto. Puede que a algunas personas les parezca una tontería...

–En absoluto, señor –se apresuró a decir Lyon.

–Me alegra que estés de acuerdo conmigo,

chaval. Entonces no te importa que tome un avión el lunes y vaya a veros para conocer cómo funcionáis, ¿verdad? –preguntó Tate y Lyon se quedó de piedra–. Por cierto, ¿dónde está Olivia?

–¿Olivia?

–Sí, tu asistente personal. Esa mujer tan agradable y encantadora, Olivia. Me recuerda a mi Millie, que en paz descanse. Tuvimos una charla muy interesante la semana pasada.

¿Agradable?, ¿encantadora?

–Está... no está aquí en estos momentos.

De hecho, la mujer a la que Tate había descrito no había estado allí nunca.

–Pues dile que estoy deseando conocerla en persona el lunes y discutir con ella lo que piensa sobre los hábitos de apareamiento de los cucos de manchas moradas.

¿Los hábitos de apareamiento de los cucos de manchas moradas?

–Así se lo diré, señor.

Segundos después, colgó el teléfono, apoyó la frente sobre la mesa del despacho y gruñó.

El señor Tate también formaba parte de la conspiración.

Capítulo Tres

—¡Dios! —susurró Liv tras frenar en seco nada más salir del ascensor.

La oficina, cuidadosamente ordenada hasta el lunes por la tarde, había desaparecido, enterrada bajo una manta caótica de papeles y carpetas. Era como si hubiera sonado la alarma y todos hubieran tenido que salir corriendo... y Liv se hacía una idea muy aproximada de la fuerza destructora de la que habían huido.

—Deberías haberlos visto, Liv. En cuanto dieron las cuatro en punto se largaron todos volando. Como ratas, abandonando un barco que se hunde —dijo Annie, disgustada—. Y no es que se lo eche en cara. Ya te he dicho que ha estado todo el día inaguantable. Si no fuéramos todos tan cobardes, ya nos habríamos amotinado.

Liv tenía miedo de seguir inspeccionando nada, por temor a lo que podría encontrar.

—¿El resto está igual de mal?

—Peor —aseguró Annie.

—¿Y se las ha arreglado para hacer esto él solito en un solo día?

—Bueno, no exactamente. No sería justo decir que ha puesto la oficina patas arriba él solo...

—Entonces, ¿qué ha pasado?

—Es su actitud, Liv. Cuando estabas aquí, solía gruñir y gritarte a ti y luego tú nos decías tranquilamente lo que había que hacer. Actuabas de amortiguador, más o menos. Pero no estando tú, la bestia sale y pone a la gente tan nerviosa con sus arrebatos que es imposible sacar nada adelante. Esta mañana se puso a fisgonear lo que estaba haciendo mientras estaba escribiendo las direcciones de unos sobres urgentes y acabé tan atacada que terminé haciéndome un lío. Esta tarde lo han llamado por teléfono los de Sunshine Suds, porque habían recibido no sé qué historia en vez del informe demográfico. Y encima le corté la llamada sin querer y me llamó de todo y me dijo que era una incompetente y me amenazó con despedirme y ya no lo soportaba más y me puse a llorar, y ya sabes cómo lo revienta eso, así que se encerró en la guarida dando un portazo y entonces fue cuando te llamé.

—¡Respira, Annie! Así, cariño, tranquila... Muy bien, veamos: ¿qué tal si empezamos por organizar este desbarajuste? Y luego te resumo lo del contrato con el señor Tate. Tú empiezas por aquí y yo me ocupo de la guarida, ¿te parece? —propuso Liv y Annie asintió—. Bien, pues manos a la obra.

Liv entró en el despacho de Lyon Mackensie y puso cara de espanto al ver el estado en que se hallaba. Una hora después, se sorprendió gateando bajo su mesa, en un intento por terminar de organizar el despacho.

–¿Por qué será que siempre acabo debajo de la mesa en busca de papeles extraviados? –se preguntó.

No obtuvo respuesta, solo el eco de sus propias murmuraciones en medio de la oscuridad, bajo la mesa. Liv suspiró y se pasó un brazo por la cara para intentar apartarse el mechón de pelo que se le había salido de la coleta.

Un segundo después le pareció oír un portazo afuera y se preguntó qué tal iría Annie. Sacó la cabeza y aguzó el oído un rato, pero todo estaba en silencio.

Demasiado.

Ni un teléfono sonando, ni un fax chirriando, ningún empleado acelerado y, lo más raro de todo, no estaba Lyon Mackensie.

Liv frunció el ceño. Lo cierto era que nunca había estado sola en la oficina. Aun cuando se había quedado a trabajar, haciendo horas extra, Lyon Mackensie había permanecido hasta más tarde. Al tipo le parecía natural que sus empleados se deslomaran a trabajar. Les pagaba un sueldo generoso y le daba igual que pudieran tener familias esperándolos en casa.

–Cerdo desconsiderado –murmuró Liv mientras recogía un último papel de debajo de la silla. Justo entonces, oyó que la puerta del despacho se abría detrás de ella–. Qué coordinación, Annie. Acabo de terminar aquí. Deja que ponga esto en su sitio y te cuento lo del contrato con Tate.

Se levantó, puso el montón de papeles que

había recogido en una carpeta abierta sobre la mesa, se giró... y gritó.

Lo primero que Lyon vio al entrar en su despacho fue un delicioso trasero femenino en pompa hacia arriba, cubierto por unos vaqueros ceñidos. Una sorpresa tan inesperada como agradable. Luego oyó a la propietaria del citado trasero y algo en el cerebro se le atrancó.

Esa voz... no podía ser.

Pero cuando se dio media vuelta, no le quedó la menor duda de que sí era. Las gafotas la delataron. De no haberlas llevado, quizá la habría seguido contemplando con gusto unos segundos más; pero no fue posible, entre otras cosas, porque la expresión de asombro inicial de la señorita Hammond no tardó en transformarse en su habitual máscara inexpresiva.

Frunció el ceño. A pesar del familiar aire robótico de su cara, había algo diferente en ella. Algo por lo que el corazón le latía más rápido contra el pecho y por lo que se estaba pasando la lengua por el cielo del paladar. Puede que fuese el jersey gris, o la nariz empolvada, o la coleta que sustituía al moño. Fuese lo que fuese, lo hacía sentirse incómodo, porque su eficiente y fría señorita Hammond nunca se había parecido menos a un robot.

Y más a una mujer de carne y hueso.

—¡Así que es aquí donde te habías escondido! Te he estado buscando por toda la ciudad.

Liv soltó el aire que había estado conteniendo. El silencio había durado demasiado. Todo volvía a la normalidad.

–¿Me ha estado buscando?

–¿Qué haces aquí, a todo esto?, ¿me estás espiando?

Lo miró atónita. Aquella acusación era más ofensiva que cualquiera de sus exabruptos habituales.

–¡No me mires así! –prosiguió Lyon–. Los dos sabemos lo que ha pasado. He estado hablando con el señor Tate esta tarde y por fin lo he entendido. Lo tenías todo planeado, ¿verdad? Que te ibas a casar: ¡ja! ¿Por qué?, ¿por qué me querías hacer algo así? –añadió, penetrándola con sus ojos azules, con las manos entrelazadas tras la espalda.

–¿Hacerle el qué? –preguntó Liv mientras metía una pila de carpetas en un archivador.

–Lo sabes de sobra: ¡sabotearme!

–¿Sabotearlo? –Liv suspiró y rezó una oración para no perder la paciencia–. ¿Qué le ha contado el señor Tate exactamente?

–¿Los hábitos de apareamiento del cuco de manchas moradas te dicen algo? –replicó él con acritud.

–¿Los hábitos de apareamiento del cuco de manchas moradas? –repitió Liv, confundida–. ¿Qué pasa con eso?

–La agradable y encantadora ornitóloga eres tú, no yo. Así que haz el favor de explicármelo.

–Mire, lo único que sé es que el señor Tate

siente debilidad por los cucos —contestó ella mientras abría el archivador.

—Y, por lo que veo, tú también, ¿no?

—¿Yo? No, no, en todo caso, la señora Fortescue.

—¿Y quién es la señora Fortescue? —preguntó Lyon en tono intimidatorio.

—La madre de Ralph. Es que la semana pasada le publicaron un artículo en la revista *Aves del mundo* sobre el cuco de manchas moradas. Es su ave favorita. Ralph me dio el artículo y justo lo estaba leyendo cuando usted me pidió que llamara al señor Tate porque quería hablar con él. ¿Recuerda? —Lyon asintió con impaciencia y ella continuó—: Pues resulta que su secretaria había salido y contestó él mismo al teléfono. Le hice una pregunta sobre alpistes y una cosa llevó a la otra y acabamos hablando de los cucos. Entonces comenté que solían venir a esta parte del país para aparearse una vez cada cinco años y que este año es año de apareamiento. Y le sugerí que si iba a pasarse por aquí por asuntos de negocios, que echara un vistazo al cielo por si acaso. Eso es todo.

—Todo —repitió él en tono ausente mientras recogía unas carpetas y las iba metiendo en el archivador sin orden ni concierto.

Lo miró unos segundos, atenta a su expresión concentrada. Sabía de sobra que no estaba pensando en la disposición de las carpetas, de modo que... esperó a que su maquiavélico cerebro diera el siguiente paso.

Segundos después, Lyon cerró el cajón del archivador y dijo:

–A Tate le gustó el enfoque del anuncio.

–¿Sí? ¡Qué bien!

–No te emociones tanto. Todavía no ha firmado. Antes quiere inspeccionarnos.

–¿Y eso qué quiere decir?

–Al parecer, es amante del orden, de mantener los valores familiares. Vendrá el lunes para ver si respondemos a sus expectativas en ese sentido.

–¿Y cuál es el problema? No tiene nada que esconder. Enséñele la oficina un poco, explíquele si quiere cómo trabajamos e invítelo a cenar.

–El problema, señorita Hammond –dijo él con suavidad–, eres tú.

A Liv no le gustó el modo en que la miró. No se fiaba de él ni en el mejor de los casos, menos aún bajo aquella mirada azul depredadora. Pero la bestia ya no podía hacerle nada. Ni siquiera trabajaba más para él. No tenía por qué sentirse intimidada. Liv le sostuvo la mirada.

–¿Ah, sí? –preguntó.

Lyon abrió la boca, la cerró y empezó a dar vueltas por el despacho.

–¿Te he comentado que espera verte para hablar contigo de los malditos hábitos de apareamiento del pajarraco ese?

–¿Qué más da? Dígale que he dimitido. Lo entenderá.

Lyon se detuvo y la miró disgustado.

—Me vas a obligar a decirlo, ¿verdad?

—¿A decir qué? —lo apremió Liv, frustrada—. Por una vez, ¿le importaría no andarse con rodeos?

—Muy bien, nada de rodeos: ¡no puedo hacer esto sin ti! Ya está, ¿satisfecha?

—¿Cómo que no puede hacerlo sin mí? ¡Por supuesto que puede!

—No lo entiendes. Tú eres la única con un poco de cabeza aquí. Ya has visto lo que ha pasado en un solo día. ¿Te imaginas el estado en que estará todo para el lunes?, ¿de verdad crees que a Tate le causará buena impresión?

—Annie está organizando...

—Annie se ha escabullido en cuanto me ha oído llegar. Y el resto son tan inútiles como ella. El que no llora, tartamudea al hablar. Cada vez que me acerco a alguien, se les cae algo al suelo o sienten la imperiosa necesidad de desaparecer.

—La agencia de colocación...

—No puede mandarme a nadie hasta el lunes y, afrontémoslo, no tengo tiempo para formar a otra persona mientras el señor Tate está aquí.

Liv estaba aturdida. Era lo más cercano a un halago que había recibido de Lyon Mackensie. Y, sospechaba, la vez que más le habría suplicado a nadie. Pero no podía hacer lo que le pedía. Le había prometido a Ralph que dejaría el trabajo. Necesitaba seguir adelante con su vida, planear la boda de sus sueños. No tenía tiempo para hacer de robot para Lyon Mackensie.

—Siento que se encuentre en una situación apurada, pero no puedo hacerlo. Ralph...

—¿Situación apurada?, ¿así es como lo llamas? Esta empresa, el cliente al que llevamos persiguiendo medio año, el futuro de todos mis empleados... ¡está todo en tus manos!

—¡Vamos, por Dios! Mackensie Marketing no quebrará porque no consiga cerrar este contrato.

—¿Sabes lo que la gente empezará a murmurar cuando se entere de que Tate consideró contratarnos, pero al final decidió echarse atrás? Todos se empezarán a preguntar por qué y acabaremos perdiendo la oportunidad de firmar cualquier otro contrato de envergadura —Lyon se dio media vuelta y fue hacia su mesa—. Pero ya veo el concepto que tienes de lealtad. Se presenta nuestra gran oportunidad y, en vez de ayudar, te largas para disfrutar eternamente de los placeres de la vida hogareña con un energúmeno llamado Ralph Fortescue y la mamaíta de los cucos.

—Puede que Ralph tenga un nombre atípico —replicó ella—; ¡pero al menos es un hombre civilizado!

—¿Y eso qué se supone que significa? —preguntó Lyon, mirándola a la cara.

—¡Significa que usted está por civilizar! —afirmó Liv con contundencia—. Y otra cosa: si el futuro de la empresa está en peligro no es por culpa mía, ¡sino por la suya!

—¿Por culpa mía?, ¿acaso tengo que recordarte...?

–Venga, no me venga con rollos, que ya le he oído bastantes. Puede que tenga talento para la publicidad y para analizar estrategias y tendencias de marketing; pero no sabe nada sobre cómo relacionarse con las personas. Trata a sus empleados como si fuesen maquinitas sin sentimientos, ¿y espera que le sean leales?

–Les pago para que lo sean.

–No, les paga para que cumplan con su trabajo –corrigió Liv–. La lealtad se gana con el respeto mutuo.

–¿Y quién dice que no los respeto?

–Yo lo digo. Llevo con usted cinco años y me apuesto el cuello a que no se sabe ni la mitad de los nombres de sus empleados.

–¿Cómo no me voy a saber sus nombres?

–Muy bien. ¿Cuál es el nombre del señor O'-Brian?

–Pues... sé que empieza por pe, así que... debe de ser Paul.

–Error –contestó Liv–. Es Peter. Y, por alguna extraña razón, venera el suelo que pisa. Tiene talento de sobra para trabajar en cualquier otra empresa de marketing de la ciudad, pero está dispuesto a trabajar aquí de cartero y chico para todo con tal de estar a su lado.

–No lo sabía –confesó Lyon, avergonzado.

–No, claro que no. Y supongo que tampoco sabe a quién se le ocurrió el enfoque definitivo del anuncio de Tate.

–Creía que a ti –dijo Lyon, sorprendido.

–Soy la mejor asistente personal que probablemente tendrá en su vida, pero no tengo ni idea de cómo hacer anuncios. Fue Peter.

–¿Él?

–Exacto. Y si es usted inteligente, lo ascenderá para que forme parte del equipo de creativos antes de que se le pase su adoración por usted y se dé de bruces con la realidad.

–Hablaré con él nada más llegar el lunes por la mañana –dijo Lyon tras apuntarlo en una nota.

–Bien. Y ya que estamos, hablemos de Howard.

–¿Howard? –Lyon frunció el ceño.

–Howard Carmichael, el de documentación.

–Ah, ¿te refieres al paliducho ese que siempre viene con el traje arrugado?

–Justo. Hace seis meses, su esposa Kathy dio a luz a dos gemelos, Kevin y Keith.

–Y estás disgustada porque no he mandado una tarjeta dándoles la enhorabuena, ¿no?

–No. La esposa de Howard se enfadó porque Howard no estaba a su lado cuando dio a luz.

–¿Y eso qué tiene que ver conmigo?

–Howard no estaba con su mujer porque estaba trabajando y le daba miedo pedirle el día libre por si lo despedía. No puede permitirse el lujo de quedarse sin trabajo en estos momentos.

–¡Por todos los santos! –exclamó Lyon–. ¡No soy un monstruo!

–Pues creo que a Howard se lo parece y, la verdad, no creo que ninguno de sus compañeros le lleve la contraria. Y, por si le interesa, los gemelos están bien, pero Kathy está agotada y a Howard le gustaría tener unos días libres para estar con ella y con los niños.

—Dile a Howard que venga a verme el lunes por la mañana —dijo él en tono resignado.

Liv rodeó a Lyon para agarrar el bolso de su mesa y se lo puso sobre un hombro.

—Dígaselo usted. Yo no estaré aquí el lunes por la mañana.

—¿Cómo que no estarás aquí? ¡Tienes que estar! Ya te he dicho que el señor Tate espera verte y si no estás aquí, Mackensie perderá la oportunidad de su vida. ¿Qué pasará entonces con Peter, Howard, Kathy y los gemelos?

—Ni se le ocurra intentar hacerme chantaje emocional —replicó ella—. No le va a funcionar.

—Está bien, ¿cuánto?

Ya estaba otra vez igual.

—Ya le he dicho que no necesito su dinero.

—Todo el mundo necesita dinero. Solo hace falta averiguar su precio.

Liv lo miró fijamente. Era evidente que Lyon Mackensie solo entendía el lenguaje del dinero. Creía que su fría e implacable chequera podía comprar a todo el mundo, pero se equivocaba. Tenían que darle una lección y ella era la persona indicada para hacerlo.

—Muy bien, señor Mackensie. El precio es civilidad y cierto grado de armonía.

—¿Se puede saber qué significa eso?

—Significa que estoy dispuesta a trabajar durante una semana a partir del lunes que viene y

48

hasta le encontraré a quien me sustituya; a cambio, quiero que se me trate con respeto y dignidad. Soy una persona de carne y hueso y quiero que se me trate como tal. Igual que el resto de su plantilla.

Y luego, quizá, aunque solo quizá, después de marcharse, seguiría tratándolos a todos como seres humanos sin necesidad de estar ella de intermediaria.

–Así que a partir del lunes no habrá más gritos, gruñidos ni rugidos –concluyó Liv.

–¡Yo no rujo! –rugió Lyon.

–Será amable, accesible y civilizado –prosiguió ella sin hacerle caso–. Mostrará interés por sus empleados y, es más, empezará a establecer una relación personal con ellos.

–¡Es absurdo! Me niego a que me obliguen a tratar como bebés a mis empleados.

–Mis condiciones son esas –dijo ella mientras se daba la vuelta y se dirigía a la puerta–. Las toma o las deja.

–¡Espera! –la detuvo Lyon cuando ya estaba girando el pomo de la puerta. Liv se paró–. Está bien, maldita sea. Tú ganas.

Liv se giró y lo miró sonriente.

–Pero asegúrate de que llegas puntual el lunes por la mañana –gruñó Lyon al tiempo que agarraba el teléfono–. No quiero tener que despedirte.

Su sonrisa se desvaneció al instante. Abrió la boca para ponerle los puntos sobre las íes, pero era evidente que ya se había olvidado de su presencia. Se había sentado sobre una esquina de la mesa, tenía pegado el auricular a la oreja y ya le estaba pidiendo disculpas a su novia de turno, Melanie, por llegar tarde a su cita con ella.

Liv apretó los dientes y, justo cuando ya iba a girarse para marcharse, Lyon puso una mano sobre el auricular y le dijo en el tono más agradable que jamás le había oído utilizar:

—¿Señorita Hammond?

Liv se paró y él esbozó una sonrisa.

Una sonrisa que la devastó, aunque solo fuera debido a la novedad.

Liv lo miró, maravillada por la transformación tan increíble que había obrado aquella simple curva de sus labios, convirtiendo sus facciones, normalmente secas, en un rostro derretidor de mirada cálida, labios voluptuosos, arrugas risueñas y, para colmo de placeres, un par de hoyuelos enloquecedores.

—¿Sí, señor Mackensie? —susurró ella.

—Hágase algo en el pelo antes del lunes.

Hizo un esfuerzo sobrehumano por no borrarle los hoyuelos de la cara de un tortazo y salió del despacho dando un portazo.

Lyon se recostó sobre el mullido y aterciopelado respaldo de la silla. Estaba en su restaurante favorito, mirando a la mujer sentada frente a él al otro lado de la mesa. El vestido rojo que llevaba destacaba su rubio cabello y su despampanante cuerpo a la perfección. Y el escote en uve permitía que la luz de la vela proyectase una suave y seductora sombra entre sus magníficos pechos.

Dio un pequeño sorbo de coñac, sin apartar la vista de sus pechos, y pensó que Melanie Worth, realmente, era una mujer hermosa.

Razón por la que lo desconcertaba tanto no sentir la atracción que solía sentir cuando la miraba. Por contra, no podía dejar de ver, en la retina de la memoria, la imagen de un delicioso trasero femenino, cubierto por unos vaqueros ceñidos, así como unos ojos cálidos, marrones y unos labios rosas, sonrientes.

Trató de olvidarse de aquellas visiones y se obligó a concentrarse en lo que Melanie estaba diciendo:

—... en el pub de anoche. Al final me tuvo que acompañar Rafael y, aunque es muy agradable, no eres tú. En serio, cariño, me estoy cansando de esperar a que termines de trabajar —Melanie hizo un hermoso puchero—. ¿Qué sentido tiene esta relación si solo practicamos el sexo?

Lyon frunció el ceño. Melanie nunca se había quejado sobre la vida sexual que compartían. Ninguna mujer se había quejado nunca con él.

—¿Qué hay de malo en practicar el sexo?

—Nada. Pero me gustaría salir y divertirme, y tú solo quieres sentarte en tu despacho y trabajar en esos anuncios aburridísimos.

—Ahora no estoy trabajando —contestó él.

—Porque poco menos que te he arrastrado

hasta aquí y, encima, has llegado tarde –lo acusó ella–. De verdad, Lyon, no puedo...

Lyon se quedó mirando el movimiento de su boca y, lentamente, aquellos labios rojos fueron tomando un color rosa hasta que, de pronto, fue la boca de la señorita Hammond la que estaba acusándolo de todo tipo de barbaridades.

Frunció el ceño de nuevo. No, él no era el ogro que ella había descrito. Sí, puede que tuviese bastante genio y la desagradable costumbre de ir amenazando con despedir a la gente; pero ella mejor que nadie debía saber que nunca lo decía en serio.

Era el director de una empresa, no de un campamento de verano. Puede que la señorita Hammond, tal como había afirmado con suma modestia, fuese la mejor asistente personal que jamás había tenido, pero no tenía ni idea de cómo era el mundo real.

En el mundo real, en el que él había crecido, no había lugar para la sensibilidad ni la vulnerabilidad ni los sentimientos delicados. Eran una distracción innecesaria, una debilidad. Si había logrado sobrevivir, primero en un orfanato y luego en las calles, había sido porque se había levantado un muro a su alrededor para aislarse...

–Ni siquiera me estás escuchando, ¿verdad? –lo acusó Melanie de pronto. Su voz lo despertó de su ensimismamiento–. ¡Te da igual! ¡Tú solo piensas en trabajar, trabajar, trabajar!

Lyon miró aquellos ojos verdes encendidos,

la respiración agitada de Melanie, y decidió que había llegado el momento de amansarla.

–Sabes que eso no es cierto.

De pronto, los ojos de Melanie se achinaron y miraron a Lyon con rabia:

–Estabas pensando en ella otra vez, ¿verdad?

–¿En quién? –preguntó él, confundido.

–¡En la señorita Hammond! –exclamó Melanie y Lyon se sintió culpable– ¡En quién si no! Pues ya estoy harta de oír hablar de ella. Si es tal dechado de virtudes, ¿por qué no le pides que se ocupe de «todas» tus necesidades? –añadió al tiempo que dejaba su servilleta en la mesa y se ponía de pie.

Luego, sin darle tiempo a protestar, Melanie alzó la barbilla con orgullo y salió a todo correr del restaurante.

Lyon la miró marchar desconcertado. ¡Mujeres! ¿Qué mosca les había picado de repente para que se pusieran a gritarle todas como fieras?

Negó con la cabeza y apuró de un trago el resto del coñac. En fin, dejaría pasar unos días para que Melanie se calmara un poco y luego le compraría una de esas chucherías que tanto le gustaban y todo volvería a estar bien. Tenía que acordarse de pedirle a la señorita Hammond que se la comprara y se la enviase, junto con una nota en la que le diría a Melanie que podían pasar el siguiente fin de semana juntos. Para entonces ya tendría una nueva asistente personal y habría cerrado el trato con el señor Tate, de modo que podría permitirse tomarse un par de días libres. Entre tanto, estaba deseando que llegara la mañana del lunes.

Sí, el lunes por la mañana firmaría el acuerdo más importante de toda su vida como empresario.

Capítulo Cuatro

Justo a las ocho y veintidós de la mañana del lunes, Liv salió del ascensor de Mackensie Marketing estresada, haciendo malabares con el maletín, una bolsa con pañales, una con ropa de bebé y su ahijado Sam.

Un segundo después, Annie apareció a su lado.

—Te está esperando y, por si no has notado el follón de ahí dentro, está que muerde. Me he tomado la libertad de... oye, ¿qué es eso?

—Un bebé —contestó Liv secamente—. Te has tomado la libertad de qué —le preguntó.

—De redactar una lista con las órdenes de Su Majestad la Bestia en lo que va de mañana —Annie le entregó un folio a Liv y se puso a jugar con el bebé—. Es una monada. ¡Cuánto pelo tiene!, ¡y qué ojitos tan ricos! ¿Cómo se llama?

—Sam. ¿Eso es todo?

—Hola, Sammy —lo saludó Annie, sonriente. Sam le devolvió la sonrisa—. Sí, no hay nada más.

—Bien, esto es lo que quiero que hagas. Toma mi maletín y esta bolsa, déjalas en mi despacho y luego prepara la sala de juntas para la reunión de hoy. Haz una reserva para dos en La Italia para las doce y llama al servicio de limusinas para que envíen una a recoger al señor Tate a su hotel a las nueve y media. Ah, y dile al conductor que me llame cinco minutos antes de llegar aquí, ¿de acuerdo?

–¡Hecho! –Annie agarró el maletín y la bolsa de ropa y corrió hacia el despacho de Liv mientras esta se encaminaba hacia Leroy.

–Hola, Leroy, necesito que me hagas un favor.

–Lo que quieras, Liv. Oye, ¿qué es eso que llevas en brazos?

–Un bebé. Necesito que te asegures de que todos los aparatos de la sala de juntas están listos para la presentación.

–Hecho. ¿Cómo se llama esta cosita?

–Sam. Pregúntale a Jack cómo quiere que esté todo exactamente, ¿de acuerdo?

–Sí –Leroy se puso a hacerle cosquillas a Sam, el cual respondió estirando una manita para agarrarle la nariz–. Lo siento, pequeño, tengo que irme.

El trayecto hasta su despacho, que solía llevarle poco más de medio minuto, le llevó hasta cinco minutos en esta ocasión, pues no hubo ni un solo compañero que no reaccionase con asombro al verla con un bebé y un paquete de pañales, y todos la paraban para preguntarle su nombre y jugar con él.

–Como me pare una sola persona más para preguntar por ti, te juro que me pongo a gritar –le dijo a Sam.

Por suerte, cubrieron la distancia que faltaba hasta su despacho sin más interrupciones, y en seguida oyó un rugido procedente de la puerta de enfrente.

–¿Se puede saber dónde está? Llega tarde. O'Brien, ¿la has llamado a casa como te he pedido?

–Sí, señor. No responde.

–Bueno, ¡pues no te quedes ahí! Sal fuera y encuéntrala.

–Sí, señor Mackensie. Ahora mismo, señor.

Peter salía de la guarida para cumplir las órdenes de la bestia justo cuando Liv entró con Sam en brazos, que le estaba tirando del pelo.

Como de costumbre, la bestia estaba sentada tras su mesa y la fulminó con la mirada nada más verla:

–¡Llegas tarde! –ladró.

–Sí –Liv trató de convencer a Sam para que le soltara el pelo–. He...

–Creía que te había dicho que hicieras algo con ese pelo.

–Y lo hice, pero...

Solo entonces advirtió Lyon la presencia de Sam y los ojos se le agrandaron desorbitados:

–¿Qué es eso?

–¡Un bebé! –espetó ella–. ¿Es que nadie ha visto un bebé antes?

–Bueno, pues deshazte de él. Tenemos mucho trabajo que hacer esta mañana. Quiero que te asegures de que una limusina vaya a recoger al señor Tate al hotel, y que reserves mesa para dos a las doce. Iremos a La Italia. Y comprueba que la sala de juntas...

Liv se dio media vuelta sin esperar a que Lyon terminara de hablar, fue hacia su despacho y cerró de un portazo. Luego buceó en la bolsa en la que llevaba los pañales, sacó un chupete, se lo puso a Sam, le dio un besito en una mejilla y le quitó el abriguito.

Un segundo después, la puerta del despacho de Lyon se abrió:

—¡No me estás escuchando! —bramó la bestia.

—Exacto. No lo escucho.

—Y creía que te había dicho que te deshicieses de esa cosa —añadió él, mirando con desagrado hacia Sam.

Este lo miró un instante y, de pronto, su adorable carita empezó a arrugarse. Luego abrió la boca y rompió a llorar.

—No es una cosa. Es un bebé y se llama Sam. Mire lo que ha hecho. Lo ha asustado —le recriminó Liv mientras mecía a Sam para sosegarlo—. Tranquilo, corazón. Estoy aquí. No pasa nada. No dejaré que ese bestia te haga daño.

Sam soltó un berrido.

—Chiss, calma —prosiguió Liv—. Sé que ladra mucho, pero luego no muerde.

Poco a poco, Sam fue tranquilizándose hasta dejar de llorar.

—Te ordeno que te deshagas de él y te pongas a trabajar de inmediato —insistió Lyon—. El señor Tate llegará en menos de una hora y cuarto y...

—¿Quiere callarse? Lo va a asustar otra vez. Y

ya que estamos hablando de asustar e intimidar, me prometió que dejaría de comportarse como una bestia con sus empleados.

–Venga, no irás a empezar de nuevo con esa tontería, ¿no? –replicó él con impaciencia.

–Le aseguro que sí. Si quiere que me quede, ya puede empezar a corregirse. De lo contrario, recojo mis cosas y me largo con Sam al zoo más cercano. Y luego le explica usted los hábitos de apareamiento del cuco al señor Tate –contestó Liv. Lyon abrió la boca, se lo pensó antes de hablar y la cerró–. Es la mejor decisión que ha tomado en todo el día. Tome, sujételo un momento. Tengo que bajar al coche a sacar el parquecito de Sam.

Entonces, sin darle a tiempo a protestar, la muy loca le plantó aquella criaturita humana en los brazos y se marchó.

Lyon lo recogió instintivamente y se quedó mirando al bebé. En esa ocasión, era él el que estaba aterrado, en vez de Sam.

–¿Y ahora qué, chaval? –le preguntó.

Sam emitió un ruidito, se llenó la barbilla de babas, esbozó una sonrisa sin dientes y alcanzó la colorida corbata de seda de Lyon.

–Podemos ponerlo junto a mi mesa –dijo Liv mientras abría la puerta de su despacho, echándose a un lado acto seguido para dejar que Peter pasara primero.

Este, cargado con el parquecito de Sam, atravesó el umbral y, de pronto, frenó de golpe.

–¡Dios! –susurró.

Liv miró por encima del hombro de Peter y se quedó aturdida con lo que vio.

Lyon Mackensie estaba de pie, tal como lo había dejado, con los brazos extendidos, sujetando a Sam lo más lejos posible de su cuerpo.

Sin embargo, era evidente que, en algún momento, Sam y Lyon habían entrado en contacto.

Liv miró a Sam, el cual sonreía y balbucía alegremente, y luego a Lyon, que estaba mirando horrorizado los húmedos lamparones de su camisa y sus pantalones.

No pudo evitar sonreír.

Peter la miró fugazmente, dejó el parquecito, se excusó a toda velocidad y salió de allí justo antes de que Liv rompiera a reír.

Cuando por fin logró contenerse, vio que Lyon la estaba mirando, asesinándola casi con los ojos.

–Haz algo –gruñó él.

Sin decir una palabra, Liv sacó una sábana y un pañal limpio y extendió la sábana sobre la mesa.

–Póngalo aquí y yo lo cambio.

Liv colocó al bebé sobre la sábana con cuidado y luego retrocedió un par de pasos.

Sam rompió a llorar acto seguido.

–Chiss, pequeñín. Ahora mismo te limpio –dijo Liv al tiempo que le desabotonaba el pijama y lo sacaba de su cuerpecito con destreza.

Pero a Sam le dio igual su destreza. Miró a Lyon con cara de pena y siguió llorando.

–Creo que le gusta mi corbata –murmuró Mackensie con el ceño fruncido.

–Podría dejar que jugara con ella mientras le cambio –contestó Liv en tono divertido.

Lyon se acercó a regañadientes hasta acabar junto a Sam, el cual dejó de llorar de inmediato. Pero, en vez de jugar con la corbata de Lyon, le agarró una mano.

–Creo que no es la corbata lo que le gusta... sino usted.

–No lo digas con ese tono de asombro. No soy el monstruo por el que todos me tomáis –dijo él. Liv decidió que lo más prudente sería permanecer callada–. ¿De quién es?

–De mi amiga Tina y su marido, Paul.

–¿Y qué haces con él entonces?

–Es mi ahijado. Lo he estado cuidando el fin de semana.

–¿Y por qué está contigo todavía? El fin de semana ha terminado.

–Sus padres están atravesando una pequeña crisis matrimonial y necesitaban escaparse el fin de semana –contestó Liv mientras le ponía un pañal limpio a Sam–. Les ofrecí quedarme con Sam y ayer me llamó Tina, diciendo que Paul y ella necesitaban unos días más y que si podía seguir cuidando del niño. Les dije que me ocuparía de él el tiempo que hiciera falta.

–¿Le dijiste que sí, así sin más? –preguntó Lyon, intrigado.

–Es mi mejor amiga y me necesita –contestó

Liv–. Además, Sam es muy bueno, ¿verdad que sí, corazón?

–No sé yo –contestó él mientras miraba el estado en que había quedado su ropa.

Liv sonrió mientras le ponía otro pijama a Sam y lo levantaba para mecerlo entre los brazos.

–Ni se te ocurra ponerte a reír otra vez –la amenazó Lyon–. Tate llegará en menos de una hora.

–Tengo una idea –dijo ella entonces–. ¿Por qué no se quita la ropa y le digo a Peter que la lleve a la lavandería de abajo? Estará limpia antes de la reunión.

–¿Y qué se supone que voy a ponerme entre tanto? No tengo intención de pasearme por el despacho en chaqueta y ropa interior.

–La chaqueta también hay que lavarla.

–¿Por qué? No le pasa nada.

–Bueno, Sam le ha llenado una hombrera de babas, pero si le parece que así va a la moda –contestó Liv con ironía. Lyon se miró con más detenimiento y puso cara de asco al ver la mancha que había sobre su hombrera–. ¿No tiene un traje de recambio por ahí para las emergencias?

–Lo siento, al salir de casa por la mañana no preveía que tu ahijado fuese a llenarme de babas –contestó él con sarcasmo.

–En fin, parece que no tendré más remedio que dejarle la ropa que he traído para mi cita de luego con Ralph –dijo Liv mientras sacaba dos prendas de una bolsa–. Supongo que no podrá abrocharse la blusa hasta arriba, pero servirá para cubrirlo.

Lyon miró estupefacto la blusa blanca y la falda negra que Liv le había entregado.

–Ni hablar –se negó en rotundo.

–¿Se le ocurre una solución mejor? –replicó ella.

–Está bien. Sal un momento fuera y pasa luego por el traje –accedió finalmente.

–No es justo, Sam. Primero los hoyuelos y ahora los slips negros. ¿Cómo voy a concentrarme en el trabajo con tantas distracciones? –le preguntó Liv al bebé, al cual sostenía en su regazo.

Había entrado en el despacho de Lyon antes de que este hubiera terminado de cambiarse y lo había sorprendido en ropa interior. Sam balbuceó algo incomprensible y golpeó el chupete contra la mesa del despacho.

–Eso es muy fácil de decir –murmuró ella–. Tú no tienes las mismas hormonas que yo. Y, sobre todo, no estás prometido con un hombre agradabilísimo que no se merece que su novia se coma a su jefe con los ojos.

–Ba, ba, ba –chilló Sam.

–Exacto. Es mi jefe. Y hasta el viernes pasado, era una bestia. No paraba de gruñirnos y ladrarnos y era insoportable. Y ahora, de buenas a primeras, empieza a enseñar sus hoyuelos y sujeta bebés en brazos y lleva ropa interior provocativa y a mí me entran unos calores...

–¿Da? –preguntó Sam.

–Da igual. Ya sabrás a qué me refiero en su debido momento. Pero es que... Sam, no puedo creerme que esté teniendo unos pensamientos tan carnales con él. Sé de sobra que es un gusano. Es un mujeriego y trata a todas sus novias como si... le pertenecieran. Gracias a Dios que solo tengo que soportar esto cuatro días más. Luego podré olvidarme de él y de sus hoyuelos y empezar mi vida junto a Ralph. ¿Qué te parece la idea?

Sam le sacó la lengua y le hizo una especie de pedorreta.

–¿Sabes, Sammy? A veces me recuerdas a tu madre más de lo que quisiera –comentó ella. Minutos después sonó el interfono de su mesa. Liv apretó el botón y dijo–: ¿Me llama, señor?

–Quiero verla en mi despacho.

–Vamos, Sam –dijo Liv mientras agarraba un lápiz y una libreta–. El jefe solicita nuestra presencia.

Entraron en el despacho de Lyon, el cual estaba sentado tras la mesa, tapado con la blusa que Liv le había prestado. Tenía los botones sin abrochar, dejando a la vista su musculoso torso, cubierto de una suave mata de vello, y las mangas le llegaban solo hasta los codos.

Liv abrió la boca, pero antes de que pudiera decir nada, Lyon murmuró:

–Ni una palabra. No quiero oírte decir ni una sola palabra. Escucha y calla.

Se mordió un labio para no echarse a reír y se acercó a la mesa.

De pronto, Sam empezó a revolverse y a estirar los brazos hacia Lyon.

—¿Qué le pasa? —preguntó este, frunciendo el ceño.

—No sé —Liv encogió los hombros—. Quizá crea que eres su madre.

—Calla y siéntate —le ordenó Lyon—. Y, por Dios, haz el favor de dármelo antes de que se te caiga.

Se quedó tan asombrada ante aquella petición que hizo justo lo que su jefe le había pedido.

Nada más acomodarse a Sam sobre el regazo, dijo con suavidad:

—Necesito que compres algo en la joyería para Melanie y que se lo envíen para que lo reciba el viernes.

Liv lo miró desconcertada un momento antes de iniciar la habitual ronda de preguntas:

—¿Esmeraldas, zafiros o diamantes?

—Diamantes.

—¿Para una ocasión especial o por una bronca?

—Bronca —reconoció Lyon.

—¿Pequeña o grande?

—Grande —Lyon hizo una pausa y añadió—: Me parece.

—¿Le parece? —preguntó ella, sorprendida. En los cinco años que llevaba con él, jamás había visto a Lyon Mackensie dudar de nada, ya tuviera relación con el trabajo o con su vida privada—. ¿Y cómo es que no está seguro? Aunque da igual, no es asunto mío —rectificó al instante.

–Si tanto te interesa, discutimos por ti –la acusó Lyon.

–¿Por mí? –preguntó ella, atónita.

–Sí, por ti –repitió él con una mezcla de disgusto, enojo y frustración–. Dice que siempre estoy hablando de ti y que pienso demasiado en el trabajo y que no le presto suficiente atención.

Liv sintió una ligera satisfacción al oír aquello. Saber que Lyon hablaba de ella con su novia significaba que la consideraba una pieza importante y valiosa de su empresa. Era como recibir un halago, pensó agradecida, y Lyon no le dedicaba muchos.

–¿Cómo quiere que escriba la nota? –le preguntó entonces.

Lyon la miró confundido.

–¿Pringosamente aterciopelada?

Puso cara de espanto.

–¿Afectuosa pero distante?

Frunció el ceño.

–¿Atenta pero poco comprometida?

Asintió con la cabeza.

–Sí, ya me lo imaginaba –murmuró Liv mientras cerraba la libreta y se dirigía hacia la puerta.

–Oye, ¿qué pasa con Sam?

–Está a gusto con usted –contestó ella tras ver al pequeño sentado tan campante en el regazo de Lyon–. Quédese con él mientras voy a ver si está todo listo para la reunión con el señor Tate.

Salió del despacho y cerró de un portazo.

De eso precisamente era de lo que había estado hablando con Sam. El muy asqueroso tra-

taba a todas sus novias como si fueran objetos.
En vez de quedar con ellas para discutir los problemas que surgieran entre ambos y tratar de so-
lucionarlos, se limitaba a comprarles un regalo.
Pero lo que más irritaba a Liv era que, en la mayoría de los casos, el método le funcionaba. Las
mujeres aceptaban sus regalos entusiasmadas y
se reconciliaban con él, y si se trataba de un regalo de despedida, desaparecían de su vida sin
reprocharle nada ni montarle ningún número.

Y otra cosa: jamás se molestaba en escoger él
los regalos. Claro que tampoco tendría especial
instinto para elegirlos, como lo demostraban las
alfombrillas para el coche que le comprara en
su día a Lonnie, o el horrible reloj de cuco para
Cindy. No comprendía que un regalo debía hacer ilusión al destinatario y, más bien, tenía tendencia a comprar cosas que le gustaban a él.
Después de ver los desastrosos resultados de
aquellos dos primeros regalos, Liv se había apia-
dado, no tanto de él como de las beneficiarias
de su munificencia. Había empezado a ir de
tiendas a la hora de la comida, disfrutando del
encargo, por el placer de comprar lo que ella
nunca habría podido permitirse. De hecho, así
era como había conocido a Ralph, en el mostrador de una joyería, ayudándolo a escoger un regalo de cumpleaños para su madre.

Pero en esos momentos no tenía ninguna
gana de ir de tiendas. Quizá llamara al señor
Kohler, el joyero, al día siguiente o el miércoles,
en vez de hacer ella el viaje, y le encargara la

misma pulsera de diamantes que había escogido para el cumpleaños de Tracy el año anterior.

Era, pensó, no sin cierta malicia, el artículo más caro de la tienda.

Los avisaron a las nueve y cincuenta y tres de la mañana. Colgó el teléfono y mandó a Peter a toda velocidad por el traje del señor Mackensie. Luego fue a su despacho y lo encontró en cuclillas junto al parquecito de Sam, recogiendo una rana de peluche con el aire resignado de quien hacía lo mismo por centésima vez.

—¡Está de camino! —le anunció.

—¿Cuánto calculas que tardará? —preguntó Lyon al tiempo que se ponía de pie, casi pisándose la falda.

—Cuatro o cinco minutos. He mandado a Peter por su ropa.

—Gracias a Dios. No sé cómo os arregláis las mujeres con las faldas estas —murmuró él—. ¿Está todo listo?

—Sí, señor.

—Toma, quédate con Sam y dile a O'Brien que me traiga el traje en cuanto llegue.

Tres minutos después, Peter entró en el despacho de Liv, sin resuello, con el traje y la camisa.

—¡Ya está aquí! —dijo él—. He visto la limusina abajo mientras me metía en el ascensor.

—Gracias, Peter. Ve a avisar a los demás. Yo le llevo la ropa al señor Mackensie —dijo Liv, la cual llamó al instante al despacho de Lyon—. El

traje está aquí y el señor Tate está subiendo...
¿Qué pasa? –preguntó al oírlo rezongar.

–Es la mierda de la cremallera. No baja –gruñó él.

–Tenga cuidado. Es mi falda favorita.

–Creo que se ha enganchado con un trozo de tela, pero no veo nada.

Lo oyó refunfuñar al otro lado de la puerta y se lo imaginó rasgándole la falda.

Así que entró. Estaba de pie, junto a la mesa, con el torso desnudo, luchando aún con la cremallera. Liv se detuvo un segundo a echar un vistazo a su potente pecho antes de correr junto a él:

–Deje que lo ayude –dijo sin aliento después de poner a Sam en el suelo–. Será más rápido.

Lyon miró hacia el bebé:

–¿Te parece buena idea dejarlo ahí?

Liv se giró y vio a Sam tirando del cable del interfono

–Cualquier cosa con tal de que deje de tirarme del pelo. Al paso que va, me dejará calva antes de que termine el día.

Justo entonces, Sam tiró el interfono al suelo y empezó a toquetear todos los botones.

–Anda –Lyon se agachó a recoger a Sam–. Lo sujetaré mientras te ocupas de la cremallera. Y, por favor, date prisa.

En ese mismo momento, las puertas del ascensor se abrieron y apareció un hombre bajito y regordete, casi calvo, mofletudo y de grandes ojos azules.

Annie lo saludó con una sonrisa nerviosa, tomó su abrigo y lo informó con amabilidad de que el señor Mackensie estaría con él en seguida. Lo invitó a sentarse y corrió al despacho de Liv.

Estaba a punto de tomar asiento cuando oyó la voz de una mujer:

—El problema de los hombres es que pensáis que todo es cuestión de fuerza.

Miró alrededor asombrado, pero no vio a nadie, así que se encogió de hombros y se sentó.

Acto seguido, la misma voz femenina dijo:

—Hay que ser delicado, es mucho mejor.

El señor Tate volvió a mirar alrededor, extrañado. Le pareció que la voz procedía de la mesa que tenía enfrente. Se aseguró de que no lo estaba vigilando nadie, se acercó a la mesa, movió un par de papeles y encontró un interfono:

—Mis manos son demasiado grandes para andarse con delicadezas —dijo una voz masculina.

—Tonterías. Basta con un movimiento suave, hacia atrás y hacia adelante, así.

—¿Por qué tardas tanto? Creía que terminarías en seguida.

—Tranquilo, ya casi está.

—¿Estás segura?

—Mmm.

—¿Así está mejor?

—Sí...

—Venga, date prisa. El señor Tate llegará en cualquier momento.

–No hace falta que me lo recuerde.

–No me gustaría que nos sorprendiera en una situación comprometida.

–Tranquilo, no nos sorprenderá porque... –la mujer hizo una pusa y soltó un último resoplido– ¡ya está! ¿Ha sido suficientemente rápido?

–No está mal. Toma, sujeta tú a Sammy mientras yo me pongo...

El resto quedó sofocado por el balbuceo de un bebé, pero el señor Tate ya había oído suficiente.

Rojo como un tomate, apretó los puños y, con expresión iracunda, irrumpió en el despacho de Liv.

Annie, que estaba organizando los papeles de la mesa de Liv, se giró sorprendida:

–Señor Tate, el señor Mackensie lo atenderá en seguida. Está...

–Sé perfectamente lo que está haciendo –atajó Tate–. ¿Dónde está?

–Ahí –Annie apuntó hacia la puerta de al lado–. Pero no puede...

Antes de que pudiera detenerlo, el señor Tate fue hacia la puerta y la abrió.

Capítulo Cinco

Lyon acababa de subirse los pantalones cuando la puerta se abrió. Levantó la cabeza y vio al señor Tate en el umbral, morado casi de la rabia.

–¿Qué pasa aquí? ¿Qué significa esto, Mackensie?

Lyon maldijo para sus adentros.

Se hacía una idea de lo que el señor Tate estaría imaginándose, y no era una idea reconfortante. La señorita Hammond estaba de pie, mirándolo con el moño medio suelto gracias a la determinación de Sam, con las mejillas encendidas de rubor, boquiabierta... Y él tenía la camisa sin abrochar, los pantalones con la cremallera bajada, el pelo enredado igualmente y la respiración anhelante por las prisas de ponerse los pantalones a toda velocidad.

No, la cosa no tenía buena pinta en absoluto.

–¿Y bien? –ladró el señor Tate.

Tenía que improvisar algo. Si no se le ocurría una justificación increíblemente buena para aquella extraña situación, perdería el contrato más jugoso de toda su vida.

Evidentemente, no podía contarle la verdad. Era demasiado retorcida y parecería una mentira descarada. Lo que necesitaba era dar con una mentira descarada que pareciera verdad.

Sin pensárselo dos veces, Lyon esbozó una sonrisa afectuosa y dijo:

–Señor Tate, quiero presentarle a la señorita Hammond... mi esposa.

Annie se quedó sin respiración.

La señorita Hammond lo miró como si se hubiera vuelto loco.

A Sam le entró la risa, agarró un mechón de pelo de Lyon y tiró con fuerza.

Lyon siguió sonriendo.

–Eh... ¿cómo dices?, ¿tu esposa? –preguntó el señor Tate.

–Sí, señor.

–Creía que era tu asistente personal.

–También lo es, señor.

–Vaya, vaya, vaya –poco a poco, el rostro del señor Tate fue suavizándose–. Así que ha tenido la sensatez de casarse con ella, ¿eh? Estupendo, estupendo. Y este pequeñajo debe de ser tu hijo. El parecido es indiscutible –añadió sonriente, apuntando hacia Sam.

Lyon estuvo a punto de dejar de sonreír.

–No sabes qué alegría me das, Lyon –aseguró el señor Tate, realmente entusiasmado–. Me gusta ver una familia unida. En los tiempos que corren, es muy raro encontrar una familia feliz como la vuestra.

–Felicísima –murmuró la flamante esposa de Lyon.

Lyon se desplomó sobre el asiento del despacho y suspiró agotado. Luego puso los pies sobre la mesita de café que tenía en frente, con cuidado de no despertar al bebé que descansaba entre sus brazos.

Gracias a Dios, el día estaba terminado.

Por un momento, había tenido miedo de que la trola que se había inventado hubiese sido demasiado descabellada; pero el señor Tate se la había tragado enterita y la señorita Hammond no le había dado la oportunidad de dar marcha atrás. Con su habitual eficacia, había sacado del despacho a Sam y al señor Tate para dejar que Lyon se terminara de vestir y recobrara su dignidad en privado. La reunión, por suerte, había ido sobre ruedas... salvo por Sam, que se había empeñado en sentarse en el regazo de Lyon todo el tiempo y no había parado de tirarle del pelo y mancharle de babas su mejor corbata. Pero a Tate le había parecido un bebé encantador y se había marchado de Mackensie tan contento como engañado.

Y, por fin, en cuanto la señorita Hammond terminara de vestirse para acudir a su cita con el fulano ese y se llevara consigo a Sam, él se marcharía a casa y se tomaría un copa para tranquilizarse. Cerró los ojos, se recostó sobre el cabezal y pensó en el delicioso whisky que lo esperaba.

–¿Se puede saber por qué se ha inventado una historia tan ridícula? –preguntó Liv al otro lado de la puerta, ligeramente entornada.

–No tenía muchas más opciones. Reconoce que la situación parecía bastante extraña, y ya has visto la cara que tenía al entrar.

–¿Y ahora qué? ¿Cómo hará para que el señor Tate no descubra la verdad?

–Basta con que prolonguemos la farsa un par de días, durante una cena o dos, y ya está. Él se marchará y Mackensie habrá cerrado el mejor contrato de su historia. Por cierto, ¿puedes organizar una cena para mañana por la noche?

–¿Quiere que reserve mesa en La Italia otra vez o en el restaurante francés que acaba de abrir?

–¿Reservar mesa? No hará falta. Podemos cenar en mi casa.

–¿En su casa?

–Mejor dicho, «nuestra» casa –rectificó Lyon, sonriente.

–¡Ah, no! No esperará que...

–Es lo mejor. El señor Tate se siente solo –contestó él–. Lo que necesita es una estupenda comida casera con la familia Mackensie para animarse.

–¿Y de dónde se supone que voy a sacar esa estupenda comida casera?

–Encárgala. Haz lo que haga falta, me da igual lo que cueste. Te daré una copia de las llaves de casa esta noche; así podrás ir directamente mañana, sin pasar antes por aquí. Yo iré a recogerlo al hotel y llegaremos a casa en torno a las seis.

–¿De verdad cree que podemos engañarlo? –preguntó Liv al tiempo que entraba en el despacho de él, una vez se hubo cambiado de ropa.

–Confía en mí. Será... –Lyon se quedó sin voz al ver a la señorita Hammond–... pan comido.

La blusa blanca y la falda negra, que le habían parecido instrumentos de tortura esa misma mañana, se habían transformado en prendas elegantísimas. La blusa dejaba al descubierto los suaves hombros de su asistente personal y la falda se ajustaba deliciosamente a su estrecha cintura y caía a la perfección sobre sus femeninas caderas y piernas.

Debía reconocer que, con aquella ropa, la señorita Hammond estaba... muy apetecible.

–¿Qué pasa? –preguntó Liv, mirándose como si tuviera alguna mancha o algo parecido.

–Nada –acertó a contestar Lyon, después de tragar saliva–. Esa ropa te favorece mucho más a ti que a mí.

–Eso espero –replicó Liv mientras se apoyaba en un archivador para calzarse. Luego se acercó a Sam y, con una expresión sumamente tierna, pasó los nudillos por sus mejillas–. Pobrecillo, tiene que estar destrozado después del día que ha tenido.

–Sí, hacerse pis y tirar del pelo y babear tiene que ser agotador –dijo Lyon con ironía. Liv soltó una melodiosa risa–. Eh... señorita Hammond, yo...

—Creo que si voy a ser tu media naranja –lo interrumpió ella, sonriente, tomándose la libertad de tutearlo–, deberías llamarme Liv.

Liv. Iba bien con la atractiva y vital mujer que tenía ante sí.

—Solo quería... bueno, darte las gracias por todo esto.

Por un momento, pareció que fuera a desmayarse. Luego sonrió.

—No hay de qué. Basta con que recuerde el trato: armonía y cordialidad.

Liv llegó tarde a su cita con Ralph. Entró sin aliento en el lujoso restaurante francés que acababan de abrir en la ciudad.

Ralph, vestido con un elegante traje azul marino y una corbata clásica, se levantó para recibirla con un saludo entusiasta. Luego vio al bebé y su sonrisa desapareció al instante:

—¿Qué es eso? –preguntó, mirando a Sam, al tiempo que se pasaba una mano por su rubio cabello.

«Otra vez igual».

—Un bebé –dijo ella.

—Eso ya lo sé, Olivia. ¿Pero de quién es?

—De Tina y Paul. ¿Recuerdas que te hablé de ellos?

—Ah... sí, sí. Entonces este debe de ser Sam –dijo Ralph, esbozando un simulacro de sonrisa.

—Exacto –el rostro de Liv se iluminó, complacida porque Ralph recordara el nombre del bebé–. Dile hola, Sam.

Sam sacó la lengua e hizo una de sus pedorretas marca de la casa.

Ralph parpadeó, sorprendido.

–Eso no está bien, Sam –lo regañó Liv–. Lo siento, Ralph. Es que acaba de levantarse y está un poco pesado.

–Sí... –Ralph se quedó mirando a Sam asombrado, el cual lo miraba con una expresión amenazante–. Bueno, siéntate. Tengo... una pequeña sorpresa para ti –añadió después de apartarle la silla.

Liv se sentó con Sam en su regazo y solo entonces se fijó en la decoración de la mesa. Había una preciosa rosa roja en un jarrón de cristal exquisito situado en medio de la mesa, flanqueado por una vela roja a cada lado. Era la única mesa con esa decoración, de lo que podía deducirse que Ralph se había tomado muchas molestias por hacer de aquella cita una noche especial.

–¡Qué bonito! –exclamó Liv.

–Me alegro de que te guste, Olivia –contestó él, ligeramente ruborizado–. Quería que esta noche fuese especial para ti porque sé que la semana pasada me declaré de un modo muy poco ortodoxo y quería compensarte.

–No tenías por qué hacerlo, Ralph –dijo ella, conmovida por tal atención.

–Quería hacerlo –aseguró él–. Y tengo otra sorpresa para ti. He...

Dejó la frase en el aire al ver que Sam estiraba la mano hacia la llama de una de las velas.

—¡Sam, no!

Liv le apartó los dedos a toda velocidad y Sam se quedó mirándola sorprendido, al tiempo que los ojos se le poblaban de lágrimas. Empezó a sollozar y Liv miró alrededor desesperada en busca de algo con lo que acallar el berrido que debía de estar gestándose en alguna parte de su cuerpecito. Se decidió por un trozo de pan y se lo acercó para que se entretuviese. Sam se lo llevó a la boca de inmediato y empezó a lamerlo tan contento. Por suerte, pensó Liv aliviada, se le había pasado el disgusto.

—Perdona, Ralph —se disculpó acto seguido—. ¿Qué estabas diciendo?

—Olivia, ¿no habría sido mejor dejarlo con una canguro? —dijo él con el ceño fruncido.

—He estado muy ocupada. Además, la canguro soy yo.

—¿A qué te refieres con que has estado muy ocupada?

Liv pensó en contarle el pacto al que había llegado con Lyon Mackensie. Había vuelto a trabajar y no quería ocultarle nada a Ralph. Un matrimonio tenía que compartirlo todo. Además, Ralph era un hombre razonable. Seguro que comprendería que tenía que seguir esa semana más. Al fin y al cabo, sus compañeros, sus amigos la necesitaban. Así que abrió la boca para soltárselo todo, pero Sam tenía otros planes. Abrió la boca antes y empezó a gritar «¡ma, ma, ma, ma!» al tiempo que golpeaba la mesa con la mano en la que tenía el trozo de pan.

Ralph miró a los lados incomodado y susurró:

—Olivia, por Dios, ¡haz algo!

Liv limpió las babas de la barbilla de Sam, le dio un beso encima del pelo y lo abrazó.

Sam siguió dando golpes y gritando tan contento.

—No me refería a eso, Olivia. ¿No puedes hacer que se calle?

—Es un bebé, Ralph. Es lo que hacen los bebés. Bueno, ¿decías algo de una sorpresa?

—Ah, sí —Ralph sonrió emocionado, metió la mano en el bolsillo interior de la chaqueta y sacó una cajita roja de terciopelo—. Quería darte un detallito para hacer oficial nuestro compromiso.

Le acercó la cajita y la abrió. Liv se quedó sin respiración. Dentro había un anillo de oro con el rubí más grande que jamás había visto, rodeado por pequeños diamantes. Liv tragó saliva, incapaz de articular palabra alguna.

—Es el anillo de pedida de mi bisabuela Bernice —explicó Ralph—. Ha pasado de generación en generación por toda mi familia. Mi madre fue la última en llevarlo.

—Es… increíble —murmuró Liv mientras Ralph lo sacaba y se lo ponía en el dedo. El anillo pesaba bastante y parecía un poco grande para su mano, pero se alegraba de que Ralph hubiese logrado convencer a su madre para que se desprendiera de él. Entonces comprendió lo que aquello significaba verdaderamente y lo miró esperanzada–. Ralph, ¿esto quiere decir lo que creo que quiere decir?

Ralph asintió y sus ojos grises se iluminaron al otro lado de las gafas.

–Le he dicho a mi madre que estamos prometidos.

–¿Y?, ¿qué ha dicho ella?

–Va a comprar un billete de avión para venir a verte. Quiere conocerte.

–¡Qué alegría, Ralph!

–Sugirió que cenáramos juntos el miércoles.

–¡Genial! –exclamó Liv, radiante–. Prepararé mi guisado especial de carne. Sé lo mucho que te gustó el jueves pasado.

Ralph se llevó la mano al estómago con disimulo.

–Bueno, en realidad, estaba pensando en cenar fuera.

–Ah –dijo ella, desilusionada.

–No quiero que te agobies con los preparativos, Olivia. Todo irá mucho mejor si estás relajada y no tienes que preocuparte por la cena. Mi madre es muy especial con la comida.

–Tú siempre en todo, Ralph. De acuerdo, no te preocupes: haré lo que pueda por elegir un restaurante que le guste a tu madre.

–Confío en ti, Olivia. Y ahora que ya no tienes que preocuparte por tu trabajo, seguro que todo irá viento en popa. Mi madre es muy anticuada. Me temo que no le gusta que las mujeres trabajen fuera de casa –dijo él en tono de disculpa–. Pero ya no tenemos que preocuparnos por eso, ¿verdad?

La conciencia de Liv se debatía entre apaciguar a Ralph y contarle la verdad. Lo angustiaba mucho contrariar a su madre. Si le decía que había vuelto a la oficina, estaría preocupadísimo hasta el miércoles. Mientras que si no lo sabía, no pasaría nada. Además, solo serían cuatro días más. Después sería la mejor amita de casa del mundo. Lo más sensato sería no decirle nada.

–No tienes que preocuparte por nada, Ralph. Te prometo que le caeré bien a tu madre pasado mañana –contestó finalmente–. Por cierto, ¿cuál es su plato favorito?

–Perdiz asada con espinacas –le dijo Liv a Sam al día siguiente mientras le quitaba el cinturón del cochecito–. ¿Dónde voy a encontrar un restaurante donde pongan eso?, ¿es que no le podía gustar algo más normalito?

Sam balbuceó algo a modo de respuesta.

Lo levantó del cochecito, agarró su bolso y la bolsa de pañales y cerró la puerta del coche con la cadera.

–Yo tampoco lo sé. Y, para colmo, tengo que preparar una cena rica para esta noche –Liv se dio media vuelta y silbó al ver la casa de su jefe–. ¿Has visto eso, Sam?

Era la primera vez que iba a la casa de Lyon

Mackensie. Sabía que vivía en uno de los mejores barrios de la ciudad, pero jamás había imaginado que fuera algo tan.... perfecto.

Era una casa elegante, colorida, llena de resplandecientes ventanas. Unos escalones conducían a la entrada, flanqueada por dos columnas blancas. El jardín delantero era enorme y tenía grandes y robustos árboles que ofrecerían sombra en verano y resguardarían del frío en invierno. Debajo de las ventanas había tulipanes rojos que daban a la casa un aire primaveral, y las paredes laterales estaban cubiertas de frondosa hiedra.

Liv recorrió el paseíto que conducía hasta la puerta principal, puso la bolsa de pañales en el suelo y sacó del bolso las llaves que Lyon le había dejado el día anterior. Abrió la puerta, ansiosa por ver el interior de la casa, y entró.

—¡Dios!

No podía ser verdad. Esa casa no se merecía eso. Esa casa merecía estar decorada con antigüedades cuidadas con cariño durante generaciones. Se merecía una hoguera acogedora, paredes cálidas, fotos de familia. Merecía estar llena de niños, recuerdos, ecos de risas...

Pero lo que se merecía y lo que Lyon Mackensie le había hecho no tenía nada que ver. El suelo estaba cubierto por una moqueta, blanca al igual que las paredes. Unas obras de dudoso arte rompían aquella monotonía cromática. Los muebles eran negros y tenían unas formas extrañas que a Liv le recordaban a ciertos instrumentos medievales de tortura. La casa era una oda al mal gusto.

El señor Tate nunca creería que los Mackensie vivían en un mausoleo tan frío y falto de vida.

—Suerte que el dinero no es un problema —le dijo a Sam tras suspirar. Luego descolgó el teléfono y marcó—: Hola, Annie. Oye, necesito un favor...

Capítulo Seis

Lyon tenía hambre. Y estaba empezando a ponerse nervioso.

No había comido nada desde el desayuno; de ahí que estuviese hambriento. Y, de nuevo, la jornada había sido desquiciante; no porque los empleados hubieran huido como de costumbre como si fueran polluelos descabezados, sino porque no había huido ninguno de ellos.

Estaba desarrollando cierto instinto para detectar catástrofes y el instinto le había estado haciendo señales de humo todo el día. No le había concedido mayor importancia a aquella desagradable sensación hasta entonces, pero, en ese momento, mientras aparcaba el coche frente a su casa, los pelos habían empezado a erizársele; de ahí su nerviosismo.

–Lyon, chaval, no sabes la ilusión que me hace cenar con Olivia, contigo y con Sam –le dijo el señor Tate mientras Mackensie aparcaba–. No suelo tener esa suerte en la mayoría de mis viajes de negocios.

–Para nosotros es un placer invitarlo, señor Tate –dijo Lyon en tono distraído mientras salía del coche. Estaba demasiado ocupado mirando

85

a su casa, a todas las luces que salían de las ventanas, como para prestar atención al señor Tate.

Porque, por primera vez en toda su vida, Lyon Mackensie volvía a casa y alguien estaba esperándolo.

Lo cual le gustó.

Le gustaba pensar que Liv y Sam estarían dentro esperándolo y, sobre todo, le gustaba el calor que sentía en el pecho y que se irradiaba por todas las partes frías y vacías de su interior.

—Tienes una casa estupenda —comentó el señor Tate.

—Gracias, señor. Es... nuestro hogar —respondió Lyon, con el ceño fruncido.

Hasta ese día, nunca le había parecido un hogar. No había pasado de ser una casa, una de la larga lista de propiedades que testimoniaban su éxito y poder adquisitivo. Por primera vez, miró a su casa y trató de ver lo que el señor Tate veía.

El césped estaba bien segado, los setos perfectamente podados y hasta había flores primaverales bajo las ventanas. La casa parecía bien cuidada. Y lo estaba.

Gracias a la empresa de jardinería a la que pagaba.

El interior, en cambio, era otra historia totalmente distinta. Lo había decorado Lauren hacía unos años, justo antes de romper Lyon con ella. En aquel entonces, Lauren le había asegurado que un ambiente minimalista iba bien con su personalidad y su estilo de vida. Pero, si se pa-

raba a pensarlo, lo de minimalista le sonaba...
en fin, deprimente.

Y al señor Tate no le iba a gustar un ambiente
deprimente. Lo deprimente no encajaba con
una familia feliz, con bebés, pañales y comida
casera.

No sin nerviosismo, a unos metros de distancia, Lyon siguió al señor Tate por el camino que
conducía a la puerta delantera, junto a la cual
había una ventana desde la que se veía el salón.
El señor Tate sonrió y saludó con la mano a alguien de dentro antes de llegar a la puerta.
Lyon se giró a mirar por la ventana, intrigado
por qué podía haber hecho sonreír al señor
Tate.

Así que aceleró el paso para ver de cerca el
salón...

Pestañeó.

Tenía que tratarse de un error. ¿Dónde estaba el deprimente minimalismo?, ¿cuándo se
había llenado su casa de sofás mullidos, cojines
coloridos, alfombras y cuadros con formas com-
prensibles?

Desconcertado, siguió al señor Tate hasta la
entrada, no sin antes mirar de reojo el número
que había sobre la puerta del garaje.

Solo para asegurarse.

La luz del porche se encendió y Lyon oyó al
señor Tate decir:

—¡Hola, Olivia!, ¡Sam!

—Bienvenido a nuestra casa, señor Tate. Pase,
por favor.

—Me parece que he perdido a tu marido —bromeó el señor Tate.

—Seguro que llega ahora mismo.

Lyon subió los escalones del porche y se limpió las suelas antes de entrar.

—Estoy aquí. Estaba admirando lo bonitas que están las flo... —dejó la frase sin terminar, asombrado por la mujer que se le había aparecido ante los ojos, sujetando a Sam sobre la cadera derecha.

¡Superaba cualquier fantasía erótica de cualquier hombre! Solo que no era ninguna fantasía. Porque las fantasías no llevaban mandil. Debajo lucía un ajustado vestido negro de noche. El pelo le caía sobre los hombros, gloriosamente suelto. Y tenía los labios pintados de rosa.

Lyon sintió que su cuerpo se acaloraba por segundos y que la ropa le apretaba demasiado.

Observó sus deliciosos labios rosas mientras Liv hablaba con el señor Tate, sin advertir que estaba avanzando hasta llegar a la puerta junto a ellos.

De pronto, aquellos labios rosas se giraron hacia él y dijeron:

—Hola, cariño.

Acto seguido, se acercaron hacia su mejilla y, justo cuando iban a rozar su piel, Lyon giró la cabeza.

Fue un beso fugaz. Más fugaz de lo que a él le habría gustado.

Advirtió la mirada de sorpresa en los marrones ojos de Liv al separarse de él y, de pronto, se dejó arrastrar por un impulso travieso. Sin pensárselo dos veces, se encontró diciendo:

—No tienes por qué ser tan tímida, cielo. Estoy seguro de que al señor Tate no le importará que me demuestres cuánto me has echado hoy de menos.

Y, sin darle tiempo a protestar o, lo que habría sido más probable, a arrearle una patada en sus partes, Lyon la volvió a besar.

Y siguió besándola.

Saboreó la textura de sus labios, húmedos y aterciopelados, la dulzura y el calor de su lengua, el gemido suave, incitante y placentero que emitió al cabo de unos segundos.

Habría seguido besándola el resto de su vida.

Si Sam no lo hubiera agarrado por el pelo y le hubiese dado un tirón con todas sus fuerzas.

Se apartó de ella cuando no pudo soportar más el dolor, con la respiración entrecortada, y vio reflejados sus propios sentimientos en los ojos asombrados de Liv.

—Así se hace, chaval —lo felicitó el señor Tate, encantado—. Bueno, ¿qué hay de cenar?

Liv miró el rosbif con el ceño fruncido. Por alguna razón, no las tenía todas consigo. Le había pedido al carnicero que le indicara cómo asar la carne, pues quería que la cena saliese de maravilla.

Lyon la mataría de lo contrario.

Pero había sido un día tan ajetreado que apenas había tenido tiempo de meter la carne en el horno y de vestirse. Ni siquiera había tenido ocasión de ponerse nerviosa hasta que había oído aparcar a Lyon afuera.

Y entonces la había besado, y los nervios habían desaparecido por arte de magia. ¡Dios!, ¡el tío sabía besar!, ¡y besar!, ¡y besar...!

Estaba segura de que si Sam no hubiera decidido intervenir, todavía seguirían besándose. Y eso no habría sido bueno. Besar a su jefe estaba muy mal, pero había hecho una cosa mucho peor: ¡había disfrutado besándolo!

Lo cual no podía volver a suceder. Cuando lo pillara a solas un momento, tendría que dejar claras ciertas reglas. Nada de besos. Punto.

Y, ya que estaba, nada de seguir pensando en sus hoyuelos y en sus slips negros.

Asintió como tratando de convencerse y volvió a centrarse en el rosbif. Sacó un cuchillo de trinchar del cajón de los cubiertos y se dispuso a cortar la carne.

—¡Qué bien huele, cariño!

Liv se giró y se encontró frente a Lyon, que estaba de pie a la entrada de la cocina, sonriéndole.

—Tate está entretenido jugando con Sam —comentó él—, así que he venido a ver qué tal iba la cena.

—Olvídate de la cena. ¿A qué ha venido lo de ahí fuera? —Liv apuntó hacia la puerta de casa con el trinchante.

—Algo tenía que hacer —se justificó Lyon—. Vamos, lo normal es que un marido salude a su esposa al llegar a casa, digo yo.

—Podías haberme dado un beso en la mejilla.

—Ya, pero habría sido mucho menos convincente.

—Convicente o no, nada de besos a partir de ahora, ¿está claro? —replicó ella.

—Clarísimo —contestó Lyon tras ver cómo sujetaba Liv el cuchillo de trinchar—. ¿Te ayudo con el rosbif? —le ofreció entonces.

—Anda, córtalo tú mientras yo saco la fuente —Liv le entregó el cuchillo. Segundos después, Lyon lo dejó sobre la mesa con el ceño fruncido—. ¿Dónde lo has encargado?

—No lo he encargado —contestó ella, sonriente—. Pensé que la mejor forma de ofrecer una comida casera era haciéndola en casa.

—¿Es la primera vez que preparas un rosbif?

—Sí, pero a Ralph le gusta mucho cómo cocino.

—¿Te lo ha dicho él?

—Bueno, no... pero el otro día lo invité a cenar y se lo comió todo.

—Ya.

—¿Por qué?, ¿qué pasa? —preguntó Liv, alarmada, tras notar cómo estaba mirando Lyon la carne.

—¿Cuánto tiempo la has tenido en el horno?

—No sé... un buen rato.

—Pues necesita más tiempo.

—¿Cómo que necesita más tiempo? Lleva más de una hora y está muy dorada.

–Sí, pero la parte de dentro está fría todavía.

–Pero... no... no puede ser.

¿Qué iban a hacer?, ¿qué le darían de cenar al señor Tate?

–Tranquila, no te agobies –la serenó Lyon–. ¿Por qué no te sientas y descansas un poco mientras yo me ocupo de esto?

–No confías en mí, ¿verdad? –lo acusó Liv.

–Por supuesto que confío en ti –le aseguró él.

–Entonces, ¿por qué no me estás gruñendo ni echándome la bronca?

–Porque, señorita Hammond, soy un hombre civilizado que solo quiere paz y armonía. Y no se puede gruñir y ser civilizado al mismo tiempo, ¿no es cierto? –contestó Lyon en tono divertido.

Liv maldijo para sus adentros. ¿Por qué se sentía como si fuera la Alicia del país de las maravillas y estuviera en un universo paralelo?

Lo primero que Lyon notó cuando salió de la cocina con Liv, tras haber apañado la cena, fue que el invitado había desaparecido.

Miró hacia el salón, donde había dejado al señor Tate jugando en el suelo con Sam. El único rastro de que habían estado allí era el chupete del bebé.

–Dime que también has cambiado la decoración del resto de la casa –le susurró a Liv, presa del pánico de repente.

–Por supuesto que lo he cambiado todo –contestó ella, también susurrando–. No pensarías que iba a arriesgarme a que viera el mausoleo en el que vives, ¿no?

—Solo quería asegurarme —contestó Lyon, aliviado.

—¿Dónde estará?

—Mira tú en el salón. Yo voy al despacho.

Partieron en sentidos opuestos.

Después de comprobar que el señor Tate no estaba en el despacho, Lyon cerró la puerta y se dirigió al otro extremo de la casa, a ver si Liv había tenido más suerte.

En efecto, los encontró en el salón, de pie frente a la chimenea, charlando tranquilamente.

—Ah, estás ahí —el señor Tate se dio media vuelta y lo miró con una sonrisa radiante—. Ven, Olivia me estaba enseñando las fotos de la familia.

¿Las fotos de la familia?

Lyon avanzó hasta la chimenea y vio una serie de fotografías sobre la repisa de arriba. Había una en blanco y negro con un hombre alto rodeando con un brazo a una mujercita que se parecía a Liv, ambos sonriendo a la cámara. Y otra de dos niñas, una de las cuales miraba a la cámara con una expresión testaruda muy propia de Liv. Al lado había una foto de toda la familia, de vacaciones en alguna playa. Había más fotos de la familia, y un par de Sam, pero Lyon se fijó en la única que tenía el honor de ocupar el centro de la estantería.

Una foto de bodas.

La boda de ambos.

Liv llevaba un vestido blanco con velo, estaba preciosa y a su lado la acompañaba... ¿él?

Lyon frunció el ceño. La expresión de su rostro, alegre pero comedida, le resultaba familiar. Pero, ¿cómo...?

De pronto, lo comprendió. Liv debía de haberle pedido a Leroy que escaneara dos fotografías y que las retocara por ordenador para formar una única foto de bodas.

—¿Cuándo os casasteis, tortolillos? —preguntó el señor Tate.

—Hace unos meses —contestó Lyon.

—Hace dos años —contestó Liv, la cual le dio un codazo a aquel en un costado.

—Quiero decir, unos cuantos meses.

—Le aseguro que nuestro hijo es totalmente legítimo, señor Tate, pues no me quedé embarazada hasta seis meses después de habernos casado —comentó Liv, mirando sonriente al invitado—. Por desgracia, mi marido, como todos los hombres, no es capaz de recordar la fecha del día más importante de su vida.

—Mi Millie solía decir lo mismo cada vez que me olvidaba de nuestro aniversario —dijo el señor Tate tras soltar una risilla—. De verdad, tenéis una casa preciosa. Por cierto, que he visto que tienes comederos para pájaros afuera, Lyon. ¿Qué aves se ven por esta zona?

¿Comederos para pájaros? Debía de tratarse de otra de las ingeniosas ideas decorativas de Liv. ¿Pero qué demonios iba a contarle?

Respiró profundo y se dispuso a mentir como un campeón:

—Bueno, lo cierto es que...

—¡No, señor Tate! No le deje que arranque —interrumpió Liv, sonriente—. Lyon se puede tirar horas hablando de pájaros. Lo mejor es que os reservéis la conversación para otra ocasión. Y ahora, cariño, ¿qué tal si le ofreces algo de beber al señor Tate mientras yo saco la cena?

Lyon sintió tal alivio que la habría besado. Pero recordó las reglas.

Nada de besos.

Al menos, no mientras no se librara de todos los cuchillos de la cocina.

La cena prosiguió sin contratiempos. Bueno, salvo el pequeño fiasco del rosbif. Por suerte, Lyon había tenido una buena idea: había partido la carne en rodajas finas y las había metido un rato más en el horno, para que se calentaran antes por dentro. Y había preparado una salsa deliciosa con la que había regado la parte de arriba, para que el asado estuviese más jugoso.

Gracias a Dios que Ralph había insistido en cenar en un restaurante al día siguiente, pensó Liv mientras vaciaba el último vaso y lo ponía en el lavavajillas. No quería ni imaginar lo que habría pasado si se hubiera cargado la cena delante de su madre. No sabía por qué, pero no creía que Ralph hubiese tenido la misma capacidad de reacción que Lyon.

Era curioso, pero había aprendido más sobre él en esa velada que en los cinco años que había trabajado a sus órdenes. Quizá se debiera a que había estado más relajado, menos ensordecedor; pero lo cierto era que le había parecido humano, en vez de la bestia por la que siempre lo había tomado. De hecho, le había caído bien, le había gustado la complicidad que había habido entre los dos, la armonía...

Como si de veras estuvieran casados.

Hasta había sentido pena por él en un momento dado, cuando el señor Tate había preguntado que por qué no había ninguna foto de la familia de él en la repisa de la chimenea. Lyon había contestado con diplomacia y había cambiado de tema con elegancia; pero Liv se había quedado impresionada. Jamás habría imaginado que su madre lo había abandonado y que había crecido en un orfanato. La infancia de ella había sido tan idílica que aquello le parecía incomprensible. Pero servía para explicar su forma de ser, su ambición, su deseo de triunfar. Era como si solo así pudiese demostrarse que se merecía...

De pronto, se dio cuenta de una cosa: ¡Dios!, ¿cómo podía haber sido tan injusta con él?

Había tenido el valor de acusarlo de no conocer a sus empleados, pero tampoco ellos se habían tomado la molestia de intentar conocerlo. Todos le habían tenido tanto respeto que habían optado por mantenerse a distancia. Cada vez que habían improvisado una merendola o habían quedado a tomar una copa después del trabajo, se habían marchado sin invitarlo, dando por sentado que Lyon no querría ir.

Y ella tenía más culpa que nadie, porque había fomentado esa actitud actuando como intermediaria, aislándolo del resto de sus empleados.

Y, de pronto, le surgió una duda: ¿acaso era posible que Lyon Mackensie se sintiera solo?

Tenía sentido. No tenía familia y no parecía tener amigos. Y aunque salía con mujeres, sus relaciones no solían durar mucho.

Podía decirse que era como un animal herido que quería ayuda pero era demasiado orgulloso para pedirla.

De acuerdo. Entonces se encargaría ella de que no necesitara pedirla. Antes de que terminase esa semana, se aseguraría de que todos los empleados de la empresa descubrieran al verdadero Lyon Mackensie, no a la bestia que habitaba su cuerpo durante las horas de trabajo.

Capítulo Siete

Lyon miró el reloj y echó un vistazo al despacho de Liv. Eran las siete y cuarenta y ocho de la mañana. Llegaría de un momento a otro, con Sam y la bolsa de los pañales y el resto de la parafernalia. Se dio cuenta de la frecuencia con que había mirado el reloj durante la anterior hora y frunció el ceño. Siempre esperaba su llegada por las mañanas, pero solía deberse a cuestiones relacionadas con el trabajo.

Ese día, en cambio, era distinto.

Estaba deseando verla, pero no por nada relacionado con la empresa, sino por la noche anterior. La noche anterior había descubierto otras facetas de Liv y estaba intrigado.

La noche anterior, por primera vez en cinco años, había sido testigo de cómo había perdido la compostura su fría y eficiente asistente personal. Sonrió al recordar lo adorablemente indefensa que había parecido cuando le había dicho que el rosbif no estaba listo. Había sido como descubrir que su señorita Hammond no era perfecta en todo.

Aunque sí que había mostrado gran destreza besando. La noche anterior la había besado y sus labios le habían resultado irresistiblemente dulces.

Y luego lo de las fotografías. Le habían permitido vislumbrar el pasado de Liv, y lo que había visto lo había fascinado. Una familia feliz. Una infancia sin preocupaciones. Nada que ver con el pasado de él. Había sido como si hubiese mirado un sueño de cómo podría ser su vida si...

¿Si qué?

No podía cambiar su pasado, ni cambiar la persona en la que se había convertido. Se estaba dejando atrapar por aquella descabellada farsa. Una persona como él no podía tener un hogar acogedor ni formar una familia... ni siquiera lo deseaba. Estaba contento con su vida, y lo estaría aún más cuando cerrara el contrato con el señor Tate y su vida volviera a la normalidad, sin bebés ni asistentes personales que lo chantajeaban.

En su casa minimalista. Sin colorido...

Liv llegó a la oficina a las ocho en punto. Tenía un montón de cosas que hacer y ya iba con retraso. Lo primero era organizar una reunión informal entre Lyon y la plantilla, y luego tenía que llamar a la agencia de colocación para que le encontraran una sustituta. Por si eso fuera poco, Sam estaba llorón esa mañana y ni siquiera había reservado mesa para la cena de esa noche con Ralph y su madre.

–Llegas tarde –gruñó Lyon cuando la oyó entrar en su despacho.

–Vaya, parece que os habéis levantado los dos con el pie izquierdo –dijo Liv mientras le entregaba a Sam.

–¿Está bien? –preguntó Lyon con dulzura mientras le acariciaba una mejilla.

–Sí, supongo que echará de menos a sus padres –contestó ella mientras se quitaba el abrigo y lo colgaba–. Por suerte, ya le falta poco para verlos. Tina y Paul vendrán a recogerlo esta noche.

–¿Esta noche? ¡No pueden hacer eso!

–Claro que pueden. Son sus padres.

–Pero... –dejó la frase en el aire y miró desconcertado al bebé.

–Seguro que él también te echará a ti de menos –Liv sonrió.

–Sí, en fin –Lyon carraspeó y abrazó a Sam un poco más fuerte–. Hablando de esta noche, estaba pensando en invitar a cenar al señor Tate en algún restaurante. Como se marcha mañana...

–No puedo –dijo Liv mientras se acercaba a quitarle el abrigo a Sam–. Ya he quedado con Ralph y su madre.

–Ah.

–Será la primera vez que nos veamos, así que es una noche importante –comentó ella.

–Entiendo.

–Pero siempre puedes cenar tú con el señor Tate. Dile que Sam no se encuentra bien y que me he quedado en casa cuidándolo. Así podréis hablar de negocios sin que Sam o yo os distraigamos.

–Sí, claro, tienes toda la razón.

–Y, para que no te preocupes, esta misma mañana voy a intentar gestionarte lo de mi sustituta.

–Excelente.

–Ah, por cierto –añadió Liv mientras terminaba de quitarle el abrigo–. Va a haber una reunión de la plantilla esta mañana a las diez y media.

–No he convocado ninguna reunión –Lyon frunció el ceño.

–Será algo informal. Es el cumpleaños de Peter, así que vamos a celebrarlo con una tarta –explicó Liv–. Pensé que sería una buena oportunidad para que empezaras a conocerlos un poco.

–Así que sigues con esas, ¿no?

–Me lo prometiste.

–Está bien, está bien –murmuró él–. Pero no esperes que lo ascienda a director como regalo de cumpleaños.

–¡Vaya! –Liv puso cara de fastidio–. Y yo que esperaba ablandarte con una ración de tarta –añadió sarcásticamente.

Desde luego, aquel hombre era imprevisible, pensó Liv mientras observaba asombrada lo bien que se había integrado Lyon.

La fiesta había empezado normalmente, aunque todos se habían sorprendido al ver que la bestia había salido de su guarida para participar en la celebración. Al principio se habían mostrado cautelosos, pero Liv había animado a

Lyon a que hiciera algunas preguntas a sus empleados, con la esperanza de que estos se sintieran más relajados y a gusto si veían que el jefe se interesaba por ellos.

Y el plan había funcionado, aunque no como había previsto. Lyon se había tomado a pecho la sugerencia y había empezado a soltar la misma pregunta a cada uno de los miembros de la plantilla. En un primer momento, habían contestado con cierto recelo, aguardando cada cual su turno e interrogando a Liv con la mirada, la cual los había animado a seguir así hasta que, de pronto, la cosa se había convertido en un juego. Lyon les iba preguntando uno a uno y ellos intentaban contestar lo más rápido posible, riéndose de las respuestas y las ocurrencias de los otros. Por asombroso que fuera, hasta Lyon se había reído con algunas de las disparatadas contestaciones.

Era increíble cómo se transformaba su rostro cuando se reía: parecía mucho más accesible, menos amenazante que de costumbre, y sus ojos se llenaban de luz. Justo entonces, Lyon la sorprendió observándolo y le lanzó una mirada interrogativa. Ella sonrió, elevó el pulgar en señal de enhorabuena y fue hacia su despacho.

Todavía quedaba un largo camino que recorrer hasta que Lyon y la plantilla pudieran comunicarse sin su intermediación, pero habían roto el hielo y si todos se esforzaban un poco, la relación habría mejorado mucho para cuando ella se fuera al final de la semana.

Ya solo faltaba que la cena de esa noche con

Ralph y su madre saliera igual de bien y su vida sería perfecta.

Pero aquella noche estaba siendo cualquier cosa menos perfecta. Había vuelto a casa del trabajo más tarde de lo esperado, así que había tenido que apresurarse para darle la cena a Sam, bañarlo y vestirlo antes de que sus padres llegaran. El parquecito, el cochecito, la maleta y la bolsa de los pañales estaban junto a la puerta.

Solo faltaban los padres.

Empezó a dar vueltas por el salón con Sam en brazos. Se suponía que Tina y Paul tenían que haber llegado a las seis, lo que le habría dado tiempo de sobra para ducharse, vestirse y estar preparada para cuando Ralph y su madre fueran a recogerla a las siete y media.

La señora Fortescue no soportaba la impuntualidad. Ralph se lo había dicho unas diez veces esa misma tarde, cuando la había llamado para preguntarle en qué restaurante había reservado mesa. Había tenido que cruzar los dedos y mentirle, porque si le hubiera confesado que no había tenido tiempo para reservar mesa en ningún sitio, a Ralph le habría dado un síncope.

Al final había podido reservar una mesa en La jaula, uno de los restaurantes donde mejor preparaban la perdiz en toda la ciudad. Por suerte, había recordado ver un anuncio del local en la revista que Ralph le había prestado. Lo que no había supuesto era que los amantes de los pájaros y las aves estuvieran dispuestos a comérselas...

Liv se agachó para consultar la hora en el visor del teléfono. Solo entonces reparó en la luz parpadeante del contestador automático. Apretó el botón. El primer mensaje era de su hermana, que la llamaba desde el campus para contarle que había conocido a un chico estupendo el día anterior. El segundo mensaje era de Tina:

–Liv, ¿estás ahí? –había arrancado la amiga–. Vaya, parece que no. Ya sabes cómo odio hablar con estos trastos. Volveré a intentarlo a las once.

El contestador dio un pitido y de nuevo se oyó la voz de Tina:

–Hola, Liv. Parece que no te pillo ahora tampoco. Supongo que no tengo más remedio que hablar con la cosa esta, ¿no? ¿Qué tal está Sam?, ¿Sammy, me oyes? Mami te quiere, corazón...

–Y papá también, campeón –añadió Paul.

Sam reconoció las voces de sus padres y estiró los brazos hacia el teléfono.

–Liv, no sabes cómo te agradezco que hayas cuidado de Sam. Te alegrará saber que Paul y yo lo hemos solucionado todo. Voy a llevarte una sorpresa para darte las gracias...

–Se llama José –bromeó Paul.

–Chiss. Ahora está prometido a... Randall –prosiguió Tina–. Bueno, vamos a comer algo y luego nos acercamos al aeropuerto. Nos vemos a las seis, adiós.

Liv suspiró aliviada y se sentó en el sofá mientras Sam se revolvía excitado sobre su regazo. Tina y Paul se habían arreglado. Parecían contentos, enamorados, igual que al casarse. Casi deseó...

Liv se incorporó. ¿Qué deseó?, ¿y por qué estaba pensando en la foto de la supuesta boda entre Lyon y ella?

Estaba prometida a Ralph.

Ralph, Ralph, Ralph, Ralph.

Su silenciosa letanía se vio interrumpida por el siguiente mensaje:

—Liv, soy yo otra vez —en esa ocasión, la voz de Tina sonó diferente, tensa, ansiosa, y Liv se incorporó todavía más—. Oye, Paul se encuentra fatal y el médico cree que puede haber tomado comida en mal estado. No sé cuánto tardaremos en poder volver a casa. ¿Puedes cuidar de Sam un poco más de tiempo? Siento mucho tener que pedírtelo, y espero que no sea un problema para ti. No puedo recurrir a nadie más, salvo a la familia de Paul; pero viven muy lejos. Te prometo que intentaremos volver lo antes posible. Te llamaré esta noche otra vez. Dale a Sammy un beso de mi parte.

Liv abrazó a Sam y le dio un besito en la cabeza. Pobre Paul. Esperaba que no tardase mucho en recuperarse y que Sam pudiera volver a ver a sus padres pronto.

Mientras tanto, tenía un pequeño problema.

No podía llevarse a cenar a Sam esa noche; pero, ¿con quién podía dejarlo?

Lyon estaba frente a la puerta de Liv. Le hacía gracia eso de que le estuviese «salvando la vida».

Nada que ver con sus acusaciones de la semana anterior, cuando lo había llamado bestia gritón y despreciable, pensó mientras llamaba al timbre.

–¡Va! –la voz de Liv flotó en el aire. Un minuto después, abrió la puerta y lo invitó a pasar.

Casi se le salieron los ojos de las cuencas.

La noche anterior había estado preciosa con el elegante vestido negro que había llevado; pero lo de esa noche era distinto: lucía un modelito rojo que se ceñía a sus curvas peligrosamente, así como unas medias negras que envolvían sus largas y torneadas piernas. Estaba maquillada y su peinado no se parecía en nada al que solía llevar a la oficina. También habían desaparecido las gafas, sustituidas por unas lentillas que resaltaban las vetas doradas de sus marrones ojos. Luego se fijó en su boca, pintada con un lápiz de labios también rojo, seductor...

–¿Pasa algo? –preguntó ella.

–No... nada –contestó Lyon, mirándola a los ojos.

–¿Seguro?, ¿voy bien vestida? El vestido no es demasiado llamativo, ¿no? Y el peinado... ¿no me habré despeinado?

–No, estás guapísima –aseguró él, con la vista clavada en el enorme rubí que adornaba su dedo anular. Liv se dio cuenta de adónde estaba mirando y extendió la mano para que pudiese ver el anillo más de cerca.

–¿Verdad que es increíble?

–¿Lo has escogido tú? –preguntó él, con el ceño fruncido.

–No, pertenecía a la bisabuela de Ralph, Bernice –contestó Liv–. Ralph ha tenido que robárselo casi a su madre para poder dármelo.

–Es demasiado grande para tu dedo –fue todo lo que dijo antes de cambiar de tema–. ¿Está Sam listo?

–Sí, sí; pero pasa.

Abrió la puerta del todo y se echó a un lado. Lyon entró en su apartamento, cuyo aspecto era muy similar al de su propia casa en esos momentos: parecía acogedor, cómodo, y estaba decorado con buen gusto.

–Mira quién ha venido, Sam –dijo ella.

La carita de Sam se iluminó y el bebé alzó los brazos para que lo levantaran.

Lyon se acercó y sacó al briboncete de su sillita:

–Hola, Sammy, parece que hoy nos quedamos los chicos solos –dijo él, sonriente, al tiempo que se llevaba una mano al bolsillo para sacar un pequeño león de peluche que le había comprado como regalo de despedida.

Sam agarró el muñeco y le dio un mordisco en la cabeza acto seguido.

–Así se hace –dijo Liv mientras miraba a Lyon con aire divertido. Entonces, de pronto, llamaron al timbre desde la calle–. Ahora bajo, Ralph –dijo ella tras apretar el botón del telefonillo.

También era mala suerte: ¡mira que adelantarse precisamente ese día! Se giró, agarró la bolsa de los pañales y se la dio a Lyon:

–Aquí tienes todo lo que necesitas. Tendrás

que llevarte el cochecito y, toma, una copia de las llaves de mi apartamento. Te veo a la vuelta. Ralph dice que su madre suele acostarse temprano, así que a las diez y media estaré en casa como muy tarde —dijo Liv al tiempo que le metía las llaves en el bolsillo de su chaqueta y corría por su bolso y su abrigo.

—Espera, ¿qué le digo al señor Tate? —le preguntó él mientras la acompañaba a la puerta.

—Dile que me encontraba mal de repente y que has tenido que llevarte a Sam porque no has tenido tiempo de encontrar una canguro —Liv se agachó para darle un besito a Sam—. Hasta luego, Sammy. Adiós, cari...

Se detuvo justo cuando ya iba a darle un beso de despedida. Por un momento, Lyon tuvo la esperanza de que Liv acabara besándolo; pero al final se retiró, le estrechó la mano y salió volando.

Liv pinchó una patata asada con el tenedor y la cortó con cuidado. Desde que había entrado en el recibidor de La jaula, una especie de jungla llena de aves tropicales que no paraban de alborotar, tenía los pelos como escarpias.

Tenía la corazonada de que algo iba a salir fatal esa noche, así que estaba teniendo muchísimo cuidado.

Se había saltado la ensalada por miedo a acabar con restos de lechuga entre los dientes.

Se había saltado la sopa por miedo a tirársela encima del vestido.

Y había pedido un simple pollo asado, en vez de alguna especialidad de la casa más exótica, solo por asegurar.

En esos momentos, se imaginó que la patata se le resbalaba y salía volando en línea recta hasta aterrizar en el escote de la señora Fortescue.

Liv dejó el cuchillo sobre el plato y optó por dar un sorbo a su vaso de agua mineral.

–¿Le pasa algo al pollo, querida? –le preguntó la señora Fortescue.

–No, no, está delicioso. Es que esta noche no tengo mucha hambre –se disculpó Liv.

–Tonterías. Las jóvenes de hoy día están demasiado delgadas. Tienes que estar fuerte si quieres darle a mi Ralph un hijo fuerte y saludable –la señora Fortescue se giró hacia su hijo con una sonrisa indulgente–. ¿Verdad que sí, cariño?

–¿Qué? –Ralph parpadeó–. Ah, sí, por supuesto, mamá.

–¿Tú crees que estoy muy delgada? –le preguntó Liv con el ceño fruncido.

–Yo... –Ralph se ruborizó y bajó la vista hacia el pecho de Liv, notablemente menos voluminoso que el de su madre–. Delgada, delgada no...

–No seas tonta, querida. Claro que no le parece que estás delgada. Pero debes acumular energías antes de quedarte embarazada. Dar de mamar puede ser extenuante. Yo le di el pecho a Ralph hasta los tres años y cuando terminé, me había quedado en nada –dijo la señora Fortescue. Liv se atragantó al oír lo de los tres años–. No bebas tan rápido, querida... Por cierto, Ralph me ha dicho que no tienes a nadie, ¿es verdad eso? –añadió mientras cortaba su perdiz asada con suma maestría.

–¿Que no tengo a nadie? –repitió Liv, confundida.

–Familia, querida.

–Tengo una hermana.

–Ya, ya, pero tus padres están muertos, ¿no?

–Por desgracia.

–Pobrecilla –la señora Fortescue pellizcó la mano de Liv–. Pero ahora me tienes a mí, y debes hacerme caso con los preparativos de la boda, como se lo habrías hecho a tu madre.

–Gracias, señora Fortescue.

–Dime, querida, ¿dónde has pensado celebrar la ceremonia?

–Bueno, todavía no lo hemos decidido. Había pensado en un mirador pequeño, con la familia y los amigos íntimos...

–¡Ni hablar! ¡Ralph y tú tenéis que casaros en la Catedral de San Esteban de Baltimore! Allí es donde los Fortescue se han unido en santo matrimonio durante generaciones. Es una tradición familiar.

–Pero...

–Insisto, Olivia. ¿Y a cuánta gente pensabais invitar?

–Como digo, Ralph y yo habíamos pensado en una boda pequeña...

—No menos de quinientas personas, ¿supongo?

¿Quinientas personas?

Liv se llevó una mano a la cabeza. ¿Qué estaba pasando ahí? ¿Qué pasaba con la cálida e íntima boda con la que siempre había soñado?

—Pero nosotros habíamos dicho que no asistirían más de cincuenta —dijo Liv, mirando a su prometido.

—Bueno, sí... —Ralph carraspeó—. Pero creo que mi madre tiene razón, Olivia. Solo los Fortescue somos casi doscientos. Me temo que la familia esperará una boda por todo lo alto.

Pero yo no quiero una boda por todo lo alto.

—Puede que no, querida, pero pronto serás una Fortescue y tienes que asumir ciertas responsabilidades.

—Pero... —Liv miró a la señora Fortescue, luego a Ralph, que parecía estar pasando un rato muy desagradable. Suspiró. Estaba dispuesta a realizar algún sacrificio, pero se negaba a someterse por completo a los deseos de la señora Fortescue. Lo mejor sería que cambiase de tema por el momento—. ¿Sabe? El otro día leí su artículo sobre los hábitos de apareamiento del cuco —añadió, obligándose a sonreír.

—¿De veras? —la señora Fortescue dejó el tenedor y esbozó una sonrisa radiante—. ¡Qué bien! Me encanta compartir mis aficiones. Los pájaros me apasionan. ¿Te gustó?

—Era muy interesante —Liv cruzó los dedos y

111

los tobillos por debajo de la mesa–. Resulta muy curioso eso de que solo se apareen cada cinco años.

–Sí, y este fin de semana es una oportunidad estupenda para verlos aquí. Por eso me hizo tanta ilusión cuando Ralph me llamó contándome lo vuestro. Se me ocurrió que podía aprovechar para ver cucos. A Ralph también le gustan mucho.

–Eso es fantástico, señora Fortescue.

–Sí. Al señor Fortescue no le llamaban mucho la atención los pájaros, pero yo me encargué de que Ralph se interesara. Recuerdo como si fuera ayer cuando lo llevé a la primera excursión con mis amigas.

Liv soltó el aire que había estado conteniendo. Por suerte, la señora Fortescue se había olvidado de la boda y había pasado a cómo se había ido aficionando Ralph al increíble mundo de las aves.

Pobrecillo. Tenía que ser difícil ser objeto de tanto cariño y tan abrumadora atención...

Liv frunció el ceño. Ralph había permanecido en silencio toda la noche, salvo cuando lo habían presionado para que diese su opinión sobre la boda. Y entonces se había puesto del lado de su madre. Lo cual era desconcertante, pues Liv estaba acostumbrada a que Ralph le diera la razón. Era una de sus mejores virtudes...

No, un momento. Ella no quería a Ralph porque tendiera a darle la razón. En absoluto. Lo quería porque... porque... bueno, porque él la quería y la necesitaba e iba a darle la clase de vida con la que siempre había soñado.

¿Y qué pasaba con la pasión?

Liv recordó la noche en que Lyon la había besado... ¡y cómo la había besado! Todavía recordaba el fuego de sus labios. Y esa misma noche, incluso, había estado a punto de volver a besarlo. Le había parecido lo más natural, agacharse y darle un beso de despedida; pero se había frenado justo a tiempo. Por suerte, el sentido común la había salvado de cometer un error. Tenía que recordar la regla que ella misma había establecido: nada de besos. Por mucho que lo deseara...

¡Dios!, ¡ya estaba otra vez igual! No dejaba de fantasear con Lyon, cuando lo que debería hacer era pensar en Ralph.

Ralph, Ralph, Ralph, Ralph.

–¡Ma, ma, ma, ma!

Ralph, Ralph, Ra...

–¡Mamamama!

Liv se quedó blanca al reconocer los gritos de...

No podía ser.

Era imposible.

Pero, con su suerte, probablemente fuera.

Capítulo Ocho

Sin pensárselo dos veces, Liv se dio media vuelta y apartó unas frondas de una palmera que había detrás de ella para ver de dónde procedían los gritos. No tardó en ver un par de familiares ojos azules.

Sam le sonrió mientras golpeaba la mesa con sus pequeños puños:

—¡Ma!, ¡mamamamama!

Liv se giró rápidamente y vio que Ralph y la señora Fortescue la miraban con extrañeza.

—Eh... me había parecido oír algo. Un pájaro extraño o algo así —se excusó ella.

—Olivia, ¿te encuentras bien? —le preguntó Ralph.

—Genial. De maravilla —mintió Liv, sonriente—. Por favor, señora Fortescue, continúe. ¿Decía que Ralph tenía trece años cuando vio su primer cuco?

Ralph la miró despistado y luego animó a su madre a que siguiera hablando. Liv fingió escuchar cada una de sus palabras mientras se preguntaba qué estarían haciendo ahí Lyon, Sam y el señor Tate. ¡Menos mal que no la habían visto!

Pero no podía estar segura de cuánto tiempo le duraría la suerte. Tenía que salir del restaurante cuanto antes mientras Lyon y el señor Tate estuvieran ocupados comiendo.

–Bueno, ¿nos vamos yendo? –preguntó Liv de pronto.

La señora Fortescue interrumpió la frase que estaba diciendo y enarcó ambas cejas:

–¿Tienes prisa, Olivia?

–No he querido decir nada antes, porque estaba atendiendo con mucho interés lo que estaba contando sobre Ralph; pero me temo que no me encuentro muy bien.

–¿Qué te pasa, querida?

–No sé, tenía tantas ganas de verla y este mediodía he comido un poco rápido... –Liv dejó la frase colgando para que la señora Fortescue sacara la conclusión.

–Una indigestión nerviosa –diagnosticó esta–. Ralph, encárgate de pagar y de recoger mi abrigo en el ropero. Nosotras vamos saliendo. Vamos, querida, seguro que te encontrarás mejor en cuanto te llevemos a casa.

Liv estaba en el recibidor, haciendo todo lo posible por ocultarse tras el voluminoso cuerpo de la señora Fortescue, cuando, de pronto, vio al señor Tate, a Lyon y a Sam avanzar directos hacia ella.

–Señora Fortescue, ¿no necesita ir al baño?

—le preguntó Liv, tratando de ocultar su nerviosismo.

—¿Para qué, querida?

—Hay unos cuantos kilómetros hasta casa y mi madre siempre decía que debía ir al baño antes de entrar en el coche.

—Creo que seré capaz de aguantar los veinte minutos que tardaremos en llegar a tu apartamento, Olivia.

—Pero... —se estaba desesperando. El señor Tate se estaba acercando. Hasta podía oír balbucear a Sam—. Espero que no le parezca una grosería, señora Fortescue, pero creo que le vendría bien refrescarse un poco —añadió, mirando hacia el empolvado escote de la mujer, en el que se había formado un poco de barrillo por el sudor.

—¿Qué? —la señora Fortescue se llevó una mano al pecho—. ¡Sí, sí! Gracias por decírmelo, querida —agregó, saliendo disparada hacia el aseo de señoras.

Liv sonrió y se giró justo a tiempo para saludar al señor Tate.

—¡Olivia! —exclamó este—. ¡Creía que estabas mala!

—¡Mamamama! —gritó Sam, el cual se lanzó a los brazos de Liv. Esta miró a Lyon con disimulo por encima de la cabeza del bebé.

—Hola, cielo —dijo Lyon al tiempo que se inclinaba para darle un beso en la mejilla—. ¿Te encuentras mejor?

—Sí, parece que las pastillas que me has

dado me han hecho efecto y ya estoy mucho mejor.

–Ya le había dicho al señor Tate que mañana por la mañana se te habría pasado. Cuando las mujeres tienen el día, lo tienen –dijo Lyon con total seriedad.

Liv lo miró estupefacta justo antes de ruborizarse.

–No te sientas violenta, querida –terció el señor Tate en tono afable–. A mi Millie le pasaba lo mismo. Todos los meses, como un reloj. Siempre me pedía que le frotase la espalda. Decía que la aliviaba mucho.

–Quizá deberíamos intentarlo, cielo –dijo Lyon, con un brillo perverso en los ojos.

–¿Habéis cenado ya? –preguntó ella, desesperada por cambiar de tema.

–Estábamos saliendo. Sam se estaba poniendo nervioso –dijo Lyon.

–Es normal. A estas horas suele estar durmiendo –Liv no sabía cuánto tiempo tardarían en aparecer Ralph o la señora Fortescue, pero no quería tentar demasiado la suerte–. Entonces, ¿nos vamos? –preguntó, enfilando directa hacia la salida.

–Sí, claro –contestó Lyon.

Una vez afuera, Liv le devolvió a Sam a Lyon.

–Bueno, pues os veo ahora mismo en casa –dijo.

–¿No vienes con nosotros, Olivia? –preguntó el señor Tate.

–No, he venido en mi coche.

–Ya, ¿y Sam?

–El cochecito está en el coche de Lyon. Eh... perdonad, tengo que ir un momento al baño. Nos vemos en casa ahora. Buenas noches, señor Tate.

–Siento que te hayas perdido la cena, cielo.

–Yo también, otra vez será –Liv sonrió, se despidió del trío y regresó al recibidor del restaurante, donde Ralph y la señora Fortescue la esperaban extrañados–. Necesitaba un poco de aire... ¿Estamos listos? –preguntó sin dar pie a que le pidieran más explicaciones.

–No puedo creerme que lo hayamos conseguido –dijo Lyon mientras se sentaba en el sofá de Liv y se aflojaba la corbata.

–Por los pelos –dijo ella mientras se quitaba los zapatos y se desplomaba también sobre el sofá–. ¿Cómo es que habéis acabado en La jaula? Esta mañana he tenido que suplicarles casi para que me reservaran una mesa.

–Resulta que el señor Tate le había pedido a su secretaria que hiciera la reserva antes de venir a vernos –explicó Lyon–. ¿Y tú qué tal?, ¿cómo han ido las cosas con la madre de cómo se llame?

–Se llama Ralph. Y su madre es muy... interesante –contestó ella con cierto orgullo.

–Entiendo.

–¿Qué significa eso? –preguntó Liv, girándose para mirarlo a la cara.

–Significa que estás siendo diplomática. ¿A que es un ogro?

–En absoluto –protestó Liv, la cual no pudo evitar sonreír ante la mirada escéptica de Lyon–. Bueno, al menos no mucho. Los conozco peores –añadió a modo de indirecta.

Lyon no estaba muy seguro de que así fuera.

Había visto un momento a la madre de Ralph en el recibidor, justo antes de retirarse al aseo de señoras, y le había dado la impresión de que era una mujer mucho más testaruda que él. Y por lo que sabía de Ralph, este no era suficientemente fuerte para plantarle cara a su madre. Lyon no entendía cómo podía querer Liv dejar el trabajo para casarse con aquel tipo. Sabía que pensaba que sería feliz a su lado, pero él no estaba tan convencido.

–Liv, ¿por qué te quieres casar con Ralph? –le preguntó impulsivamente.

–Pues... –Liv vaciló, sorprendida, pero en seguida sonrió–. Cuando era pequeña, mi hermana Jenny y yo éramos las niñas más envidiadas de la manzana porque nuestra familia era perfecta. Mi padre era dulce, cariñoso y un poco desastre. Sí, trabajaba para ganar dinero y que nunca nos faltara de nada, pero necesitaba que mi madre cuidase de él. Todos lo necesitábamos. Mi madre era... increíble. Cocinaba de maravilla, nos cosía la ropa, limpiaba la casa... ¡y le gustaba hacerlo! Yo quiero lo mismo. Quiero ser como ella. Quiero tener un hogar, formar un familia, quedarme en casa cuidando de los niños. Y Ralph es como mi padre: me necesita –añadió en un tono melancólico, entusiasta y esperanzado al mismo tiempo.

«Yo también te necesito», pensó Lyon de repente.

Además, tenía la sensación de que Liv necesitaría algo más para ser feliz. Liv disfrutaba trabajando y era una asistente personal fabulosa. Todos los empleados se habían quedado desolados al enterarse de que iba a dejar la empresa. Y Lyon sospechaba que ella se sentiría aún más desolada cuando se diera cuando del error tan enorme que había cometido.

Claro que él no tenía por qué meterse en sus asuntos. Al fin y al cabo, Liv era mayorcita, inteligente y podía decidir por su cuenta qué quería hacer con su vida y con quién quería casarse. Aunque el tipo no valiese un pimiento.

–Tus padres debían de ser maravillosos –comentó finalmente.

–Lo eran. Por desgracia, murieron en un accidente de tráfico hace cinco años.

–Lo siento –Lyon le pellizcó una mano cariñosamente.

–No importa. Vivieron poco, pero fueron felices y murieron juntos, que es como les habría gustado.

–¿Y tu hermana? Es la que aparecía en las fotos de la repisa, ¿no?

–Sí, Jenny está en el último año de universidad –dijo Liv, sonriente–. Acaban de darle una beca para que termine el año que viene.

–Debes de estar orgullosa de ella.

–Lo estoy. Es una chica estupenda, lista, divertida y guapa.

–Igual que tú –dijo Lyon al tiempo que le acariciaba una mejilla.

Sobrevino un breve y tenso silencio. Liv abrió la boca, sorprendida, y Lyon se sintió tentado de besarla, pero se contuvo. Tenía que recordar que estaba prometida a otro hombre y que ella quería un tipo de vida que él no podía ofrecerle. Antes de que se le olvidaran todas aquellas razones, se levantó y fue por su chaqueta.

–Será mejor que me vaya.

Liv lo acompañó a la puerta.

–Gracias por cuidar de Sam esta noche –le dijo mientras se la abría.

–El placer ha sido todo nuestro. El señor Tate se ha encariñado de él.

–Hablando del señor Tate, ¿ha dicho algo del contrato? –preguntó Liv.

–Sí, parecía convencido. Lo consultará con su gente cuando llegue a casa y luego firmará los papeles. Ya solo tenemos que distraerlo mañana. Creo que vendrá a la oficina a despedirse de todos antes de marcharse.

–Es un alivio no tener que seguir con esta farsa más tiempo –comentó Liv.

–Sí –contestó él poco convencido–. ¿Has encontrado a alguien para sustituirte?

–Hay una candidata que podría ajustarse. La agencia la ha llamado esta tarde y mañana irá a la oficina a que la entrevistes. Si todo va bien, empezará el lunes.

—Perfecto.

Parecía que, a partir del día siguiente, los dos conseguirían justo lo que querían. Pero, entonces, ¿por qué sentía aquel vacío en el pecho?

—En fin, chaval, ha sido un placer conocerte. A ver si algún día venís a visitarnos los tres —dijo el señor Tate al día siguiente.

—Sería fantástico, ¿verdad, cariño? —contestó Lyon, mirando a Liv.

—¿Qué? Ah, sí, por supuesto.

Liv estaba distraída. Apenas lograba concentrarse en lo que decía. Lyon la estaba rodeando con un brazo por el hombro y la había mirado con tal ternura que su corazón le había dado un vuelco.

Igual que la noche anterior.

Había estado encantador. Primero, había accedido a cuidar de Sam; luego se había mostrado comprensivo y afectuoso mientras ella le había hablado de sus padres. Por primera vez, había sentido que estaba interesado en ella, ya no como empleada, sino como persona.

Como mujer.

Lo había visto en sus ojos cuando le había acariciado la mejilla y, en ese instante, había deseado que la besara apasionadamente y...

—¿Liv?, ¿cariño?

–¿Sí? –reaccionó esta.

–El señor Tate te estaba haciendo una pregunta.

Liv hizo un esfuerzo sobrehumano por recobrar la compostura.

–Perdone, señor Tate. ¿Decía?

–Me preguntaba si serías tan amable de mandarme algo de información sobre los cucos de manchas moradas. Al final no hemos tenido ocasión de hablar de sus hábitos de apareamiento.

–Por supuesto. Tengo un artículo muy interesante. Es una lástima que no los haya podido ver en persona. Tengo entendido que este fin de semana se podrá verlos muy bien por esta zona. Hay un lugar por aquí, justo a las afueras, con unas vistas magníficas.

–Ya veo –dijo el señor Tate con aire pensativo–. ¿Iréis vosotros a verlos? –preguntó después de unos segundos.

Liv miró a Lyon, el cual estaba intentando enviarle no sabía qué mensaje silencioso, que no lograba captar por culpa de la desquiciante sonrisa con la que estaba mirándola.

–Sí, claro, no nos lo perderíamos por nada del mundo.

–Pues, ya que lo dices, tienes razón. La verdad es que podría retrasar el viaje un par de días más. No tengo por qué volver tan pronto. Así que, gracias por la invitación, Olivia. Será un placer acompañaros a ver los cucos –dijo el señor Tate con una sonrisa radiante–. ¡Tengo la impresión de que va a ser un fin de semana maravilloso!

Liv se pasó toda la mañana esperando a que Lyon la llamara a su despacho y le dijera a gritos que era una idiota y que lo había estropeado todo. Pero no la llamaba.

Después de marcharse el señor Tate, Lyon se había limitado a ordenarle que se encargara de organizar los preparativos del fin de semana. Luego se había metido en el despacho y, desde entonces, no había dado señales de vida.

Quizá la estaba castigando así, retrasando la bronca que de fijo acabaría echándole.

Ella misma se había insultado una y mil veces por lo estúpida que había sido. No solo había aplazado la firma del contrato con el señor Tate, sino que había dado lugar a que pudiera ocurrir algo entre Lyon y ella durante el fin de semana.

¿Cómo iba a soportar sus roces cariñosos y sus tiernas miradas durante cuarenta y ocho horas más?

Liv suspiró y miró el reloj. Eran casi las dos. La candidata a sustituirla llegaría en cualquier momento. Liv rezó porque fuese una mujer fuerte, con nervios de acero... porque tenía la corazonada de que iba a necesitar mucho aplomo para soportar esa tarde a la bestia.

Lyon no podía dejar de dar vueltas por el despacho. No lo entendía: ¿por qué no estaba enfadado?, ¿por qué no la había llamado y la había despedido por incompetente?

Sin duda, era lo que habría hecho una semana antes. Pero en ese momento no podía sino dar vueltas por el despacho, preguntándose por qué se sentía tan... aliviado.

Debía de ser la voz de la conciencia. Sabía que Liv estaba a punto de cometer un terrible error y quería remediarlo antes de que fuese demasiado tarde.

No, no podía permitir que Liv dejara la empresa para casarse con Ralph, y tenía dos días justo para hacerla reconsiderar su decisión.

Sin embargo, si se lo decía directamente, Liv lo acusaría de ser un cerdo egoísta por querer retenerla y que siguiera trabajando para él, lo que en efecto deseaba, pero no era el principal objetivo en esos momentos.

El principal objetivo era que Liv tomara consciencia, por su cuenta, de que casarse con Ralph era un error. ¿Pero cómo? Lo único que se le ocurría era aprovecharse de la atracción que sentían el uno por el otro. Sabía que Liv se sentía atraída hacia él, pero que estaba conteniéndose, reprimida por alguna regla estúpida como aquella de «nada de besos».

En fin, no tendría más remedio que romper las reglas. Al fin y al cabo, lo haría por el bien de ella. Una vez que se diese cuenta de que se sentía más atraída hacia él que hacia Ralph, comprendería que no quería a su prometido. Luego, su sentido de la integridad la obligaría a suspender la boda.

Entonces, quizá, solo quizá, convendría en seguir en la empresa, indefinidamente.

Lyon se sentó sonriente, satisfecho con la lógica de su plan. De pronto, estaba deseando que llegara el fin de semana.

Un minuto después, Liv le anunció por el interfono que la señorita Harper había llegado para la entrevista que tenía concertada.

Lyon se incorporó. No debía dejar que Liv sospechara nada, de modo que tendría que mostrarse gruñón y malhumorado, a pesar de lo bien que se sentía.

Y si de paso conseguía espantar a la sustituta, mejor que mejor.

Liv y Annie esperaban sentadas en la mesa de esta, sobrecogidas por los rugidos que salían de la guarida.

—Al menos no ha salido corriendo todavía —dijo Liv.

—Ni la he oído llorar —comentó Annie—. ¿Cuánto más crees que aguantará?

—Yo le doy cinco segundos —contestó Liv tras mirar el reloj.

—Sí, es probable —convino Annie.

Dos segundos después, la puerta del despacho se abrió y una joven salió sollozando.

—¡Es una bestia! —dijo mientras huía.

—¡Vaya!, ¡noticias frescas! —comentó Liv con ironía mientras la mujer volaba hacia el ascensor.

Esa noche, justo cuando estaba haciendo acopio de valor para llamar a Ralph y decirle que no podrían verse durante el fin de semana, el teléfono sonó:

—Olivia, soy yo.

—Hola, Ralph. Precisamente iba a llamarte yo ahora.

—Oye, me temo que no puedo entretenerme mucho. Tengo que hacer las maletas y ocuparme de las medicinas de mi madre.

—¿Medicinas?, ¿qué ha pasado, Ralph? ¿Tu madre está bien?

—Sí, sí. Es que estamos pensando en salir por ahí este fin de semana. Mi madre... bueno, hace mucho que no nos vemos y tenemos que ponernos al día. Además, quiere que vayamos a ver cucos. No te importa que te deje sola un par de días, ¿no? Volveremos el domingo.

«Gracias a Dios», pensó Liv.

—No pasa nada, Ralph. Te aseguro que lo entiendo. Tú pásalo bien y saluda a tu madre de mi parte —contestó ella—. Ah, y no te olvides de llevarte el inhalador.

—Tranquila, no se me olvidará —respondió Ralph—. Te llamo el lunes, Olivia. Adiós.

—Adiós, Ralph.

Liv colgó el teléfono, con una extraña sensación de alivio. Era muy raro, pero le hacía ilusión la idea de pasar el fin de semana viendo pájaros. ¿Acaso había desarrollado de repente una pasión secreta por los cucos de manchas moradas?

¿O era por otra cosa, por una persona más concretamente, por la que había desarrollado una pasión secreta?

Capítulo Nueve

–¿Quién iba a pensar que un viaje de cuatro horas sería tan agotador? –dijo Lyon mientras dejaba dos maletas, la bolsa de los pañales, un bolso y un parquecito plegado junto a la puerta que conectaba sus dos habitaciones–. Hasta Sam está rendido.

–No ha sido tan horrible –respondió Liv mientras ponía a Sam en medio de una enorme cama.

–Claro, cómo se nota que tú no ibas delante y no has tenido que responder a todas las preguntas del señor Tate. Yo no sabía lo que le habías contado en vuestras amistosas charlas telefónicas y no paraba de pensar que iba a meter la pata cada vez que abría la boca.

–Pobrecito –se burló Liv, sonriente–. Será mejor que te acuestes pronto si estás tan cansado. Mañana va a ser un día muy largo, empezando por el desayuno, a las cinco.

–¡A las cinco! –exclamó Lyon, dejándose caer sobre una silla que había junto a la cama.

–Vamos, si tú eres de los que madrugan.

–Ya, pero jamás pensé que me levantaría a las cinco de la mañana para ir a pasear por el bosque a mirar pajaritos.

–Tómatelo como una investigación para la campaña publicitaria del alpiste.

–Para eso puedo meterme en una tienda de periquitos a una hora razonable.

Liv rio y se retiró un mechón de pelo que le caía sobre la cara. Sus miradas se enlazaron. Dejó de sonreír y vio el deseo que ardía en los ojos de Lyon, el cual le agarró una mano y la sentó sobre su regazo.

–Lyon –susurró ella–. Recuerda la regla: nada de besos.

–Enséñame las manos –le pidió él entonces. Liv obedeció, desconcertada–. Perfecto: no hay cuchillos, no hay reglas –añadió al tiempo que colocaba los brazos de ella en torno a su propio cuello.

–¡Lyon!

–Vamos, cielo –murmuró este a un suspiro de sus labios–. Sabes que quieres.

Liv miró su boca, tan próxima y tentadora, y, sin pensarlo más, cerró los ojos y acercó los labios los escasos milímetros que faltaban para besarlo.

Un beso espectacular.

Ardiente, húmedo, apasionado.

Solo cuando Lyon se apartó para llevar sus labios hacia el cuello de Liv, esta recobró el juicio en parte:

–No deberíamos estar haciendo esto –susurró. Luego, después de que Lyon le desabrochara los botones del top y se apoderara de sus pechos, gimió.

–¿Por qué no?

–Porque... –Liv cerró los ojos, consumida por el placer que le producía el roce de sus pulgares sobre sus pezones–. Tú... no eres Ralph.

–Tú no deseas a Ralph. Me deseas a mí –dijo él sin dejar de acariciarla, besándole un lado del cuello.

–No –protestó Liv al tiempo que apretaba el cuerpo contra Lyon.

–Sí, Liv. Ralph no te dará nunca lo que estás deseando en estos momentos –Lyon alzó la cabeza y la miró a los ojos intensamente–. Reconócelo.

–Está bien, de acuerdo, te deseo. Me siento atraída hacia ti –Liv cerró los ojos para aislarse de su perturbadora presencia–. Pero, ¿cómo es posible que me sienta atraída hacia ti si voy a casarme con Ralph?

–Es que no vas a casarte con él. No puedes –dijo Lyon.

–Sí, claro, ¿y luego qué? –Liv se apartó de su regazo y empezó a abrocharse el top–. Voy a romper con Ralph y a renunciar a todos mis sueños, ¿para qué? ¿Para tener una pequeña aventura contigo, hasta que decidas que te exijo demasiado tiempo y me hagas un regalo de despedida?

–Liv –dijo Lyon con la voz quebrada por la emoción–. No puedo garantizarte esa vida perfecta que tú quieres. Para mí es como un cuento de hadas y, por más que quisiera darte todo lo que necesites, creo que no puedo ofrecértelo –añadió con expresión vulnerable.

–Oh, Lyon...

–Pero sí te aseguro una cosa –añadió con firmeza–. Ralph y su madre tampoco van a darte lo que quieres.

–¡Y tú qué sabes! –exclamó, exasperada.

–Lo sé y te lo voy a demostrar. Cierra los ojos –le pidió Lyon. Liv obedeció–. Ahora, dime, ¿cuántos hijos quieres tener?

–Cuatro –contestó ella, sorprendida–. ¿Por qué?

–Porque eso significa que tendrás que hacer el amor al menos cuatro veces con Ralph. ¿Puedes imaginarte a Ralph desnudo?, ¿puedes imaginarte en la cama con él? De verdad, ¿te lo imaginas besándote y tocándote como acabo de hacer yo? –le preguntó Lyon–. ¿Y bien? –añadió, impaciente al cabo de unos pocos segundos, al ver que Liv no contestaba.

Esta abrió los ojos y lo miró irritada:

–Espera un poco, ¿quieres? Todavía estoy tratando de imaginarme a Ralph desnudo.

Lyon esbozó una sonrisa de satisfacción, se puso de pie, fue hacia la puerta y se metió en su habitación.

–¿Le apetece a alguien un café? –preguntó Liv, rezagada tras el señor Tate y Lyon, el cual llevaba a Sam a la espalda en una mochila para bebés.

–¿Café? Haced vosotros una pausa si queréis –dijo el señor Tate–. Yo voy a adelantarme un poco y vuelvo en unos minutos.

Liv se preguntó qué tipo de pilas tendría el hombre; desde que habían empezado a escalar por el bosque a primera hora de la mañana, no había parado de andar y andar y andar, encabezando la marcha con un ritmo agotador.

Llevaban ya tres horas sin parar apenas, equipados con prismáticos, libros sobre toda clase de aves, en busca de los famosos cucos de manchas moradas.

Liv empezaba a desear que la raza del cuco se extinguiera.

—¿Estás bien? —le preguntó Lyon mientras se descolgaba la mochila de la espalda.

—Sí —asintió ella al tiempo que sacaba un termo y dos tazas de plástico de su mochila—. ¿Cuánto crees que tardaremos en volver a la civilización?

—Según el señor Tate, todavía falta una hora hasta llegar a la zona de los cucos.

—¿Por qué? —protestó Liv—. ¿Por qué tuve que abrir la bocaza?

—Vamos, vamos —Lyon le frotó la espalda para serenarla—. Tómatelo como un entrenamiento.

—¿Para qué?

—Bueno, creo que tu futura suegra es una amante de los pajaritos, ¿no? Piensa en lo felices que vais a ser tú, Ralph y su madre disfrutando de estas excursiones cada dos por tres —contestó Lyon.

Liv le dio un golpe en el pecho por reírse de ella.

–Cierra el pico y bebe –dijo después de servirle café y acercarle la taza.

Diez minutos después, habían terminado el café y se habían recuperado un poco de la caminata. Sin embargo, el señor Tate aún no había regresado. Decidieron reanudar la marcha, con la esperanza de acabar dándole alcance. Un cuarto de hora después descubrieron la razón por la que el señor Tate se había retrasado. A unos cuantos metros más arriba, un grupo de unas diez personas miraban al cielo maravilladas.

Lyon y Liv se acercaron al grupo, donde encontraron al señor Tate, totalmente entusiasmado.

–¡Hombre, ya estás aquí, chaval! –le dijo este a Lyon nada más verlos–. No te imaginas a quién me acabo de encontrar: una de las mayores ornitólogas que conozco. Gwynneth, quiero presentarte...

–¡Olivia!

–¿Señora Fortescue?

–Ah, ya os conocéis. Debería habérmelo imaginado –comentó el señor Tate.

–Sí, claro que nos conocemos –dijo la señora Fortescue–. Olivia es...

–Su mayor admiradora, señora Fortescue –atajó Lyon–. Hace días que no para de hablarme del artículo que escribió sobre los hábitos de apareamiento de los cucos.

–¿De veras? –la señora Fortescue esbozó una sonrisa radiante–. Es usted muy amable, señor...

–Mackensie. Lyon Mackensie a su servicio –dijo él al tiempo que tomaba la mano de la señora Fortescue y se la llevaba a los labios.

Esta se ruborizó como una colegiala y luego se dirigió a Liv:

–No sabía que fueras a venir aquí este fin de semana. Ralph me dijo que te quedarías en casa.

–Un cambio de última hora –improvisó Liv–. Por cierto, ¿dónde está Ralph?

–Estaba aquí hace un momento –contestó la señora Fortescue con el ceño fruncido tras mirar a su alrededor. Luego se giró hacia el señor Tate–, Ralph es mi hijo. Él también sabe mucho de cucos. Imagínate: me acompaña en mis excursiones desde que tenía seis años...

Sabedora de lo mucho que podía embebecerse la señora Fortescue hablando de su hijo, Liv aprovechó la oportunidad para hacer un aparte con Lyon:

–¿Qué hacemos? –susurró atacada–. Si uno de los dos habla de mí, ¡estamos perdidos!

–Tengo la impresión de que les interesa más hablar de pájaros que de personas –contestó él.

–Ya, pero, ¿y si...?

–Mira, diremos que eres mi asistente personal y que me estás haciendo un favor, ayudándome con un cliente durante este fin de semana. Si hace falta, le diré al señor Tate que haga el favor de comentar que supuestamente estamos casados.

–¿Y qué le digo a Ralph?

–Bueno, que yo, tu jefe, te he rogado que me ayudaras este fin de semana y que no has podido resistir mis encantos varoniles y has accedido.

–No se lo creerá; y menos lo de los encantos varoniles.

–Liv...

–Vale, vale, supongo que tienes razón. Ya tendremos tiempo de preocuparnos si nos descubren.

–Atentos todos, vamos a seguir a la señora Fortescue hasta la zona de apareamiento. Permaneced juntos e intentad no hacer mucho ruido –dijo uno de los hombres.

El grupo se puso en marcha, con la señora Fortescue y el señor Tate en cabeza; Lyon le indicó a Liv que se fuera a la cola. Entonces, justo cuando ya empezaba a relajarse un poco, apareció Ralph.

–¡Ralph! –exclamó ella.

–Chiss –chistaron desde delante.

–¡Olivia! –susurró Ralph–. ¿Cómo nos has encontrado?

–Cuestión de suerte.

–Es toda una sorpresa, la verdad.

–Sí, no sabía que fuerais a estar aquí precisamente. Creía que tu madre había elegido otro sitio.

–Al final decidió que viniéramos aquí –contestó él sin extenderse en explicaciones–. Pero, ¿cómo es que has venido?

–Estoy acompañando a mi jefe. Me pidió que lo ayudara con un cliente este fin de semana.

–Creía que habías dejado el trabajo –Ralph frunció el ceño–. ¿No le habías dicho que era una besti...

–Ralph –lo interrumpió Liv–, te presento a Lyon Mackensie, mi jefe.

Los dos hombres estrecharon la mano y, a juzgar por la mueca de Ralph, Lyon apretó más de lo necesario.

–Y este debe de ser tu hijo –dijo Ralph cuando se hubieron soltado, apuntando hacia Sam, dormido en la mochila–. ¿No te parece un poco pequeño para esto?

–¡Cómo va a ser su hijo, Ralph! –dijo Liv–. Es Sam, ¿no te acuerdas?

–Olivia, ¿me estás diciendo que eres tú la que lo ha traído? –preguntó Ralph, atónito.

–Pues sí. No tenía con quien dejarlo.

–¿Dónde están sus padres?, ¿no crees que ya has cuidado de él bastante?

–Es que me gusta cuidar de él, Ralph –explicó Liv con paciencia–. Además, Tina y Paul siguen fuera de la ciudad.

Se suponía que llegarían al día siguiente. Por suerte, Paul se encontraba ya mucho mejor. Les había dejado un mensaje en el contestador diciéndoles dónde estarían Sam y ella el fin de semana, para que no se preocuparan cuando llegasen a casa. Si todo salía como tenía previsto, Sam se reuniría con sus padres al día siguiente por la noche.

–No sé yo qué le parecerá a mi madre, Olivia.

Lyon puso cara de desesperación.

–Ralph, creo... preferiría que no le hablases de Sam a tu madre. De hecho, lo mejor será que me aparte de vosotros durante todo el fin de semana. Al fin y al cabo, queríais estar a solas y me siento como una intrusa.

–No hace falta, Olivia.

–Insisto –dijo Liv con firmeza–. Es más, seguro que te estamos entreteniendo en estos momentos. Apuesto a que preferirías estar delante con tu madre, en vez de aquí detrás con nosotros.

–Hombre...

–Adelante, cariño. El señor Mackensie y yo nos mantendremos al margen de todo el grupo.

–Si estás segura de que no te importa...

–Cien por cien.

Ralph le dio un beso en la mejilla y, acto seguido, corrió a reunirse con su madre.

Lyon abrió la boca, pero Liv se adelantó:

–Sea lo que sea lo que estés pensando, no quiero oírlo.

–¿Te da miedo que se acerque demasiado a la verdad? –replicó él.

–Me da miedo que me entren ganas de estrangularte.

–Bueno, si te meten en la cárcel, al menos no podrás casarte con Ralph –contestó Lyon, sonriente.

–No vas a hacerme cambiar de opinión, así

que ya puedes ir metiéndote tu opinión donde te quepa.

—Ya veremos —murmuró él.

Lyon entró en su habitación por la puerta comunicante, ansioso por darse una ducha y cambiarse. Sam no pesaba casi, pero estaba un poco cansado de llevarlo todo el rato cargando en la espalda.

En cualquier caso, había disfrutado del día; sobre todo, porque lo había pasado junto a Liv. Y después de ver de cerca a su competidor, estaba más convencido que nunca de que esta cometería un error si se casaba con él.

Estaba decidido a impedir aquel disparatado matrimonio y solo le quedaba esa noche para hacerla cambiar de opinión.

—Hola, encanto —oyó Lyon de pronto.

Se dio media vuelta, sobresaltado, y se quedó pálido al ver a la mujer que estaba tumbada en su cama.

—¿Melanie?

Esta, ataviada con un sedoso salto de cama rojo, se levantó y se acercó a él:

—Sorpresa —ronroneó al tiempo que le rodeaba el cuello con ambos brazos.

—¿Qué haces aquí?

—No podía esperar a que terminara el fin de semana para darte las gracias por la pulsera de diamantes que me has regalado. Es preciosa —dijo mientras le enseñaba la mano para que la mirase.

—Sí, mucho —contestó Lyon con aire ausente—. ¿Cómo me has encontrado?

—Llamé a tu oficina ayer, nada más recibir la pulsera, y una chica muy agradable llamada Annie me dijo que tenías un viaje de negocios este fin de semana —contestó Melanie, sonriente—. La convencí para que me dijera adónde ibas, para poder darte una sorpresa.

—Recuérdame que despida a Annie —murmuró mientras se quitaba del cuello los tentáculos de Melanie—. Tenemos que hablar.

—¿No podemos hablar luego, cariño? —Melanie puso cara de puchero—. Te he echado mucho de menos.

—No, no deberías estar a...

Pero Melanie aplastó sus labios contra los de él, acallando cualquier posible protesta.

—¿Dónde dices que está su biberón? —preguntó el señor Tate mientras abría la puerta de la habitación de Liv.

—Debería estar en la mesita del café —dijo esta mientras entraba con Sam medio llorando—. Ya va, corazón, ya casi está.

El señor Tate le entregó el biberón a Liv, la cual lo acercó a las ansiosas manitas de Sam.

—Espero que se eche una cabezadita después del biberón, a ver si descanso yo también un poco —dijo Liv, sonriente.

Luego se giró para sentarse en una silla con Sam y se quedó helada.

La puerta que comunicaba con la habitación de Lyon estaba entreabierta y dentro había una mujer con un salto de cama rojo besando apasionadamente a Lyon.

–Debes estar rendida, querida. Me temo que la señora Fortescue y yo os hemos hecho andar demasiado esta tarde –el señor Tate se detuvo–. ¿Olivia?, ¿estás bien?

Liv salió del estado de trance en el que había entrado y solo entonces se dio cuenta de que bastaría con que el señor Tate se girara un poco hacia la izquierda para que viese lo que ella estaba viendo.

Lo que quizá no fuese tan mala idea.

–Perfectamente, señor Tate –contestó finalmente–. ¿Por qué no sale a airearse un poco antes de la cena, señor Tate? Lyon y yo lo veremos en el salón a las siete y media, señor Tate.

–De acuerdo –el señor Tate frunció el ceño–. ¿Qué ha sido ese ruido?

–¿Qué ruido?

–Me ha parecido que venía de la habitación de al lado.

–No será nada, seguro.

–Echaré un vistazo. Nunca se sabe lo que puede pasar hoy día, con tanto asesino y secuestrador como hay suelto por ahí –el señor Tate se encaminó hacia la puerta comunicante.

–¡No, espere!

–Ah, eres tú, chaval. Le estaba diciendo a Liv que hay que tener mucho cuidado... –el señor

Tate interrumpió la frase al ver a Melanie junto a Lyon–. ¿Quién es esta señorita?

–Es...

–Mi prima Melanie. La llamé para que viniera a ayudarme con Sam durante el fin de semana. Por desgracia, no ha podido llegar hasta esta tarde. Hola, Melanie –terció Liv, la cual avanzó hacia la mujer, le dio un ligero abrazo y le susurró al oído–: si tienes la boca cerrada y no haces ninguna tontería, no te pasará nada.

–Qué buena idea, querida –dijo el señor Tate.

–Melanie, saluda al socio de «mi marido» Lyon, el señor Tate.

Melanie miró asombrada a Lyon y a Liv. Luego dio un paso al frente.

–Hola, señor Tate.

–Encantado de conocerte, Melanie. Está claro que la belleza viene de familia –comentó él–. Bueno, espero veros a todos luego en la cena.

Liv esperó a que el señor Tate cerrara la puerta antes de dirigirse a Lyon:

–Os dejo para que sigáis divirtiéndoos –dijo con frialdad, para regresar acto seguido a su habitación con Sam en brazos, cerrando casi de un portazo.

Luego se sentó en la cama y abrazó a Sam, que estaba dormido, ajeno a lo que acababa de ocurrir en la habitación de al lado. Liv deseó no sentirse tan afectada por lo que había presenciado, pero no pudo. Por alguna razón que no acertaba a comprender, sentía un dolor persistente en el corazón. Lo que no tenía ninguna lógica.

Al fin y al cabo, ella iba a casarse con Ralph, ¿no?

Capítulo Diez

Lyon permaneció en silencio mientras regresaban a la habitación. Liv no le había dirigido la palabra durante la cena. Al principio se había sentido complacido por su reacción, pues esta no hacía sino demostrar que su plan estaba funcionando. Pero había acabado cansándose de su hosquedad y cuando Liv había anunciado que se quería acostar pronto, Lyon la había seguido.

Estaban en la habitación que ella compartía con Sam, el cual estaba casi dormido en el parquecito. Lyon se apoyó en el quicio de la puerta que separaba las habitaciones de ambos, decidido a hacerla hablar.

Liv, después de dar un beso de buenas noches a Sam, se metió en el baño y, al cabo de unos minutos, salió en pijama, se fue al tocador, agarró un cepillo y se lo pasó por el pelo. Luego se metió en la cama, se tumbó de lado y apagó la luz.

—¡Maldita sea, Liv! —explotó Lyon, enojado por la indiferencia de ella.

—No hables alto. Despertarás a Sam.

—Pues vale. Así al menos tendré alguien con quien hablar.

Liv suspiró, encendió la luz de nuevo y se incorporó.

—¿Quieres hablar? Muy bien —Liv lo miró a los ojos—. ¿Qué tal si empiezas explicándome qué hacías de juerga con Melanie esta tarde?

—No estaba de juerga.

—¿Ah, no? —Liv enarcó una ceja.

—Melanie se presentó por su cuenta para darme las gracias por la pulsera. Dice que quería darme una sorpresa y que convenció a Annie para que le dijera dónde iba a pasar el fin de semana.

—Y tú estabas intentando desembarazarte de sus garras, ¿no? —contestó Liv con sarcasmo.

—Pues, a decir verdad, sí.

—Claro, es la impresión que me ha dado al veros —replicó ella, irritada. Luego se recostó y le dio la espalda—. Buenas noches.

—De acuerdo, no me creas si no quieres —dijo Lyon, retirándose hacia su habitación—. Pero tal vez debieras preguntarte por qué estás tan celosa —añadió justo antes de cerrar la puerta.

Se quitó la chaqueta, se desabotonó la camisa y contó hasta diez. Nada más terminar, la puerta se abrió de golpe:

—¡No estoy celosa! —aseguró Liv.

—Entonces, ¿por qué me has estado haciendo el vacío toda la noche? —contestó él, sonriente.

—Porque me has decepcionado.

—¿Por haber besado a otra mujer?

—Porque podías haberlo estropeado todo.

—Pero no lo he hecho.

–Sí, ¡porque te he sacado las castañas del fuego! –replicó Liv, indignada.

¡Dios!, ¡estaba preciosa!

Lyon dio un paso al frente y le acarició una mejilla.

–¿Lyon? –preguntó ella, confundida.

–Yo no he besado a Melanie, Liv. Ha sido ella la que me ha besado a mí. Estaba intentando liberarme cuando nos viste.

–Te... te creo –susurró Liv.

–Me alegro –Lyon le alzó la barbilla con suavidad–. Porque la única mujer a la que quiero besar es a ti.

–Pero no deberías querer.

–Lo sé.

–Y yo no debería querer que me besaras.

–Lo sé.

–Pero quiero.

–Lo...

Liv ahogó su respuesta estirándose para besarlo con suavidad, pidiéndole permiso con la lengua para explorar el interior de su boca. Lyon la abrazó y aumentó la presión del beso al tiempo que le desabotonaba la parte de arriba del pijama. Luego conquistó sus pechos, desprovistos de sujetador, y Liv gimió. Lyon se inclinó para capturar uno de sus pezones y chupó con avidez. Ella cerró los ojos y se arqueó, ofreciéndose a Lyon por completo.

–Por favor –susurró Liv–. Hazme el amor.

Su súplica encendió los deseos más fogosos de Lyon, que volvió a apoderarse de su boca vorazmente. Por fin la había hecho comprender que no pasaba nada malo porque lo deseara. Ya solo tenía que convencerla de que casarse con Ralph era un error...

¿Para tenerla para él solo?

Sí.

¿Para arrebatarle todo con lo que siempre había soñado y no ofrecerle nada a cambio?

Por mucho que quisiera creer en aquella vida perfecta, llena de amor, alegría y felicidad, sabía que él jamás la alcanzaría.

Con Ralph, al menos, tendría la oportunidad de convertir su sueño en realidad.

Así que no le quedaba más remedio que pararse cuando todavía estaba a tiempo. Se separó.

—¿Lyon?

—Liv, no quiero que hagas nada de lo que vayas a arrepentirte mañana —dijo él—. Estás prometida a Ralph y no quiero poner en peligro vuestra relación.

—¿Seguro?

—Sí —contestó Lyon con firmeza mientras le abrochaba el pijama y la guiaba con delicadeza hacia su propia habitación—. Buenas noches, Liv.

—Buenas noches —contestó ella, perpleja.

Lyon cerró la puerta, cerró los ojos y miró hacia el techo. Luego abrió uno de los ojos, convencido de que vería un aura de santo encima de él.

Liv se despertó el domingo por la mañana y estiró los brazos lánguidamente para desperezarse. Era la primera vez en toda la semana que no se despertaba nada más amanecer para atender a Sam...

¡Sam!, ¿dónde estaba Sam?

Miró alrededor aterrada y salió de la cama a toda velocidad. Corrió a la puerta comunicante, la abrió de golpe y frenó en seco al ver a Lyon tumbado en el suelo, rodeado de juguetes, con Sam encima del pecho, los dos dormidos.

Era evidente que sus dos hombres se habían agotado de tanto jugar. Se agachó para darle un beso a Sam en la cabeza y luego miró a Lyon, asombrada por lo vulnerable que parecía dormido.

La noche anterior había estado a punto de arruinar su futuro, cediendo a la tentación de hacer el amor con él, pero Lyon la había salvado. Estaba segura de que él también la había deseado, pero se había contenido, considerando que era lo mejor para ella.

No podía creerse que solo una semana antes lo hubiera tomado por un bestia gritón y despreciable. En un plazo de tiempo tan corto, había descubierto que bajo aquella fachada irascible, latía el corazón de un hombre generoso y amable.

Un hombre del que se había enamorado perdidamente.

No, un momento, ¿en qué estaba pensando? ¡No podía estar enamorada de Lyon!

Ella quería a Ralph y, para demostrárselo, trató de imaginárselo desnudo mientras lo besaba... pero no lo consiguió.

El único hombre al que deseaba besar, acariciar y hacer el amor era Lyon.

Abrió los ojos y se quedó mirándolo.

Ese era el hombre al que quería. El hombre con el que quería formar una familia, cuya casa quería cuidar, con quien quería compartir su vida.

Liv sintió una inmensa felicidad ante aquella revelación y, siguiendo un impulso irrefrenable, se agachó para darle un suave beso en los labios antes de dejar que ambos siguieran durmiendo.

Lo primero que tenía que hacer era encontrar a Ralph y romper su compromiso. Luego le tocaría convencer a Lyon para que creyera en los cuentos de hadas.

Liv se vistió en tiempo récord y salió de la habitación. Encontró a Ralph en la biblioteca, leyendo un libro sobre cucos. Nada más verla, este se puso de pie.

—Buenos días, Olivia.

—Hola, Ralph. Me gustaría que habláramos un momento.

—Por supuesto —Ralph la invitó a tomar asiento junto a él.

—Gracias —contestó Liv mientras Ralph se quitaba las gafas y empezaba a limpiárselas. Después de unos segundos en silencio, respiró profundo y se dispuso a decirle lo que había ido a decirle—. Ralph, no puedo casarme contigo —soltó sin dar más rodeos.

—Lo sé, Olivia.

–¿Lo sabes? –preguntó ella, asombrada.

–Sí, estás enamorada de tu jefe.

–¿Tanto se nota?

Ralph asintió.

¿Acaso era la única que no se había dado cuenta?

Se sacó el anillo de pedida y se lo devolvió a Ralph.

–Lo siento.

–Tranquila. Lo más probable es que no hubiera funcionado de todos modos. Me temo que a mi madre no le has caído tan bien como esperaba.

–No, ¿verdad? –Liv reprimió sus ganas de sonreír.

–Espero que el señor Mackensie y tú seais felices.

–Gracias, Ralph –Liv se puso de pie–. Y perdona por haberte estropeado el fin de semana con tu madre. Sé que querías estar juntos.

–No pasa nada. A partir de ahora nos vamos a ver mucho. He decidido volver a Baltimore.

–Estupen...

–¡Olivia! –la llamó de repente el señor Tate, que había entrado corriendo en la biblioteca.

–¡Señor Tate!, ¿qué pasa?

–¡Sam!, ¡hay una pareja que quiere secuestrarlo!

–¿Qué?

–Los hemos sorprendido in fraganti. ¡Rápido!

Liv echó a correr, seguida por Ralph, hasta

llegar a su habitación. Abrió la puerta a toda velocidad... y frenó en seco.

La señora Fortescue estaba encima de dos personas, cuyas cabezas había cubierto con sendas fundas de almohada.

—¡Así se hace, cariño! —exclamó el señor Tate al verla.

—¿Cariño? —repitieron Liv y Ralph a coro—. ¿Qué está pasando aquí?

—Gwyneth y yo estábamos subiendo cuando vimos a los secuestradores colándose en tu habitación, así que decidimos seguirlos. Agarraron a Sam mientras estaba dormido y entonces fue cuando les quité a Sam y Gwyneth los inmovilizó —explicó el señor Tate lleno de orgullo.

Liv cerró los ojos. Tenía un mal presentimiento.

Ralph y el señor Tate ayudaron a la señora Fortescue a levantarse y, luego, Liv desenmascaró a los «secuestradores».

—¡Tina!, ¡Paul!

—¡Liv!, ¡gracias a Dios! —exclamó la amiga.

—¡Mamá! —dijo Sam.

Empezaron a hablar todos a la vez y cundió el caos en la habitación.

—¡Silencio! —rugió Lyon tras abrir la puerta de su habitación y aparecer junto a Melanie—. Ralph, desata a Tina y a Paul. Melanie, sujeta a Sam hasta que sus padres estén libres. Tú, Liv, ven conmigo —ordenó con firmeza.

—¿Sus padres? —preguntó el señor Tate, perplejo.

–Puedo explicárselo todo si hace el favor de acompañarnos abajo, señor Tate –dijo Lyon con suavidad.

Todo había acabado. Al día siguiente, su reputación y su carrera estarían por los suelos. Pero, curiosamente, la perspectiva no lo molestaba ni la mitad de lo que le habría molestado tan solo dos días antes.

Respiró profundo y miró al señor Tate, que había insistido en que su querida Gwyneth lo acompañara a la biblioteca.

–Señor Tate, Liv y yo no estamos casados y Sam no es nuestro hijo. Solo estábamos fingiendo estarlo porque nos sorprendió en una situación comprometida.

–¿No estáis casados? –preguntó el señor Tate, desconcertado.

–¡Espero que no! –terció la señora Fortescue–. ¡Olivia es la prometida de Ralph!

–¿Qué? Mackensie, ¿qué significa esto? –exigió saber el señor Tate.

–Señora Fortescue, comprendo que esté confundida, pero le aseguro que la culpa no es de Liv. Es mi asistente personal y me temo que la amenacé con despedirla si no me seguía la corriente –arrancó Lyon, tratando de salvar el matrimonio de Liv y Ralph–. Verá, estaba tan obsesionado con que el señor Tate nos dejara llevar la campaña publicitaria de su alpiste que solo pensé en mí mismo. Pero Liv es una mujer fantástica, generosa y cariñosa, y será la clase de mujer que cualquier madre quiere para su hijo.

–No le haga caso, señor Tate. No ha sido todo culpa de él, también lo ha sido mía –terció Liv entonces–. Verá, yo estaba cuidando de mi ahijado, Sam, y tuve que llevarlo a la oficina el día que usted vino a vernos. Lyon había estado jugando con Sam y este se hizo pis encima de él, así que tuvimos que enviar su traje a la lavandería de abajo. Mientras tanto, le presté la ropa que yo había llevado para una cita posterior con Ralph. Cuando usted llegó a la oficina, Lyon estaba intentando ponerse su traje, pero la cremallera de mi falda se le atascó y tuve que ayudarlo a quitársela. El caso es que Sam apretó el botón del interfono y usted entró, pensando que ahí ocurría algo extraño. Como la situación resultaba tan sospechosa, fingimos que estábamos casados... Por favor, créame: nadie se encargará mejor que Lyon de su campaña. Se preocupa mucho por sus clientes y tiene mucho talento. Es verdad que le gusta dar gritos, pero sé que, en el fondo, es un buen hombre.

Lyon la miró a los ojos y, en ese instante, supo que la quería como no había querido nada ni a nadie en toda su vida. La quería tanto que estaba dispuesto a creer en el cuento de hadas.

Entonces, de pronto, el señor Tate y la señora Fortescue rompieron a reír.

–¡Jamás en mi vida había oído algo tan hilarante! –exclamó él, muerto de la risa.

–¡Se hizo pis en su traje! –se carcajeó la se-

153

ñora Fortescue–. ¡Ojalá hubiese estado delante para verlo!

Liv y Lyon se miraron desconcertados.

–Lyon, chaval –dijo el señor Tate cuando se hubo calmado–, nunca me había divertido tanto como en esta semana. Me lo he pasado de maravilla con vosotros y con el pequeño Sam. Además, ¿cómo voy a echarte nada en cara? Si no hubiera venido aquí, no habría tenido la oportunidad de ver al cuco de manchas moradas, ni habría encontrado a mi media naranja. Firmaré el contrato en cuanto vuelva a casa, justo antes de marcharme de luna de miel con Gwyneth.

–¿Os vais a casar? –preguntó Liv, estupefacta.

–¡Sí! –exclamó la señora Fortescue–. George me lo ha pedido esta mañana.

–¿Y... qué pasa con Ralph?

–Nada. Seguro que será muy feliz contigo. Y tú te librarás de tener una suegra entremetida como yo, estropeándoos los planes de vuestra boda.

–Pero...

El señor Tate le dio un beso en la mejilla a Liv y luego estrechó con fuerza la mano de Lyon.

–Adiós, chaval. Espero recibir una invitación de la verdadera boda –añadió mientras salía de la biblioteca con la señora Fortescue.

Liv no se había recuperado aún de todo lo que había ocurrido cuando vio a Tina, Paul y Sam entrar en la biblioteca.

–¡Tina!, ¡Paul! –Liv corrió a abrazar a su amiga–. ¿Estáis bien? Siento mucho todo esto.

Tina rio.

–La verdad es que esta semana ha sido toda una aventura. Teníamos muchísimas ganas de volver a ver a nuestro pequeñín, ¿verdad, cariño?

–Sí –terció Paul–. No sabes cómo te agradecemos que hayas cuidado de él, Liv.

–Ha sido un placer –Liv le dio un besito a Sam–. Adiós, corazón. Te vamos a echar de menos.

–Si alguna vez necesitáis un canguro, en la empresa hay diez personas a las que les gustaría cuidar de él –dijo Lyon mientras acariciaba cariñosamente el pelo de Sam.

–Te tomo la palabra –dijo Paul, sonriente–. Gracias de nuevo, Liv.

Tina, Paul y Sam se marcharon y, un segundo después, apareció Melanie con un vestido rojo despampanante.

–¡Dios! –murmuró Lyon.

–Cielo, no aguanto más tanto ajetreo –dijo Melanie en tono cansino–. Solo he venido a decirte que me vuelvo a la cuidad con Ralph, que es un encanto de hombre.

–¿Con Ralph?, ¿y qué pasa con Lyon? –preguntó Liv, enojada en nombre de él.

–Se acabó –contestó Melanie como si nada–. Ha roto conmigo esta mañana, pero me ha dicho que puedo quedarme con la pulsera de diamantes. Adiós, cielo –añadió, justo antes de darse media vuelta y marcharse.

–Gracias a Dios –dijo Lyon–. Creí que no se marcharían nunca.

Luego fue hasta la puerta, la cerró, echó el cerrojo y regresó junto a Liv, la cual lo miró totalmente atónita.

Lyon suspiró, la estrechó entre sus brazos y la besó con todo su corazón.

—¿De verdad has roto con ella? —le preguntó Liv segundos después.

—Sí —contestó Lyon, mirándola a los ojos fijamente—. Le he dicho que estoy enamorado de ti y que quiero pasar el resto de mi vida haciendo realidad todos tus sueños —añadió, para apoderarse de nuevo de su boca en un beso apasionado.

—¿Lyon? —susurró ella sin aliento minutos más tarde.

—¿Sí?

—Yo también he roto con Ralph.

—Te dije que no te casarías con él. ¿Qué te hizo darte cuenta de que habría sido un error?

—Lo intenté con todas mis fuerzas, ¡pero no lograba imaginármelo desnudo! —contestó Liv y Lyon rio—. Sin embargo, estoy segura de que a ti no me costará nada imaginarte desnudo.

—¿Y eso por qué? —preguntó él con coquetería.

—Porque te quiero —afirmó Liv, sonriendo con todo su corazón—. Y porque en menos de un minuto... ¡vas a estar desnudo!

DESEO

MAUREEN CHILD
CONFLICTO AMOROSO

Un huracán obligó a Karen Beckett a refugiarse en la diminuta habitación de un motel con el sargento Sam Paretti, el hombre al que no quería volver a ver. Hacía unos meses había cortado la relación con el atractivo marine, pero los recuerdos agridulces del pasado compartido no la abandonaban. Ahora él la había rescatado de la tormenta y quería una recompensa a cambio.

COLLEEN COLLINS
PASIÓN DESNUDA

Cuando la ejecutiva Liney Reed, también conocida como la "dama dragón", contrató a Raven Doyle para hacer de modelo como "hombre duro" en su revista *Cooking Fantasies*, no podía imaginarse hasta qué punto sus fantasías sobre el rudo caballero llegarían a estar al rojo vivo.

N.º 570

SELINA SINCLAIR
UNA SITUACIÓN COMPROMETIDA

Lyon Mackenzie no podía permitirse perder a la señorita Hammond, pero su ayudante personal había dimitido. Cuando Liv vio que su jefe estaba en apuros, accedió a trabajar una semana más. Sin embargo, en ningún momento contó con que tendría que fingir ser su esposa después de que un cliente los sorprendiera en una situación de lo más comprometida...

LOUISE ALLEN

De la ruina a la riqueza

Con la reputación destrozada y huyendo, Julia Prior estaba completamente desesperada cuando conoció a un caballero que le hizo una proposición sorprendente. Convencido de hallarse a las puertas de la muerte, William Hadfield, lord Dereham, vio en Julia a la mujer perfecta para cuidar de su adorada propiedad cuando él ya no estuviera…, si antes accedía a ser su esposa.

El matrimonio era la salvación de Julia: como lady Dereham podría escapar por fin de sus pecados. Pero transcurrieron tres años y el marido que creía muerto volvió a casa, fuerte, sano y atractivo, decidido a reclamar la noche de bodas que nunca tuvieron…

El caballero pirata

Benedict Casper Chancellor, conde de Blakeney, era el tipo de caballero elegantemente conservador que Alessa despreciaba.

No quería tener nada que ver con él… aunque tuviera el cuerpo de una estatua griega. Sin embargo, él parecía empeñado en apartarla de la cómoda vida que llevaba en Corfú. Peor aún, quería devolverla al seno de su remilgada familia. El conde no había previsto la habilidad que tenía Alessa para meterse en líos. Para rescatarla, no iba a quedarle más remedio que convertirse en pirata…

No. 88

¡YA EN TU PUNTO DE VENTA!

JAZMÍN.

ALICE SHARPE
BÚSCAME UNA CITA

La madre y la abuela de Lora Gifford no dejaban de intentar emparejarla con todos los hombres solteros de la ciudad, no importaba quiénes fueran o qué edad tuvieran. Para evitarlo, Lora pensó que lo mejor sería buscarles pareja a ellas dos. Parecía el plan perfecto... hasta que se quedó prendada de un recién llegado.

El doctor Jon Woods, un sexy veterinario que debía cubrir un puesto temporalmente, no hacía el menor esfuerzo por ocultar la atracción que sentía hacia ella. Pero ¿cómo podría Lora hacerle un hueco en su corazón sabiendo que se lo rompería cuando se marchara?

JESSICA STEELE
LOS PLANES DEL JEFE

Erin Tunnicliffe había decidido abandonar el aburrido pueblo inglés en el que se había criado y empezar una carrera en Londres. Su nuevo jefe era el guapísimo y sofisticado ejecutivo Joshua Salsbury, que parecía tener mucho interés en su evolución profesional... y personal.

N.º 589

CARLA CASSIDY
REGLAS DE COMPROMISO

Nate Leeman era un lobo solitario con un corazón tan frío que ni se inmutaría aunque Miss Universo entrara en su despacho. Pero había una mujer capaz de derretir el iceberg que tenía por corazón: Kat Sanderson, el amor que una vez dejó escapar. Y resultaba que la bella Kat iba a trabajar con él para ayudarlo a atrapar a un ladrón informático. Quizá trabajando hombro con hombro volvería la pasión que los había unido en otro tiempo...

ANGIE RAY

Identidades ocultas

Todas las mujeres solteras de la ciudad se quedaron atónitas después de la increíble escena que habían presenciado algunos habitantes. Ellie Hernández, directora de una galería, había chocado con el importante ejecutivo Garek Wisnewski y el hielo que cubría la acera los había hecho caer al suelo... el uno en los brazos del otro.

Los testigos aseguraron que la chispa que surgió entre ellos de inmediato subió la temperatura de la ciudad. Y un observador especialmente atento se fijó en que habían intercambiado algún paquete por error, lo que quizá diera lugar a algún otro encuentro. ¿Conseguiría la bella latina derretir el helado corazón del magnate?

ANGIE RAY
Identidades ocultas

MERLINE LOVELACE
Madre sin identidad

MERLINE LOVELACE

Madre sin identidad

El multimillonario Alex Dalton había tenido en su vida mujeres de sobra. Pero ahora necesitaba a una en concreto: a Julie Bartlett, la pelirroja salvaje con la que había pasado la noche más apasionada de su vida. ¿Era ella la que había dejado a un bebé en la puerta de la mansión Dalton? Las pruebas de paternidad no resultaron concluyentes, así que necesitaba el ADN de Julie para determinar si el padre de la niña era él o su hermano gemelo. Pero cuando Julie se negó a cooperar, Alex juró que la tentaría para que le diera todo lo que él quería.

N.º 94

DESEO

SANDRA HYATT

EMBARAZADA DE UN MAGNATE

Chastity Stevens estaba embarazada de un Masters, pero no del que ella creía. Aunque la habían inseminado para que concibiera un hijo de su marido, la muestra usada pertenecía a su cuñado.

Al millonario Gabe Masters nunca le había interesado la mujer de su hermano, o eso era lo que siempre había querido creer. Cuando Chastity le anunció que estaba embarazada de su difunto marido, Gabe supo de inmediato que el bebé era suyo y que haría lo que fuera para ser reconocido como su padre.

LA PROMETIDA DE SU HERMANO

N.º 569

Se daba por sentado que el hermano del príncipe Rafael Marconi se casaría con Alexia Wyndham Jones, por lo que a Rafe le sorprendió que le encargaran que llevara a la heredera americana a su país. Sin embargo, le pareció la oportunidad perfecta para descubrir los verdaderos motivos por los que ella había aceptado aquel matrimonio.

Con lo que el príncipe no había contado era con la irresistible atracción que empezó a sentir por su futura cuñada. Alexia era más sorprendente y sensual de lo que había supuesto. Pero ¿se atrevería a poseer a la prometida de otro?

BIANCA™

BIANCA™

Una noche de pasión
con una triple consecuencia...

TORMENTA DE DESEO

LYNNE GRAHAM

N.° 3183

Cuando el multimillonario griego Nic Diamandis rescató a Lexy en un accidente de automóvil, la química que surgió entre ambos fue embriagadora y se hizo inevitable que acabaran juntos en una noche de pasión. Sin embargo, para el empedernido soltero, el único resultado posible era que ambos separaran sus caminos al día siguiente.

Unos meses después, volvió a encontrarse con Lexy y descubrió que ella había tenido trillizos y que los bebés eran hijos suyos... La independiente Lexy no esperaba nada de Nic y mucho menos que él le exigiera un matrimonio de conveniencia. Convertirse en la esposa del griego les daría a sus hijos la infancia que ella siempre había soñado. No obstante, el «sí quiero» suponía el riesgo de reavivar lo único que una unión solo en apariencia no podía satisfacer: el deseo.

¡YA EN TU PUNTO DE VENTA!

BIANCA.

UN COMPROMISO
MUY REAL

LOUISE FULLER

N.º 3185

La intensa conexión entre Lily Dempsey y el magnate Trip era innegable, al mismo tiempo que inexplicable. Ella, que solía ser reservada y cauta, se sentía indefensa ante aquella pasión. Pero entonces, Trip decidió embarcarse en una aventura en busca de emociones fuertes y desapareció...

Varias semanas después, Trip sorprendió a todo el mundo con su regreso, ¡y con la noticia de su compromiso! Para asegurar su puesto como director general, necesitaba con urgencia una esposa y estaba seguro de poder convencer a Lily de que su propuesta los beneficiaría a ambos, en especial por el deseo que sentían los dos, sobre todo después de que él regresase. Pero después de que Lily accediese a regañadientes, Trip no podría ignorar lo real que parecía su falso compromiso...